파괴하고 싶은 남자

파괴하고 싶은 남자 🌿

초판 1쇄 찍은 날 § 2006년 11월 6일
초판 1쇄 펴낸 날 § 2006년 11월 16일

지은이 § 원주희
펴낸이 § 서경석

편집장 § 문혜영
편집책임 § 이종민
편집 § 한지윤

펴낸곳 § 도서출판 청어람
등록번호 § 제1081-1-89호
등록일자 § 1999. 5. 31
어람번호 § 제5-0114호

주소 § 경기도 부천시 원미구 심곡1동 350-1 남성B/D 3F (우) 420-011
전화 § 032-656-4452 팩스 § 032-656-4453
http://www.chungeoram.com
E-mail § eoram99@chollian.net

ⓒ 원주희, 2006

ISBN 89-251-0381-8 03810

파괴하고 싶은 남자

원주희 지음

도서출판 청어람

1. 섹스는 로맨스가 아니나 / 7

2. 님과 여 / 43

3. 빠져들다 / 76

4. 기억의 파편 / 118

5. GAME / 150

6. 사랑, 그 잔인한… / 185

7. 파괴하고 싶은 남자 / 220

8. 나쁜 여자 / 250

9. 뒤늦게 찾아오는 것들 / 277

10. 그를 만나다 / 304

11. With or Without You / 327

12. 지금은 사랑할 때 / 354

작가후기 / 365

1. 섹스는 로맨스가 아니다

"**무**슨 생각 해?"

그가 물었다. 낮고 부드러운 울림이 있는 목소리. 그는 주은이 아는 한 가장 지적이고 섹시한 보이스를 가진 사람이다. 주은은 그의 울림이 자신의 감각에 어떤 떨림을 주는지 음미하며 느리게 눈을 깜빡였다.

"아무 생각도 안 해."

주은은 담담히 대답했다.

"넌 항상 생각하는 얼굴인걸. 섹스 할 때조차."

"그 정도로 지루하진 않아."

"그건 나도 알아."

그가 물고 있던 담배를 비벼 끄고는 시트 속으로 파고들었다. 간이침대가 삐걱거림과 동시에 담배 냄새가 훅 끼쳤다. 주은은 순간적으로 미간을 좁혔지만 그를 밀쳐 내지는 않았다. 이상하다. 이 남자의 담배 냄새는…… 좋다.

그가 팔을 뻗어 주은의 허리를 끌어안았다. 뜨거운 체온과 체취 단단하고 섬세한 근육들의 감촉. 주은은 자신도 모르게 숨을 들이마셨다. 체온이 다시금 뜨거워진다. 격렬했던 섹스의 여운이 채 가시기 전에 서로를 원한다는 것에 피로감 대신 저릿한 흥분이 퍼져 나간다. 주은은 고개를 살짝 들고 자신의 눈을 들여다보는 그와 시선을 맞췄다. 그와 눈빛이 얽히자 체온은 조금 더 올라갔다. 주은은 그를 끌어당겨 목에 팔을 둘렀다. 뜨거운 숨결이 얼굴에 닿았다고 느낀 순간 그가 입술을 열고 파고들었다. 담배 냄새와 함께 진한 와인 맛이 난다. 온몸의 세포를 여는 강렬한 향기와 맛. 주은은 입술을 벌려 그의 혀를 받아들였다.

숨이 차츰 가빠지고 몸속에 잔잔하게 흐르던 물결이 위아래로 크게 일렁이자 주은은 허공을 디딘 것처럼 현기증이 났다. 이를 알아채기라도 한 듯 그는 주은을 힘껏 안고 먹잇감을 옭아매는 식물처럼 친친 감았다. 주은은 그의 몸속에서 안도의 숨을 내쉬며 등을 힘껏 껴안았다. 그와의 섹스를 흥분과 격렬함을 넘어서 안도감을 느끼게 하는 무언가가 있었다. 지금껏 느낄 수 없었던 많은 것들을 거짓말처럼 한 몸에 품은 남자. 더 많이 알고 싶고 그만큼 두려워지는 남자. 주은은 무슨 이유에선지 이 남자에 관한 생각들을 떨쳐 버릴 수가 없었다. 이 호기심과 불안감은 그의 사진을 처음 보았을 때부터 시작되었다.

주은은 그를 만나기 전부터 그의 프로필을 세세히 알고 있었다. 인턴사원이 정성 들여 모으고 정리한 파일에는 그의 경력에서부터 그동안 염문을 뿌렸던 모델들과 여배우에 관한 것이 담겨 있었고 몇몇 스포츠지와 여성지에 실린 사진이 첨부되어 있었다.

제일 먼저 주은의 눈을 끈 것은 그의 눈빛이었다. 알 수 없는 뭔가가 뒤엉켜 생경하고 그 낯설음에 더욱 끌리게 되는 눈빛. 주은은 음식에 든 향료를 맞혀내는 미식가처럼 그 눈빛을 음미하고 분석했다. 결코 순탄하지는 않았을 과거로 인해 연마된 강렬하고 날카로운 눈빛. 그 거칠고 예리한 칼날 속에 깃든 섬세함. 믿는 건 오직 자신밖에 없는, 누구에게도 진심을 내보인 적이 없는 남자. 완벽주의자에 뛰어난 창조성을 가진 남자.

주은은 그의 시선에서 여자들이 그토록 열광할 만한 이유들을 스무 가지도 넘게 발견할 수 있었다. 다른 사람들은 그의 인기가 큰 키와 매력적인 몸, 잘생긴 얼굴 때문이라고 생각하지만 그것은 여자들을 잘 모르고 하는 소리다. 호기심을 갖고 들여다보게 만드는 저 눈빛. 들뜨고 기대하게 만드는 저 눈빛. 연민에 안타까워하고 다칠까 쩔쩔매면서도 다가서지 않고는 못 견디게 만드는 빌어먹을 눈빛 때문이다.

주은은 카메라 렌즈를 응시하는 서늘한 눈매를 보며 송시오란 사내가 만만치 않은 인물이라는 것에 흥미를 느꼈다. 마치 결투를 앞둔 것처럼 흥분되기까지 했다. 그런 느낌은 실로 오랜만이었다. 주은은 다른 여자들처럼 그에게 선망의 눈길을 보내지 않겠다고, 그 뻔뻔한 모습 속에 숨겨진 진짜 모습을 파헤치고 비웃어주겠다고 코웃음을 쳤었다. 하지만 결론적으로 볼 때 주은은 철저하게 실패하고 말았다. 지금 그와 한 침대에서 섹스를 나누고 있으니까 말이다.

그는 주은이 생각했던 것 이상의 남자였다. 생각했던 것보다 훨씬 어려운 상대라는 것이 그의 첫인상이었다. 주위를 압도하고 끌어당기는 힘, 무심해 보이는 눈빛 속에 신랄함, 이따금씩 드러나는 미소 속에는 그늘이 서려 있었다. 보이는 대로가 다인 남자는 시시하다. 주은은 늘 그렇게 생각해 왔다. 그래서 알 수 없는 미로처럼 복잡한 이 남자가 매력있게 느껴졌다. 그는 겉껍데기는 근사하지만 몇 번 대화를 나누면 이내 실망하고 마는 사내들과 달랐다. 주은은 무심한 듯 보이는 눈빛, 조용한 얼굴 이면에 감춰진 많은 것들을 알고 싶었다. 그리고 맛보고 싶었다.

주은은 송시오를 처음 본 날 자신과 한 침대 속에 있는 그를 상상했다. 일로 만난 사람을 그런 식으로 생각하기는 처음이었지만 조금도 거리낌이 들지 않았다. 주은은 머릿속에서 그를 발가벗기고 침대 속으로 끌어들였다. 차갑게만 보였던 그의 눈빛이 걷잡을 수 없이 뜨겁게 느껴진 순간 주은은 황급히 환상을 지웠다. 그러지 않으면 그를 정말로 원할 것만 같았다. 하지만 주은은 자신이 생각했던 것만큼 자제력이 강하진 못했다.

잡지에 실을 그와의 인터뷰를 끝내고 촬영 스테프들과 함께 술자리를 갖으면서 공교롭게도 주은은 송시오 옆 자리에 앉게 되었다. 처음엔 열 명이 넘었던 인원이 시간이 지나면서 차차 줄어 결국 둘만 남았다. 둘 다 그다지 취하지 않았다. 제법 말짱한 눈으로 서로를 관찰하고 있을 뿐이었다. 둘 사이에 흐르는 묘한 긴장감 때문에 취하기는커녕 주은의 정신은 또렷해져만 갔다. 탐색전이 길어질수록 주은은 그에게 끌리는 자신을 느낄 수 있었다. 어떤 기자가 기사에 쓰길 송시오의 매력은 다듬어지지 않은 거침, 날것 그대로의 생명력이라고 했다. 날것 그대로의 사내에게 본능적으로 반응하는 것은 어쩌면 자연스러운 일인지도 모르지만 주은은 그에게 말려드는 것이 달갑지 않았다.

견디다 못한 주은은 자리에서 일어나 그에게 안녕을 고하고 바를 나왔다. 막 택시를 잡으려는 순간, 뒤쫓아온 시오가 닫히려는 택시 문을 잡았다. 그는 말이 없었다. 그저 주은의 얼굴을 빤히 보며 희미하게 웃을 뿐이었다. 주은은 그의 얼굴과 택시 문을 붙들고 있는 그의 손을 번갈아 보며 갈등했다. 그리고 얼마 후 정신을 차렸을 땐 그와 함께 호텔 엘리베이터를 타고 있었다. 주은은 그제야 충동적인 일을 벌인 것을 망설였지만 그 순간은 지극히 짧았다. 엘리베이터가 올라가자마자 그가 끌어당겨 키스를 했기 때문이다. 주은은 그의 키스가 멋지다는 것에 진심으로 안도했다.

첫 만남, 첫 섹스를 시작으로 그가 전화를 걸면 약속을 잡고 술을 마시고 섹스를 했다. 오늘은 그와의 세 번째 만남이자 여섯 번째 섹스였다.

'섹스 한 횟수가 두 자리로 넘어가기 전에 그와 끝낼까, 아니면 몇 번 더 만날까.'

주은은 손바닥에 닿는 그의 피부 질감과 근육의 단단함을 음미하며 생각에 잠겼다. 이 남자와의 관계를 언제까지 유지해야 할지 아직 판단이 서지 않는다. 아직 그에 대한 호기심이 충족되지 않았기 때문이다.

그의 눈빛 속에선 아직도 알아내고 싶은 것이 많았고 같이 있는 시간은 지금껏 어떤 누구와 함께 있는 것보다 좋았다. 그는 꽤 근사한 피부와 허벅지를 가졌고 무엇보다 제대로 된 섹스를 할 줄 안다. 그는 상대방의 마음을 읽고 감정에 따라 움직인다. 억지로 강요하거나 혼자만의 욕심을 채우지 않는다. 눈치 빠름을 드러내며 가볍게 굴지 않았고 말 대신 행동으로 드러냈다. 그는 생각했던 것보다 훨씬 편안한 남자였고, 이런 느낌의 남자를 만날 기회는 그리 흔치 않다는 걸 주은은 알고 있었다. 그런데 왜 자꾸 불안한 걸까. 그저 가볍게 만나는 관계일 뿐이라고 생각하면서도 가슴 깊은 곳에서는 그가 모든 것을 장악해 버리지나 않을까 하는 두려움이 솟아나 주은을 괴롭혔다. 말도 안 된다. 그 어떤 사람도 자신을 변화시킬 수 없다고 주은은 생각했다.

"또, 또."

나무라는 듯한 말투에 주은은 고개를 들었다. 시오는 조금은 불만족스런 눈빛으로 속삭였다.

"집중해."

시오의 숨결이 귓가를 간질이자 주은은 희미하게 웃었다.

"집중하게 해줘."

그는 알았다는 표정을 짓고는 등 아래로 손을 넣어 감쌌다. 그의 손가락이 주는 작은 전율이 척추를 따라 흐른다. 그는 주은의 가슴을 입에 가득 물고 달콤한 부드러운 과육을 음미하듯 입술과 혀를 이용해 부드럽게 굴렸다. 주은은 숨을 깊이 들이마시며 고개를 뒤로 젖혔다.

감각의 현들이 길고도 높은 음을 낸다. 성급하게 서로의 옷을 벗기며 침대로 향하던 아까보다 더욱 높고도 격정적인 음률이었다. 주은은 몸속의 현을 팽팽하게 잡아당겨 음을 끌어올렸다. 벌어진 입술에서 신음이 흘러나온다. 자신도 놀랄 만큼 유혹적인 음성이다. 주은은 몸을 뒤로 젖히고 눈을 감았다. 그의 축축하고 뜨거운 혀가 몸속을 휘젓는다. 혀의 움직임에 따라 체온이 올라가고 깊숙한 곳에 숨겨진 열정이 흘러나온다.

주은은 이토록 누군가를 뜨겁게 받아들인 적은 없었다. 그동안에 해온 섹스가 무미건조하게 느껴질 만큼 이 남자와의 섹스는 각별했다. 몸을 둘러싼 허물을 벗고 가까이 닿아 있는 느낌, 몸속에 무언가를 계속 이끌어내 자유로워지는 느낌이 들었다.

"다리를 벌려봐."

시오가 낮게 속삭였다. 주은이 다리를 벌리자 그는 뱀처럼 미끄러져 내려가 다리 사이에 자리 잡았다. 심장이 뛰고 몸의 중심이 달아오른다. 어서 그의 입술이 닿기를, 그의 뜨거운 혀가 몸속 깊숙한 곳으로 들어오기를, 그리고 머릿속이 멍해질 만큼 헤집어놓기를. 어서. 어서.

주은은 침대 머리맡으로 손을 뻗어 차가운 철제 기둥을 움켜쥐었다. 순간 그의 입술이 몸의 중심으로 미끄러지듯이 들어왔다. 보드라운 입술과 따뜻한 숨에 주은의 몸이 작게 경련했다. 시오는 주은의 다리를 더 벌리고 뜨거운 혀로 곳곳을 오갔다. 마치 어린아이의 장난처럼, 여자의 몸을 잘 아는 노련한 사내처럼 그는 주은의 몸속을 누볐다. 그의 입술과 혀에 주은은 온몸이 녹아내릴 것 같은 흥분을 느꼈다. 주은은 요부처럼 허리를 뒤틀며 그에게 더 깊이 들어오라고 요구했다. 시오는 주은이 원하는 대로, 아니, 그 이상으로 깊이 들어왔다. 주은은 그의 손길, 입술, 혀가 주는 감각을 받아들이며 그동안 자신의 몸은 채 깨어나지 못하고 쾌락의 언저리에만 머물러 있었음을 알았다. 지금 이 순간 그의 손길이, 입술이, 혀가 좋다. 부드럽고도 단단한 몸과 퇴폐적인 숨결이 좋다.

주은의 입술 사이로 여과되지 않은 연방 신음이 흘러나왔다. 그럴수록 그의 혀 놀림이 빨라졌고 주은의 쾌락에 들뜬 음성은 커져만 같다. 바로 그때, 별안간 그가 몸을 일으켰다. 주은은 고통스러운 표정을 지으며 눈을 떴다. 그의 얼굴이 가까이 다가와 있있다. 그는 주은과 눈을 맞추며 말했다.

"날 원해?"

그는 비겁하게도 쾌락을 이용해 무언가를 얻어내려 하고 있다. 주은은 가쁜 숨을 몰아쉬고 고개를 끄덕였다.

"대답해. 날 원해?"

시오는 오른손이 주은의 다리 사이로 미끄러지듯이 들어갔다. 유혹적인 손놀림에 주은의 감각이 격렬하게 꿈틀댔다.

"응."

주은은 지금 자신이 무슨 말을 지껄이는지 알 수가 없었다. 몸에서는 비명을 질러대고 머릿속은 하얗게 비워지고 있었다. 지금 당장 그의 몸을 원한다. 그를 눕히고 그 위에 올라가 이 미칠 것 같은 흥분을 끝내 버리고 싶다. 하지만 그는 원하는 것이 있었기에 잔인했다.

"앞으로도 계속 원한다고 말해. 서로에게 질릴 때까지."

주은은 시오의 의도를 알아챘다. 그는 그녀가 망설이고 있는 것을 눈치 챈 것이다. 그래서 이참에 확실히 하려는 것일 테지. 역시 똑똑하고 눈치 빠른 사내다. 주은은 몸을 일으켜 시오의 눈을 들여다보았다. 그리고 얼굴을 끌어당겨 긴 키스를 했다. 숨 막힐 듯한 키스 뒤에 주은이 말했다.

"그래."

"좋아."

시오는 보일 듯 말 듯 웃으며 주은의 어깨를 안고 침대 위로 쓰러졌다. 주은은 땀 냄새가 나는 그의 가슴에 얼굴을 묻고 온몸에 형언할 수 없는 감각이 퍼져 나가는 것을 음미했다. 오랜만이다, 이렇게 들뜨는 느낌은.

주은은 그의 어깨를 힘껏 끌어안으며 다리를 벌렸다. 시오는 단숨에 몸속으로 파고들어 왔고 두 사람의 입술에서 낮은 신음이 흘러나왔다. 그는 여자가 원하는 것이 무엇인지 잘 아는 수컷이었다. 시오의 움직임은 관능적이고 주은은 그의 마력에 정신없이 휩쓸려 가며 경이로울 만큼 강렬한 쾌락에 물들었다.

이 남자와의 섹스, 당분간은 즐거우리라.

주은은 자신의 결정과 뇌리에 남아 있는 불안한 뭔가를 머릿속에서 지우며 그의 허리에 다리를 감았다. 온몸의 세포 하나하나가 올올이 일어서며 환희를 맞아들일 준비를 끝냈다.

품속에 안겨 있던 주은이 팔을 풀고 일어나 앉았다. 잠깐 잠들었던 시오는 그녀가 침대에서 빠져나감과 동시에 잠에서 깼다. 시오는 잠이 가시지 않은 눈으로 주은이 브래지어 후크를 채우는 것을 가만히 지켜보았다. 그녀는 예쁜 몸을 가졌다. 겉으로 보여지는 차갑고 냉정한 모습과 달리 그녀의 몸은 앳된 소녀의 몸처럼 가냘프고 섬세해서 자꾸만 안아주고 싶은 느낌이 들었다.

전체적으로 마른 몸에 사춘기 소녀처럼 하얗고 동그란 가슴과 성숙한 여인의 엉덩이를 가진 여자. 그 비대칭이 시오는 좋았다. 세상 사람이 발견 못한 은밀한 것을 자신만이 알고 있는 듯한 흥분도 들었다. 그녀의 알몸은 매순간 다른 빛과 촉감과 맛이 났다. 물고기 비늘처럼 푸르고, 살갗에 젖어드는 비처럼 차갑고, 혀가 얼얼하도록 달고 진한 맛이 난다.

'저 여자에게서 느껴지는 감정을 사진으로 찍을 수 있다면 좋겠어.'

이따금씩 시오는 그녀의 몸에 카메라를 들이대고 싶은 격렬한 충동을 느꼈다. 하지만 그랬다간 당장에 난리가 나겠지. 시오는 희미하게 웃음을 머금은 채 주은을 응시했다. 그의 눈은 주은의 하얀 등에 머물렀다가 여성적인 허리선을 음미하고 감탄이 흘러나오는 엉덩이로 미끄러져 내려왔다. 사랑스런 엉덩이다, 사내의 본능을 일깨우는. 시오는 몸을 일으켜 주은의 허리를 감싸려고 손을 뻗었다. 그러자 침대가 내는 소음을 들은 주은이 뒤돌아서며 슬쩍 몸을 피했다.

"가는 거야?"

"해야 할 일이 많아."

그녀가 시선도 마주치지 않은 채 무뚝뚝하게 대꾸했다. 시오는 그 말을 곧이곧대로 믿지 않았다. 지금 그녀의 모습은 일이 많아서라기보다는 도망치는 것에 가까웠다. 무엇으로부터 도망치는 걸까. 시오로서는 알 길이 없었다.

시오는 스커트 지퍼를 올리는 주은을 가만히 지켜보았다. 저

지적이고 슬림한 펜슬 스커트처럼 그녀는 지적이고 섹시하다. 몸에 딱 맞아떨어지는 라인처럼 군더더기없이 깔끔하고 정갈한 표정과 말투. 흠잡을 데 없는 스타일과 매너. 결벽증 환자처럼 보일 정도로 모든 것이 말끔하다. 하지만 그녀의 눈빛은 허점투성이다. 자신은 철저히 숨기고 있다고 믿고 있겠지만 그 속에 숨겨놓은 것들이 시오의 눈에는 보였다. 두려움, 안타까움, 슬픔, 뜨거운 열정, 발칙한 욕망 같은 감정들이 뒤엉켜 느리게 소용돌이치고 있었다. 그 감정들은 그녀가 알몸일 때 더 잘 드러난다. 침대 위에서의 그녀는 열정적이고 거침이 없다. 자신의 감정과 욕망을 주저없이 당당히 드러낸다. 몸을 감싼 껍데기를 훌훌 벗어 던진 그녀는 눈이 부시다. 그것은 마술사가 모자 속에서 비둘기를 꺼내 하늘로 날려 보낼 때처럼 경이롭고 아름답다. 하지만 그 시간은 지나치리만큼 짧다.

그녀는 왜 그 아름다움을 숨기려고만 할까. 왜 애써 자신을 덮어버리는 걸까.

격렬했던 폭풍이 지나가고 심장의 고동이 평소대로 돌아오기도 전에 그녀는 차가운 허물을 뒤집어쓴 마녀가 된다. 급속도로 싸늘해진 그녀는 무척 낯설다. 낯설다는 것은 아쉬움과 함께 다음을 기다리게 한다. 그녀에게 느낀 감정은 단순한 기대를 넘어선 강렬한 그 어떤 것이었다. 시오는 치열하게 파고들어 그녀의 존재를 샅샅이 해부해 보고 싶었다. 여자에게서 처음으로 느낀 호기심과 낯선 감정들. 시오는 주은을 복잡하게 바라보다 혼잣말처럼 중얼거렸다.

"이럴 땐 내가 남창같이 느껴져."

옷을 입는 주은의 손길이 멈췄다. 주은은 무슨 헛소리냐는 듯 한심하다는 눈으로 시오를 쳐다보았다.

"제 볼일을 다 봤다는 듯 가버리잖아."

시오는 무뚝뚝하게 덧붙였다.

"불편해."

"내가?"

"이 장소가. 이 스튜디오, 호텔, 차. 내겐 너무 불편해."

"너는 네 집도 내 집도 싫다고 했어."

"내 공간에 나 아닌 누군가를 들여놓는 게 싫어. 다른 사람의 공간에 침입하는 것도 싫고."

"까다롭군."

시오는 잠시 생각에 잠겼다. 주은은 가벼운 어투로, 그러나 표정만은 진지하게 말했다.

"우리가 공유하기로 한 것은 섹스뿐이잖아. 삶이…… 아니었어."

주은은 어절 사이를 필요이상으로 길게 늘였다.

'그렇지, 오직 섹스만이라는 단서로 만나는 것이니까.'

시오는 그녀다운 생각이라고 고개를 끄덕였다. 개인적이면서도 지극히 방어적인 태도는 인간관계에 따르는 리스크를 줄이기 위한 그녀의 최선책일 것이다. 그 모든 걸 이해하면서도 시오는 주은의 삶을 엿보고 싶었다. 단단한 성벽 속에 숨어 자신을 내놓지 않는 그녀의 본모습을 알고 싶었다.

'외톨이.'

시오는 주은을 처음 보고 속으로 외톨이라고 중얼거렸다. 타의에 의해서가 아닌 자의에 의한 외톨이. 그녀 스스로가 사람들을 따돌리고 혼자 고립해 있는 것이다. 자신보다 훨씬 더 견고하고 오래되어 보이는 성벽. 어떻게 하면 그녀가 살고 있는 고고한 탑으로 올라갈 수 있을까. 어떻게 하면 그녀를 끌어내 삶 속으로 끌어들일 수 있을까.

"쉽지 않겠는걸."

시오는 고집있어 보이는 콧날과 다문 입술을 보며 피식 웃었다. 그러자 주은이 눈을 동그랗게 뜨고 물었다.

"뭐?"

"아니야, 아무것도."

시오는 몸을 일으켜 주은에게 다가갔다. 불빛에 그의 탄력적이고 넓은 가슴이 드러났다. 단단한 근육이 근사하게 자리 잡은 가슴을 흘끔 쳐다본 주은의 눈빛이 일순간 감탄으로 반짝였다.

"내가 한 가지 제안을 해볼까 하는데 말이야."

그는 진지한 눈빛으로 말했다. 주은은 그와 눈을 맞추고 물었다.

"무슨?"

"우리 둘만의 공간을 만들어보자. 집도, 호텔도 싫다니 제삼의 상소기 필요해."

주은은 입을 다물고 조용히 기다렸다. 시오는 계속 말을 이어
갔다.

"네 직장과 내 작업실의 중간쯤에 오피스텔을 하나 구하는 거
야. 호텔이나 작업실을 전전하지 않고 부담없이 쉴 수 있도록."

잠시 침묵이 이어졌다. 느리게 깜빡이는 눈을 보며 시오는 어
서 빨리 작은 입술이 열리기를 기다렸다. 얼마나 흘렀을까. 주
은이 조용한 표정으로 말했다.

"그래, 그럼. 네가 집을 알아봐, 계약은 내가 할게."

주은은 생각보다 쉽고 빠르게 결정했다. 저것이 그녀의 스타
일이다. 상대방에게 주저하거나 망설이는 모습을 보이지 않는
것. 절대로 모험 따윈 하지 않을 것처럼 차갑고 까다로운 인상
이지만 그녀는 본능적으로 위험을 즐겼다. 곁에 누가 다가서는
걸 싫어하면서도 자신과 같은 사내를 만나 몇 번이나 섹스를 하
고 다음 만남을 약속한 것부터 그녀는 모험을 한 셈이었다. 거
기에서 한발 더 나아가는 제안은 위험천만한 것이었지만 그녀
가 수락했다. 시오는 탑으로 올라갈 수 있는 계단을 발견한 것
같아 가슴이 두근거렸다. 그녀는 늘 시오를 들뜨게 했다.

"그래, 곧 연락할게."

시오는 애써 담담하게 말했다. 주은은 담담한 얼굴로 백을 들
고 작업실 문을 나섰다. 시오는 현실의 하주은으로 완벽하게 돌
아간 그녀를 지켜보며 이제 겨우 시작이라고 생각했다. 그녀는

자신을 믿고 있지 않다, 이것은 일종의 테스트일 뿐. 탑의 육중한 문을 열어젖히기에는 부족하다.

'쾌나 분발해야겠는걸.'

시오는 만족한 미소를 지으며 침대에 다시 누웠다. 주은이 빠져나간 시트에 은은한 향수 냄새와 그녀의 체취가 배어 있었다.

✳

푸르덴셜타워 십육층에는 모드(mode) 코리아 외에도 두 개의 잡지사가 더 있다. 십대와 이십대를 타깃으로 한 영패션잡지 모드걸(modegirl)과 남성잡지(M). 모두 세계적인 미디어 그룹 F&P에 속해 있는 잡지사다. 매달 벌어지는 일이지만 데드라인이 가까워져 오면 십육층의 스트레스 지수는 최고치가 된다. 전쟁터를 연상케 하는 책상에서 머리를 쥐어뜯으며 히스테리를 부리는 피처 에디터가 있는가 하면, 꽁꽁 숨어버린 스타를 찾기 위해 007 작전을 방불케 하는 작전을 벌이는 섭외 담당 에디터, 현지 촬영팀이 잃어버린 여행 가방을 찾기 위해 백방으로 전화를 돌리는 패션 에디터, 신경질적인 스타, 깐깐한 포토그래퍼 사이에서 갈팡질팡하는 진행 에디터, 브랜드 홍보 담당자들과 신경전을 벌이는 뷰티 에디터. 마감 때마다 극과 극의 희로애락이 오가는 곳. 그러기에 더 드라마틱하고 매력있는 세계. 주은이 이 세계에 몸을 담은 지는 올해로 칠

년째다. 그녀는 모드 코리아의 피처 디렉터로 독특한 개성과 남다른 감각, 통찰력을 가졌고 남들은 재앙이라 생각할 정도로 철두철미한 완벽함을 가진 여성이다. 늘 마감 며칠 전에 일을 끝내서 많은 사람들의 부러움을 샀던 그녀. 그런 주은이 곧 마감임에도 불구하고 한 꼭지를 남겨두고 고민에 빠져 있었다.

〈이 시대 위버섹슈얼(Ubersexual)과의 인터뷰.〉

하얀 화면에 꼬마전구처럼 깜빡이는 커서를 노려보던 주은의 얼굴에 그늘이 드리워졌다. 도무지 글이 써지질 않는다. 머릿속에 젠장이라는 단어들만 빼곡하게 들어찬다. 주은은 노트북을 밀쳐 놓고 자리에서 벌떡 일어났다. 피 속을 카페인으로 가득 채우면 써질까. 주은은 커다란 머그컵을 들고 탕비실로 향했다. 몇 걸음 못 미처 누군가가 불러 세운다. 뒤돌아보니 편집장인 조명희가 구김없는 미소를 지으며 서 있었다.

"왜 다 죽어가는 얼굴이야?"

그녀는 재미있다는 듯이 싱긋 웃었다. 하지만 주은은 하나도 즐겁지 않았다. 머릿속이 어질어질하고 입 안에 바싹바싹 탄다. 다른 에디터들이 겪는 마감증후군이 이제서 찾아오는 걸까.

"이맘때면 다 넘겼어야 하지 않아? 왜 그리 오래 붙들고 있어?"

"꼭지 하나가 속을 썩이네요."

"하주은답지 않게 엄살은."

명희는 씩씩한 몸짓으로 주은의 어깨를 토닥였다. 그녀는 의기소침해 있는 병사를 다독이는 장군처럼 씩씩하게 웃으며 주은을 탕비실로 이끌었다.

"아직 안 올라온 것이 위버섹슈얼에 관한 거였지? 의외의 복병이었나 봐?"

"네. 생각했던 것보다."

'그래, 생각했던 것보다 변수가 많았지.'

주은은 속으로 쓰디쓴 미소를 지었지만 겉으로 드러난 표정만큼은 조용했다. 그러나 그녀를 잘 아는 명희는 무언가를 발견하고 의아한 표정을 짓다가 돌연 싱긋 웃으며 말했다.

"송시오, 매력있잖아. 요즘 젊은 여자들이 좋아할 만한 이야깃거리가 풍부할 것 같은데."

주은은 동감한다는 듯 고개를 끄덕였다. 하지만 같이 잔 남자의 시시콜콜한 매력을 흥분에 차 써 내려가는 것은 그리 쉬운 것이 아니다. '이 시대 신인류'라는 테마로 연예산업의 이슈로 떠오르고 있는 메트로섹슈얼(metrosexual), 레트로섹슈얼(retrosexual), 위버섹슈얼(Ubersexual)'과의 인터뷰를 기획할 때만 해도 이런 난관에 부딪힐 줄은 상상하지 못한 주은이었다. 송시오는 세 번째이자 마지막 인터뷰였다.

드라마 한 편으로 경이로울 만큼의 성공을 거두고 메트로섹슈얼로서의 입지를 굳힌 신인 남자 배우, 십대와 이십대 여성층에게 절대적 지지를 받고 있는 서진 레트로섹슈얼의 대명사인 스포츠 스타, 그리고 최근 슈퍼모델과의 스캔들 이후 한층 더 주가를 올리고 있는 패션 포토그래퍼 송시오. 송시오는 메트로섹슈얼과 레트로섹슈얼의 장점을 고루 갖춘, 그야말로 완벽에 가까운 남자로 선정되었다. 연예인도, 스포츠 스타도 아닌 이 남자를 여성들은 어떻게 좋아하게 된 걸까.

그는 연예프로에 얼굴을 조금씩 알리면서 여성들의 호기심을 끌었다. 이후 곱상하게 잘생긴 메트로섹슈얼과 거칠고 남자다운 매력의 레트로섹슈얼의 매력을 가진 송시오를 대중매체는 위버섹슈얼(Ubersexual)이라 부르며 주목하기 시작했다. TV 프로그램, 여성 일간지, 패션지 할 것 없이 송시오 얘기에 열을 올렸고, 때마침 의류 광고와 디지털카메라 광고에 출연하면서 흔히 말해 완전히 떠버렸다. 주은은 에디터며 기자들 할 것 없이 만나기조차 힘들다는 그와의 인터뷰를 따내고 의기양양했었다. 그런데 인터뷰만 따낸 것이 아니라 섹스 파트너의 자리까지 덜컥 차지해 버리고 만 것이다.

'어쩌다가 일을 이렇게 만든 거지?'

주은은 신경질적인 표정으로 아랫입술을 깨물었다. 복잡한 감정이 개입된 인터뷰가 술술 써질 리가 없다. 그녀는 지금 공과 사를 구별하지 못한 벌을 받는 중이었다. .

"이번 기사에 대해 다들 기대를 갖고 있어. 전처럼 근사한 걸로 뽑아내 봐."

명희의 말에 주은은 애써 웃어 보였다. 명희는 주은의 얼굴을 빤히 들여다보다 불쑥 물었다.

"그런데 말이야. 다른 때보다 진척이 느린 걸 보면 왠지 수상한 걸. 몇몇 에디터가 송시오에게 열을 올리고 있던데 혹시 자기도 빠진 거 아니야?"

"그럴 리가요."

주은은 말도 안 된다는 표정을 지으며 슬쩍 웃음을 흘렸다.

"연애 안 한 지 꽤 되지 않았어? 이참에 송시오 한번 꼬셔봐. 둘이 잘 어울릴 거 같은데."

명희는 한쪽 눈을 찡긋하고 복도 반대편으로 총총히 걸어갔다. 그녀의 뒷모습을 바라보던 주은의 얼굴이 더욱 구겨졌다.

기사를 제때에 쓰지 못했으니 일은 어쩔 수 없이 야근으로 이어졌다. 마감에 쫓긴 에디터들이 머리를 싸매고 기사를 쓰고 재차 확인 작업을 거치는 동안 커피와 홍차로 저녁을 때운 주은은 밤 열두 시가 넘어서야 첫 줄을 써 내려갔다.

〈메트로섹슈얼의 시대는 가고 위버섹슈얼(Ubersexual)의 시대가 왔다.〉

마침표를 찍은 주은은 눈에 힘을 주고 문장을 노려보았다. 패

선배거긴 피처 디렉터이라는 사람이 이런 기사에 머뭇거려선 안 된다고 자신을 몰아세운다.

'뭐가 꺼려져서 못 쓰는 걸까. 그에게 호감있다는 것이 드러날까 봐? 아니면 다른 여자들이 그에게 열광하게 될까 봐? 웃기는군.'

주은은 피식 웃으며 고개를 흔들었다. 그리고는 물속에 뛰어들려는 사람처럼 긴 호흡을 했다.

〈이 시대 여성들은 더 이상 곱상하고 잘빠진 미남에 열광하지 않는다. 그녀들은 보다 강하고도 부드러운 남자를 원한다. 과거의 향수를 불러일으키는 거칠고 강한 사내의 모습과 현대의 스타일리시하고 매너 좋은 사내의 모습이 혼합된 위버섹슈얼. 이 시대는 과거보다 진일보한 남성상을 원하는 것이다.

패션 포토그래퍼 송시오는 그런 시대적 분위기에 편승해 여성들의 관심을 한 몸에 얻고 있는 남성이다. 이 이름이 낯선 분이라면 방송 연예프로그램이나 스포츠지, 인터넷 신문을 눈여겨보지 않은 것이 분명하다. 최근 일 년간 그의 이름은 사람들의 입에 자주 오르내렸다. 처음엔 단순히 인기 여배우의 연애 상대자였지만 대중은 점차 이 잘생긴 남자에게 관심을 갖기 시작했다. 네티즌들은 카페를 열어 송시오의 사진을 앞 다퉈 올리기 시작했고 여성지마다 그의 인터뷰 기사를 실어달라는 요청이 쇄도할 만큼 그의 인기는 점점 뜨거워졌다. 대중의 호기심이 절정에 다다랐을 무렵, 그가 드디어 브라운관에 모습을 드러냈다. 가공하지 않은 날것 그대로의 모습을 드러낸 이 사내의 등장 이후 대한민국은 송시오 신드롬에 사로잡혔다.

폭발적인 인기의 한가운데 있는 그와의 인터뷰를 시도하는 것은 쉽지가 않았다. 모든 인맥을 동원해 그와 통화를 시도했고 마침내 어시스트와의 통화를 성공했을 때 돌아온 반응은 회의적이었다. 그토록 언론 플레이를 잘하는 남자가 제대로 된 인터뷰 기사가 없다는 사실이 비로소 이해가 가는 순간이었다. 어시스트는 인터뷰 질문을 메일로 보내줄 것을 요청했고 필자가 메일을 보낸 지 일주일 후 연락이 왔다. 대답은 OK. 송시오는 다시 한 번 필자를 놀라게 했다. 근사한 호텔 스위트로 초대했기 때문이다. 혹여 다른 상상을 할까 봐 어시스트는 얼른 다음 말을 이었다.

[그곳에서 이번에 새로 런칭한 의류브랜드 카달로그 촬영이 있어서요.]

순진한 어시스트의 목소리란. 필자는 흔쾌히 스케줄을 잡았다.

특급호텔 스위트룸의 초대는 생각보다 달콤하지 않았다. 문을 열고 들어가는 순간 외국의 팝스타나 벌일 듯한 소란스럽고 화려한 파티의 한 장면이 눈에 들어왔다. 여기저기 어지러운 술병과 요란한 파티 장식, 그웬 스테파니의 감각적인 노래가 울려 퍼지는 가운데 주위에 빼곡히 늘어선 사람들 사이로 한 남자의 등이 보였다. 드디어 포토그래퍼 송시오를 가까이에서 보는 순간이다.〉

'그리고 그날 밤 그와 잤지. 그 호텔에서, 무모하게.'

주은은 모니터에서 시선을 떼고 의자 등받이에 기대 뻐근한 눈을 감았다. 그와의 첫 대면이 눈앞에 선명하게 떠오른다. 그는 알몸 위에 실비아 로잔의 블랙 코트를 반쯤 걸친 모델을 카메라 렌즈로 응시하며 열심히 셔터를 누르고 있었다. CF에서처럼 젖은 청바지에 벗은 상반신이 아닌 국내 디자이너의 슬림한 검은 팬츠 위에 흰 셔츠를 걸친 그는 화보 속에 또 다른 모델처럼 보였다. 주은은 흥미롭다는 표정으로 팔짱을 낀 채 그가 잘 보이는 쪽에 자리를 잡고 섰다. 그의 표정, 움직임을 보고 있자니 살아 꿈틀거리는 동물 그 자체를 보고 있는 느낌이 들었다. 윤곽이 뚜렷한 이목구비는 다소 굵고 거친 느낌이 났지만 세련되게 깎은 짧은 머리와 유난히 눈에 들어오던 눈썹 피어싱, 스타일리시한 분위기가 그 느낌을 색다르게 만들었다.

'꽤나 근사한 비주얼이네. 여자들이 환장할 만한데.'

주은은 그의 존재에 대해 질투라도 하는 것처럼 시니컬한 미소를 지었다. 지금 와 생각해 보면 그에게 끌리는 것에 대한 불편함이었다. 한 여자가 그의 존재에 대해 냉정하게 관찰하고 있는 사이 송시오는 스튜디오를 종횡무진하며 모델들에게 자신이 원하는 것을 요구했다. 그의 움직임과 목소리는 힘찼다. 어느 장소에, 어떤 사람들과 있던지 존재감이 뚜렷이 느껴질 남자였다. 큰 키와 유연한 근육으로 감싸인 넓은 등, 몇몇 여자 스태프들이 감탄하면서 훔쳐보는 엉덩이와 그 아래로 곧게 뻗은 긴 다리, 부드럽고도 날카로운 눈빛, 중저음의 근사한 목소리, 그리고 아찔하리만치 위험해 보여서 더 섹시한 분위기. 그는 여자들이 좋아할 만한 요소를 두루 가지고 있었다.

'여자들은 옴므파탈(Homme Fatale)에 병적으로 끌린다지. 치명적인 위험과 성적 매력은 비례한다고 하던가.'

주은은 그를 처음 본 순간 자신도 모르게 몸에 힘을 주었다. 끌려가지 않으려고 안간힘을 쓰는 사람처럼.

'결국 끌려가 버렸잖아.'

주은은 반쯤 식은 홍차 잔을 들고 의자에서 일어서서 사무실 창 앞으로 걸어갔다. 자신도 모르는 사이에 내린 비가 도시를 적시고 있었다. 안이 꽤 훈훈함에도 불구하고 주은은 추운 듯 어깨를 움츠렸다.

"나답지 않았어."

살짝 벌어진 주은의 입술에서 들릴 듯 말 듯한 목소리가 흘러나왔다.

그래, 하주은답지 않았다. 주은은 잘생겼거나 섹시한 남자에게 끌리는 타입이 아니었다. 아니, 그런 부류를 혐오했다. 자신에게서 흘러나오는 성적 매력을 모든 세계로 갈 수 있는 패스포드처럼 여긴 나머지 안하무인으로 구는 사내들은 유명인이라면 사족을 못 쓰는 계집애들에게나 던져 줘야 한다고 생각했다. 그런 사내들에게 가졌던 무수한 편견이 왜 유독 송시오 앞에서 제 구실을 하지 못했던 걸까.

"어떤 실수를 하나 집어내기 위해서 눈을 부릅뜨고 있는 클라이언트 같군요. 긴장 풀고 샴페인 한잔 하죠."

사람 좋은 미소를 지며 디기온 송시오는 샴페인 잔을 내밀며 주은의 눈을 똑바로 쳐다보았다. 그 눈빛에 주은은 내심 놀랐다. 자신에 대해 많은 걸 알고 있는 듯한 눈빛이었다. 모든 걸 알고 있다고, 이해하고 있다는 듯이 말하는 눈빛. 다른 사람이 지었다면 불쾌했을 눈빛이었지만 주은은 마음 한쪽이 느슨해지는 것을 느꼈다.

이후 주은의 날이 선 눈빛은 조금 부드러워졌다. 까다롭고 이기적으로 보이던 행동 뒤에는 모델과 동료를 배려하는 자상함이 엿보였고 자신의 일에 대한 굉장한 열정이 느껴졌다. 그는 브랜드 매니저, 헤어, 메이크업, 매니큐어를 담당하는 스태프와 무대와 패션 스타일리스트, 두어 명의 어시스턴트와 모델들을 능수능란하게 지휘했다. 모두를 웃겼다가 선뜻 입을 열 수 없을 정도로의 긴장과 몰입으로 이끄는 촬영 현장을 보면서 그에 대한 평판이 과장된 것만은 아니라는 것을 알 수 있었다.

그에 관해 많은 편견으로 무장하고 스위트룸에 들어섰던 주은은 촬영이 끝날 무렵에는 왠지 허탈함마저 느꼈다. 여느 사내들이 그렇듯 자기 잘난 맛에 사는 오만방자한 인간이었으면 좋겠다는 바람이 무너진 것에 대한 실망과 왜 그런 과장된 거부감을 가지고 인터뷰에 임했는가 하는 물음만이 그녀를 괴롭힐 뿐이었다.

거칠고 진취적인 수컷의 모습에 위험해 보이는 성적 매력과 근사한 외모를 가진 사진작가. 자료 속의 그는 여성들이 바라는 이상에 가까웠다. 주은은 그 인상이 그저 이상에 머무르기를 바랐다. 실제론 자기 자신에게 도취된 형편없는 괴짜이기를, 그래서 모두를 피곤하게 하고 정떨어지게 만드는 사내이기를 바랐었다. 그랬다면 지금쯤 이번 달 기사를 모두 마무리하고 집에서 뜨거운 목욕을 하고 있을 것이다. 아무 일도 없었다는 듯이 한가롭게.

다 식은 차를 홀짝인 주은은 다시 자리로 돌아와 의자에 앉았다. 그리고 다시금 인터뷰를 써 내려가기 시작했다. 잡지를 읽는 여성 독자들에게 그가 얼마나 섹시하고 쿨한 사람인지 설명해야 한다. 과거의 향수를 불러일으킬 수 있는 마초적인 이미지를 약간 가미하고 그 위에 치명적인 섹시함을 적당히 버무려 현실과 약간은 동떨어진 인물로 그려놓으면 목적 달성이다. 그러면 적어도 올 한 해 동안은 송시오란 사내는 여성들의 호기심과 인기를 한 몸에 받으며 메트로섹슈얼에서 한층 진화한 어퍼섹슈얼의 한 사람으로 불릴 것이다.

"인기를 실감할 때가 언제인가요?"

"당신 같은 미모의 인터뷰어가 내 앞에 앉았을 때요."

생김과 달리 싱거운 농담을 흘리며 웃던 그에게 잠시 끌렸음을 주은은 인정했다. 그는 여자의 브래지어를 벗기는 것이 대수롭지 않은 것처럼 타인의 편견도 쉽게 벗겼다. 모든 사람들을 자기편으로 만드는 재주는 주은으로서는 경이에 가까운 재능으로 보였다.

촬영이 끝나고 호텔 바에서 가진 술자리에서 마티니 몇 잔이 오간 후 그는 동갑이라는 이유로 말을 놓고는 금세 친구처럼 이름을 불렀다.

"하주은, 넌 모르겠지만 예전에 본 적이 있어. 선배 일을 도와주다 멀리서 한 번 봤지. 꼭 촬영장에 견학 온 고등학생 같았어. 그때의 너는."

주은조차 기억하지 못하는 과거의 일을 그는 어제 일어난 일처럼 생생하게 설명했다. 잡지사에 입사해 일 년이 지나도록 여전히 선배들 뒤치다꺼리하는 모습을 용케도 기억하는 모양이었다. 그 당시는 엄한 선배와 신경질적인 포토그래퍼 등쌀에 잔뜩 위축이 돼서 군기가 바짝 들어 있었을 때였다. 눈치있게 보고 배워야 했던 시절이었지만 그리 사교적이지 못한 성격에 융통성마저 없어서 하나하나 깨져 가면서 배웠던 기억이 났다. 고집에 자존심만 세서 곤란한 일에 부딪혀도 애교를 부리거나 유들유들하게 넘어가질 못했다. 그 때문에 몇 번이고 일을 그만둘까 생각했던, 한마디로 방황의 시기였다.

그는 까마득한 옛날이야기를 꺼내면서 그때 당시 단발머리에 화장기 없는 모습이 마음에 들었었다고, 연락처를 받고 싶었지만 선배 닦달에 여유가 없었다고 회상했다. 주은은 그가 술주정을 하는지, 소위 말하는 작업을 거는 건지 알 수가 없었다.

"처음 보고 놀랐다. 여전히 단발머리에 소녀 같은 모습이라서 말이지."

스물네 살의 하주은과 서른 살의 하주은이 얼마나 달라졌는지 그는 모를 것이다. 무수한 만남과 헤어짐 외에도 많은 일이 있었다. 그는 무얼 보고 변하지 않았다고 하는 걸까. 이렇게나 나이가 들었는데, 이렇게나 변해 버렸는데. 그와 있는 것이 갑자기 불편해진 주은은 일이 있다며 가방을 들고 자리에서 일어섰다. 그는 집으로 가려던 주은을 붙들었다. 그 눈빛과 무언의 유혹으로.

왜 그렇게 선뜻 허락한 걸까? 평상시의 자신이라면 당연히 거절이었다. 나중에 일을 하는데 있어 걸림돌이 되기 때문에 비슷한 업계 쪽 사람하고는 얽히지 않는 것이 주은의 방식이었다. 하지만 주은은 택시에서 내렸다. 그리고 호텔 룸에 들어서자마자 서로를 끌어당겨 키스를 퍼부었다.

'많이 외로웠던 걸까?'

주은의 머릿속에서 그날 밤 일들이 슬라이드처럼 스쳐 지나갔다. 아무렇게나 벗어 던진 옷과 속옷, 허리를 감는 단단한 팔, 근육이 근사하게 자리 잡은 등과 허벅지. 뜨겁고 격정적이었던, 그대로 심장이 터져 버릴 것만 같았던 그 밤.

인터뷰를 써 내려가던 주은은 잠시 멈춰야만 했다. 이따금씩 그날의 기억이 떠올라 기분이 언짢다. 지나간 섹스를 되새기는 여자는 재미없다고 생각해 왔지만 그와의 섹스는 달콤함을 한 번 맛본 후로 계속 입맛을 다시게 되는 초콜릿처럼 중독성이 강했다. 점점 진해지고 깊어지는 그 맛 때문에 결국 지금에 이르렀지만 후회나 두려움은 없다 다만 조심스러울 뿐.

삼 일 전 시오에게서 원하던 오피스텔을 찾아냈다는 전화가 왔다. 주은은 잠시 짬을 내어 그곳엘 갔다. 이미 와 있던 그는 어깨에 팔을 두르고 곳곳을 구경시켜 주었다.

"마음에 들어?"

주은은 담담한 얼굴로 고개를 끄덕였다. 그러자 대번 얼굴이 밝아진 중개업자가 신이 나서 말했다.

"신혼부부가 살기에 딱 적당한 곳이지요. 교통 편리하고 시설도 좋으니 이만한 곳도 없습니다."

신나게 떠벌리는 그를 두고 주은과 시오는 창가로 가까이 걸어갔다. 시오는 여전히 어깨를 감싼 채 말했다.

"막 일을 끝내서 한가해. 필요한 건 내가 사다 놓을게."

기본적인 가구는 이미 있는 터라 그렇게까지 할 필요 없다고 말하려던 주은은 기분 좋아 보이는 그의 표정을 보고 마지못해 고개를 끄덕였다. 무언가 일을 꾸미고 있는 듯한 의뭉스런 표정이 껄끄럽지만 그래 봤자 간단한 가전제품 몇 개 들여놓고 말겠지 싶어 넘어갔다.

주은은 송시오라는 사람과 그와 얽힌 관계를 곱씹으며 기사를 써 내려갔다. 한 번 시작하니 생각보다 수월하게 써진다.

그녀는 단숨에 할당받은 페이지 분량을 다 채우고 기지개를 켜며 시계를 보았다. 시계를 보니 새벽 세 시가 다 되어간다. 주

은은 시간이 생각보다 얼마 지나지 않아서 놀랐지만 한편으로
속이 시원해서 저절로 미소가 흘러나왔다.

"아, 드디어 끝냈다."

주은은 의자 등받이에 기대 기사의 마지막 문단을 응시했다.

〈그의 남성성을 어퍼섹슈얼이라는 단어로 명명하는 것은 애초부터
부질없는 것일지도 모른다. 그것은 야생마를 길들이기 위해 밧줄로
묶어두려는 것에 불과하다. 송시오는 길들여지지 않은 거친 들짐승이
다. 근사한 것은 외피만이 아니다. 안을 들여다보면 놀라운 에너지와
추진력이 숨어 있다. 그의 오만함은 그만큼 자신에게 자신이 있다는
표현이고, 그 에너지는 다른 사람에게도 전달된다.

송시오를 아는 사람들이 그에게 열광하는 것은 잘생긴 외모와 화
려한 연애 경력이 아닌 그 에너지와 자신감 때문이다. 이 시대를 살
아가는 남성들은 이 오만하지만 매력있는 남자 때문에 조금 더 살기
힘들어질지도 모르겠다. 하지만 여성들에게는 즐거운 일이 아닐 수
없다.〉

조금은 낯 뜨거운 내용이지만 애초 계획한 부분이 충분히 드
러났으니 이제 사진만 확인해서 넘기면 된다. 파일을 저장한 주
은은 책상에 놓인 시계를 보았다. 이대로 집에 가서 뜨거운 목
욕에 와인 한 잔을 하면 딱 좋겠다 싶다. 그녀는 서둘러 가방을
챙겨 들고 사무실을 나왔다.

지하주차장을 빠져나와 도로에 나섰다. 심신은 지쳤는데 시야는 유난히 맑아서 개운한 느낌이 든다. 집에 가서 뜨거운 목욕을 하고 늦잠을 잘 것이다. 그리고 못한 청소를 할까, 아니면 영화를 볼까. 핸들을 잡은 채 이런저런 생각을 하던 주은은 문득 오피스텔을 떠올렸다. 들뜬 표정으로 오피스텔을 바라보던 그의 눈빛이 스쳐 가자 어떻게 꾸몄을지 궁금해졌다.

'잠시만 구경하고 갈까.'

주은은 강남에 있는 오피스텔로 향했다. 값이 비싼 만큼 겉과 속이 으리으리한 곳이다. 덕분에 주은의 돈이 꽤 깨졌지만 어차피 은행에서 자고 있을 돈이라 개의치 않았다.

주은은 엘리베이터를 타고 십구층에 내려 디지털 도어록에 비밀번호를 입력했다. 그는 유치하게도 처음 만난 달과 날을 비밀번호로 설정했다. 번호를 누르자 경쾌한 소리와 함께 문이 열렸다. 막 안으로 들어선 주은은 입구에서 잠시 주춤했다. 신발은 없지만 조금 전까지 사람이 머문 듯한 흔적이 보였다. 불은 다 켜져 있었고, 줄리 런던의 As Time Goes By가 조용히 흐르고 있었다.

"그냥 가버린 모양이지?"

주은은 조심스럽게 걸음을 내디뎠다. 안으로 들어서니 얼떨떨할 정도로 열심히 꾸며놓은 실내가 눈에 들어왔다. 남자가 꾸몄다고는 도저히 생각할 수 없을 정도로 섬세하고 우아한 실내

장식이 주위에 가득하다. 마치 잡지 한 페이지를 그대로 옮겨다 놓은 것처럼 가구에서부터 작은 소품 하나까지 그냥 보아 넘길 수 없을 정도로 예쁘고 세련된 것이 많았다.

"이 사람 시간이 남아돌았었나 보다."

주은은 거실을 한 바퀴 빙 돌며 구경에 여념이 없었다. 흔히 볼 수 없는 디자인의 패브릭 소파와 테이블, 고가의 수입 오디오, 그가 찍었음이 분명한 사진 몇 점, 앙증맞은 장식 소품들. 맙소사 프로젝터에 스크린까지? 주은은 값비싼 프로젝터를 기이하게 쳐다보다 주방으로 걸어갔다. 수납장마다 꽉 차 있는 식기와 조리 기구는 자신의 집에 있는 것보다 많았고, 냉장고는 생수와 맥주, 얼음과 아이스크림으로 채워져 있었다.

"아예 살림을 차렸네."

주은은 다른 사람의 집처럼 중얼거렸다. 그녀가 놀란 것은 그뿐만이 아니었다. 침대에는 고급 시트가, 옷장에는 간단한 평상복부터 자신의 취향과 동떨어진 화려한 속옷과 슬립 따위가 가지런히 정리되어 있었다.

'나 참, 부담없이 섹스 할 곳이 필요하다고 했지 같이 살자고 했나.'

주은은 욕실로 향하면서 휴대전화로 그에게 전화를 걸었다. 신호음이 가고 얼마 되지 않아 그의 목소리가 흘러나왔다.

[처음이다, 네가 먼저 전화 건 거.]

그는 놀리는 듯한 어조로 말했다.

"나 지금 오피스텔에 있어."

주은은 학가 난 아이처럼 퉁명스럽게 말하고 입을 다물었다. 화났음이 분명한 목소리였지만 그는 짐짓 모른 채 태연히 넘겼다.

[사고 정리하는 데 사흘이나 걸렸어.]

"이렇게까지 할 필요 없었어."

[괜찮아, 고생이라고 생각하지 않았어. 오히려 즐겁던걸. 특히 네 속옷 고르는 거.]

그의 능청스런 어조, 짓고 있을 표정을 떠올리니 얄밉다. 주은은 입술을 잘근잘근 깨물며 욕실 수납장을 열었다. 주은은 또다시 놀랐다. 목욕용품은 없는 게 없었고 클렌징크림, 헤어에센스에 면도기까지 완벽하게 구비되어 있었다. 남성용뿐만 아니라 여성용까지. 주은은 미간을 접으며 말했다.

"당신 이렇게 한가한 사람이었어? 정말 할 말 없게 만든다."

[재미있던걸.]

주은은 수납장 반대편을 열어보고 낮게 신음했다. 패드형 생리대에 탐폰과 콘돔이 가득 들어차 있다.

"정말 구제불능이야. 저 콘돔, 일흔까지는 쓰겠어."

[날 과소평가하는데. 장담할 수 있어?]

그의 낮은 목소리가 은근히 섹시하다. 인상을 쓰며 욕실을 나오던 주은은 현관문을 열고 들어서는 시오를 보고 깜짝 놀라 멈춰 섰다. 그는 손에 조니워커 레드라벨 한 병과 담배, 간식이 든 비닐봉지를 들고 있었다.

"스튜디오에서 집에 가려다 귀찮아서 이곳으로 왔어. 담배가 떨어져서 나간 건데 술이 마시고 싶더라고. 한 잔 할래?"

그는 위스키 병을 흔들면서 주방 쪽으로 걸어갔다. 주은은 그를 쫓아가며 퉁명스럽게 말했다.

"이렇게까지 과하게 꾸밀 필요는 없었어."

"그거 알아? 넌 네 집에서조차 손님처럼 굴 것 같아. 사람이든 집이든 정을 주지 않는 거 좋은 습관 아니야."

그는 언더락 잔에 위스키를 따르다 주은을 쳐다보았다. 주은이 고개를 끄덕이자 그는 다른 잔에 조금만 따랐다.

"괜히 신경 곤두세울 거 없어. 그냥 집일 뿐이야, 서로를 구속하지 않고 편히 머물다 가는."

그가 건네는 위스키를 한 모금 마신 주은은 집 안을 바라보다 프로젝터를 가리켰다.

"그런데 저건?"

"아, 프로젝터? 흘러간 영화 보는 게 취미거든. 같이 보면 좋을 거 같아서. 설마 나랑 섹스만 하려고 했던 거야?"

그는 얼굴 가득 웃음을 머금고 섰다. 주은은 그의 미소에 비로소 몸의 긴장이 풀리는 것을 느꼈다.

'그래, 과민반응이야. 서로 구속하지 않고 편히 있기 위해서 여기 있는 거야. 그뿐이야.'

주은은 위스키를 느리게 마시며 굳은 얼굴 표정을 풀었다.

"지쳐 보인다. 마감은?"

시오의 물음에 주은은 말없이 고개를 끄덕였다. 그러자 시오는 그녀의 손을 잡고 소파로 이끌었다. 그의 큰 손이 뒷목을 부드럽게 마사지하자 주은은 지그시 눈을 감았다. 손 움직임에 따라 척추에 작은 전율이 전해진다. 좋다. 오랜만에 맛보는 조니 워커도, 줄리 런던의 목소리도, 그의 손놀림도.

주은은 풀어진 표정으로 그에게 몸을 내맡겼다. 긴장이 풀어질수록 피곤이 몰려와 주은은 잠에 취한 표정이 되었다. 슬쩍 주은의 얼굴을 본 시오는 그녀의 이마를 살짝 튕기며 자리에서 일어났다.

"잠깐 기다려, 목욕물 받아놓을게."

그가 욕실로 간 사이 주은은 소파에 기대 살짝 잠이 들었다. 그리고 그가 이끄는 대로 욕실로 들어가 뜨거운 목욕을 했다. 주은이 긴 목욕을 끝내고 목욕가운을 걸치고 나왔을 때 시오는 소파에서 위스키 반 병을 비우고 느긋하게 앉아 담배를 피우고 있었다. 아주 잠깐이지만 그 모습이 몹시도 쓸쓸하게 보였다. 같이 술을 마셔주고 싶을 만큼. 하지만 그러기엔 지금 주은은 너무나도 피곤했다.

"가서 자. 귀찮게 하지 않을게."

그는 고맙게도 얌전하게 굴었다. 주은은 옷장에 있는 섹시한 슬립을 보며 인상을 찡그리다 마지못해 입고 침대 속으로 들어갔다. 그녀가 잠들 때까지 시오는 담배를 피우며 위스키를 마시고 있었다. 낯선 곳임에도 불구하고 주은은 그리 불편하지 않았다.

잠이 오지 않을 줄 알았는데 주은은 금세 잠들었다. 그녀는 잠결에 침대로 다가오는 발소리를 들었다. 시트를 젖히고 안으로 들어오는 기척, 몸에 익은 피부 감촉과 몸을 감싸는 부드러운 느낌, 그리고 규칙적인 숨소리. 주은은 그에게 안겨 다시 잠들었다.

2. 남과 여

희미한 신음 소리가 들린다. 아무렇게나 흩어져 있는 옷
가지, 뭉그러져 바닥에 굴러다니는 립스틱, 쓰러진 병에서 쿨럭
쿨럭 흘러나오는 와인이 소름 끼치도록 붉다. 침대 위에 남녀가
얽혀 있다. 여자가 남자의 어깨를 머리를 으스러져라 껴안는다.
관능적인 신음 소리가 마음을 짓누른다. 붉다. 모든 것이 너무
나도 붉다.

주은은 몸을 부르르 떨며 눈을 떴다. 거친 숨 때문에 가슴이
빠르게 오르내렸다. 그녀는 낯선 주위에 잠시 멍해 있다가 자신
을 보고 있는 시오를 발견하곤 그제야 어제 일을 기억해 냈다.

"나쁜 꿈이라도 꾼 거야?"

시오가 물었다. 주은은 아무 말 없이 긴 숨을 내뱉었다. 안도
와 약간의 슬픔이 스민 숨소리였다.

"어린애구나. 악몽이나 꾸고."

시오는 주은의 머리를 쓰다듬으며 식은땀이 맺혀 있는 이마
에 살짝 입을 맞추었다. 주은은 얌전하게 누워 그가 하는 대로
내버려 두었다.

"악몽을 가장 빠르고도 간편하게 잊는 방법을 가르쳐 주지."

자그맣게 중얼거린 시오가 주은의 슬립 끈을 입술로 끌어내
렸다. 드러난 젖가슴을 자신의 손 안에 가둔 시오는 부드럽게
원을 그리며 애무했다. 그의 손길에 잠들었던 주은의 감각이 서
서히 깨어났다. 주은은 나쁜 꿈을 몰아내고 그의 입술과 손길만
을 생각했다. 시오는 서두르지 않았다. 그의 손끝은 침착하고
조용히 움직였지만 입술은 뜨겁고 유혹적이다. 주은은 그의 유
혹이 고마웠다. 그녀는 조금이라도 빨리 꿈의 여운을 지워 버리
고 싶은 마음에 시오의 손에 몸을 고스란히 맡겼다.

시오가 슬립을 허리 부근까지 끌어 내리자 상체가 푸른 새벽
빛 아래에 드러났다. 시오는 그녀의 몸을 부드럽게 쓸어내리다
주은의 얼굴을 보았다.

"이곳에서는 생각 따윈 하지 마. 그냥 느끼고 움직여."

시오의 속삭임에 주은은 고개를 끄덕였다. 그의 말대로 섹스
이외의 것들은 모두 몰아냈다. 그러자 이 공간에 대한 약간의
회의, 꿈에서 느꼈던 두려움과 슬픔들이 조금씩 희미해지기 시

작했다.

'그래, 이곳에선 그저 느끼고 움직이고 원하던 것을 가지면 되는 거야. 그러기만 하면 돼. 그러니까 안심해. 안심해도 돼.'

주은은 자신에게 타이르며 눈을 지그시 감고 그의 등을 끌어안았다. 단단한 근육의 움직임을 느낄 때마다 그가 자신을 힘차게 떠받쳐 주는 것 같아 마음이 편안하다.

"애무하지 말고 그냥 삽입해 줘."

"원한다면."

그는 자신의 속옷을 벗어버리고 침대 옆 서랍을 열어 콘돔을 꺼냈다. 그는 빠르고 익숙하게 콘돔을 끼우고는 주은의 가운데에 자리 잡았다. 뜨겁고 묵직한 페니스가 안으로 들어오자 주은의 입술이 벌어지고 신음이 흘러나왔다. 몇 번의 움직임에 주은의 몸은 금세 그를 받아들인다. 두 사람은 한 몸이 된 것처럼 깊고도 얕은 흥분 위를 오르내렸다. 주은은 더 거칠해 해달라고 요구했다. 그가 힘껏 부딪쳐 왔다. 바위에 부딪혀 산산이 깨어지는 파도처럼. 그가 밀려올 때마다 주은은 온몸이 깨어지는 아픔을 느끼며 시오의 등을 끌어안았다. 그녀의 손가락이 그의 척추를 따라 엉덩이로 내려온다. 주은은 그의 엉덩이를 움켜쥐고 손톱을 깊이 박았다.

그가 더 깊이, 거칠게 들어온다. 견딜 수 없는 격정이 밀려와 이대로 조금만 더 간다면 그대로 끝나 버릴 것 같다.

주은은 몸을 일으켜 그와 시선을 맞췄다. 뜨겁게 얽히는 눈

빛. 주은은 그의 허벅지 위에 앉아 그와 마주 보았다. 이어지는
긴 키스. 앉은 자세에서 다시금 삽입을 하고 그의 움직임에 맞
춰 몸을 움직였다. 그가 엉덩이를 움켜쥐고 더욱 밀착했다. 그
럴수록 키스도 깊어지고 숨소리도 거칠어졌다. 견딜 수 없이 짜
릿한 격정. 그는 몸을 뒤로 힘껏 젖혔다. 주은은 그의 가슴에 손
을 얹고 힘껏 움직였다. 그가 레일이라면 자신은 그 위를 달리
는 기차처럼 쉬지 않고 힘차게.

격정을 향해갈수록 심장은 터질 듯이 뛰었다. 두 사람의 숨소
리가 누구의 것인지 확인할 수 없을 만큼 하나가 되었을 때 드
디어 막다른 곳에 다다랐다. 주은은 쉬지 않고 벽을 향해 달려
갔다. 귓속으로 그의 고통스런 신음이 흘러들었다. 주은은 멈추
지 않고 있는 힘껏 몸을 던졌다.

절정을 맞은 두 몸은 유리 파편처럼 조각조각 깨져 흩어졌다.
제 몸이 아닌 것처럼 얼얼하고, 뜨겁고, 노곤하다. 주은은 그의
몸 위로 쓰러졌고 시오는 침대 끝에서 바닥으로 몸을 길게 늘어
뜨리고 가쁜 숨을 몰아쉬었다. 그들은 이 낯설고 뜨거운 느낌을
입 밖으로 내뱉는 대신 조용히 누워 숨소리가 잦아드는 것을 기
다렸다. 조금 전 느낀 감정을 표현해 버리면 그것이 한없이 가
볍게 느껴질 것만 같았다. 두 사람은 조용히 누워 여운이 잦아
들기만을 기다렸다.

시오가 협탁에 손을 뻗어 담배 한 개비를 입에 물고 불을 붙

였다. 그는 두어 번 빨다 주은에게 내밀었다. 그녀가 고개를 젓지 시오는 느리게 담배를 피웠다. 주은은 눈을 지그시 감고 그의 담배 냄새를 맡았다.

"주말에 뭐 할 거니?"

시오가 물었다.

"글쎄."

"여기서 영화나 보자."

"그래."

주은은 가볍게 대답했다. 시오는 고개를 끄덕이며 생각에 잠긴 얼굴로 담배를 마저 피웠다. 그는 자신과의 섹스가 좋았냐는 따위의 진부한 질문은 하지 않는다. 첫 경험이 언제고 과거 남자들과의 섹스는 어땠냐고도 묻지 않았다. 또한 자신과 잠자리를 한 여자들 얘기도 하지 않는다. 그가 섹스 후 말을 아끼는 것에, 과거에 대해 주절주절 떠들지 않는다는 것에 주은은 안도했다.

"간단하게 아침이나 만들어 먹자. 커피부터 할래?"

주은이 고개를 끄덕이자 시오는 기운차게 일어나 옷을 입고 주방으로 갔다. 그의 뒷모습을 보던 주은은 갑작스런 허전함에 몸을 동그랗게 말고 고개를 숙였다. 섹스 후에 찾아오는 이런 무기력함이 싫다. 누군가가 배를 가르고 내장을 다 끄집어낸 것 같은 공허함이 싫다. 깊은 물속으로 가라앉는 것처럼 숨이 막혀서 땅에 발을 딛고 서 있어야 안심이 된다. 주은은 시트를 몸에 말고 침대에서 내려섰다. 주방에서 주은을 힐끔 본 시오는 웃음을 머금은 채 물었다.

"음악 들을래?"

주은이 고개를 끄덕이자 시오는 오디오로 걸어가 고심 끝에 CD를 골라 음악을 틀었다. 플룻의 고은 음색이 주은이 서 있는 곳까지 밀려오고 곧 마리아 칼라스의 목소리가 흘러나왔다. 카스타 디바(Casta Diva). 정결한 여신. 순식간에 주은의 표정이 굳었다. 이를 보지 못한 시오는 기분 좋은 표정으로 커다란 머그컵에 커피를 가득 부어가지고 와서 소파에 앉았다. 그가 소파에 등을 기대고 음악을 듣는 사이 주은은 머그컵을 손에 쥐고 생각에 잠겼다. 그녀의 표정은 먼 과거를 헤매는 것처럼 아득하고 슬퍼 보였다. 그제야 주은의 어두운 표정을 발견한 시오가 물었다.

"무슨 생각 해? 슬퍼 보여."

"아무것도…… 아니야."

주은은 애써 담담히 말했다. 그러자 시오는 시트가 흘러내려 드러난 맨어깨에 입을 맞추며 다정하게 안았다. 그가 긴 팔로 몸을 감싸 안자 주은은 스스로도 놀랄 만큼 익숙하고 편하게 그에게 안겼다. 두 사람은 느긋하게 커피를 마시고 마리아 칼라스의 노래를 들었다. 더 이상 공허하지도, 질식할 듯한 허무도 없었다.

비교적 평온한 아침이 흘러갔다.

✼

　잡지에 실을 기사를 마감하면 에디터들에게는 짧지만 한가로운 시간을 보낼 수 있는 시간이 주어진다. 대부분의 에디터들은 스파(spa)나 공연을 보러 가는 등 못했던 문화생활을 하고 몇몇은 친구들을 만나 벼르고 있던 쇼핑을 가느라 분주했다. 주은은 편집장이 한잔하자는 권유를 정중히 사양하고는 잡지사를 나와 오피스텔로 향했다.

　주은은 오피스텔로 차를 몰면서 그와 함께하는 시간을 생각했다. 섹스 하고, 잠자고, 눈을 뜨고, 커피를 마시고, 밥을 먹고, 헤어지는 것이 특별한 일도 아닌데 난생처음 해보는 것처럼 어색했다. 하지만 꽤나 흥미로웠다.

　'맙소사, 흥미롭다니.'

　살아오면서 수십 번도 더 해보았고 이성과의 반복된 일과가 지겨운 나머지 몸서리치는 사람들도 있는데 왜 자신은 생경해하고, 그것에 더한 흥미를 느낄까 봐 신경을 곤두세우고 경계하는 걸까.

　주은은 자신의 세계를 침범하는 그를 보며 불안과 쾌감을 동시에 느끼고 있었다. 병적인 결벽증이라는 소리를 들을 정도로 다른 사람과 함께 물건 쓰는 것을 싫어했고, 같은 공간에서 잠을 사는 건 상상도 할 수 없는 일이었다. 그런데 이젠 그와 한 침대에서 잠을 자고 비누와 치약을 같이 쓴다. 끊임없이 신경 쓰고 언짢아하면서도 싫다고, 그만두라고 말하지 않는다. 이상하다. 그런 스트레스가 오히려 즐겁다. 무의식속에 잠자고 있던 마조히즘이 이상한 형태로 발현되기라도 하는 걸까. 그는 그간의 단조롭고 조용했던 삶의 패턴을 어지럽힌다. 침입, 변질 등으로 설명해야 마땅한 것을 묘한 쾌감으로 받아들이고 있으니 주은은 당혹스러웠다. 그 무슨 단어로도 표현이 안 되는 기묘한 느낌. 오래 묵은 공기를 들이마시는 것처럼, 상하기 직전의 음식을 먹는 것처럼 꺼림칙한 느낌. 하지만 더욱 맛보고 싶고 음미해 보고 싶은 욕구가 그녀를 괴롭힌다.

그는 확실히 머리가 좋은 사람임이 분명하다. 사람들이 많은 곳에서 돋보임으로써 그에 대한 부정적인 인식을 덜고, 계산된 호감을 이끌어냈다는 것을 깨닫기 전에 또 다른 친밀감을 공유함으로서 다음 단계로 관계를 발전시켜 나갔다. 주은은 그의 영민함이 두려웠다. 그가 어디까지 바라는 것인지, 자신이 어디까지 끌려갈 것인지 알 수가 없기에 두려움은 커져만 갔다.

'종잡을 수 없는 게 그 사람의 매력이라지. 신사처럼 젠틀하면서도 야수처럼 으르렁거리는, 모든 것을 다 줄 것처럼 달콤하다가도 야멸차게 차버리는 것이 그 사람의 무기라지.'

주은은 탕비실에 죽치고 앉아 수다를 늘어놓던 에디터들의 말을 떠올리며 피식 웃었다. 철없는 여자들이 지어낸 허풍은 아닐 것이다. 방심한 사이에 드러난 신랄하고도 차가운 눈동자,

스태프들을 다그치는 몸짓과 싸늘한 표정으로 봐서는 그러고도 남음이다.

자신만큼이나 이상한, 그래서 쉽게 허용한 사람. 어쩌면 자신은 그 위험을 즐기고 있는 것일지도 모르겠다. 롤러코스터를 타는 것을 즐기진 않지만 한 번쯤 즐겨보고 싶은 치기에서 시작한 무모한 행동.

'그러니까 젊음의 마지막 치기쯤으로 생각하면 되는 거야. 유치함은 유치함대로 활력이 될 수 있으니까.'

주은은 그에 대한 생경함과 두려움을 갈무리하면서 이 관계에 대해 심각하게 생각지 말자고 거듭 다짐했다. 잠깐 스쳐 가는 사람에게까지 깊이 마음 쓰기에는 자신은 너무 복잡한 사람이었기에.

주은은 오피스텔 근처 과자점에 들러 치즈케이크와 쿠키 몇 종류를 샀다. 그 사이 시오에게서 일이 있어 한 시간 정도 늦겠다는 전화가 왔다. 오피스텔에 도착한 주은은 욕실에서 손을 씻고 커피와 케이크 한 조각을 먹으며 음악을 들었다. 시오는 늦는다고 한 시간에서 십 분 일찍 왔다. 그는 오랜만에 친구를 만난 것처럼 팔을 벌려 안으며 관자놀이에 살짝 입을 맞추었다. 주은은 이마를 찡그렸지만 별다른 말은 하지 않았다.

"지루하지 않았어?"

"아니."

"지루했다고 말해주지. 그랬으면 기뻤을 텐데."

주은은 어이없어 웃음을 터뜨렸다. 이렇게 진지한 표정으로 농담을 하는 그가 재미있기도 하고 진짜 심중이 어떤지 궁금하기도 하다. 주은이 그의 얼굴을 살피는 동안 시오는 테이블에 있는 쿠키 하나를 집어 먹으며 말했다.

"이번에 모드와 계약 하나 해보려고 해. 전속으로 삼 개월."

'모드? 내가 일하는 모드? 잡지사에서 편집장과 마주쳤을 때까지도 이런 얘기는 듣지 못했는데?'

주은은 눈을 동그랗게 떴다.

"젠(ZEN)과 하려고 했는데 마음을 바꿨어. 네가 일하는 곳이잖아. 왠지 재미있을 거 같아서. 막 조명희 씨랑 얘기하고 오는 길이야."

주은은 부러 아무렇지도 않은 표정을 지었지만 눈빛은 복잡했다.

"이상하게 모드랑은 기회가 없었어. 좀 더 일찍 작업했더라면 우리가 더 빨리 만났을지도 모르는데 말이지."

여전히 진심인지 농담인지 모를 말을 내뱉는 그에게 주은은 어색하게 웃어주었다. 왠지 발목을 단단히 잡힌 느낌이다.

"그럼 저녁부터 하자. 이 근처에 괜찮은 스파게티 집이 있더라. 스파게티 어때?"

주은은 무성의하게 고개를 끄덕이며 초조한 듯 입술을 잘근잘근 깨물었다. 그 모습을 훔쳐보는 시오의 입가에 미소가 스쳐 갔다.

"브라보, 사랑해요. 인느."

안느의 쪽지를 받은 장은 기쁨에 벅찬 표정으로 호텔을 뛰쳐 나왔다. 그는 밤새워 차를 몰아 안느에게 달려갔다.

벨은 몇 번 누르지? 두 번, 한 번? 누구세요, 라고 하면 뭐라 대답해야 하지? 장 루이? 앙뜨완의 아빠? 그녀가 문을 열면 뭐라고 해야 할까?

사랑이라는 단어에 들떠 버린 장이 빗속을 뚫고 파리로 달려가는 동안 프란시스 레이(Francis Lai)의 음악이 흐른다.

"라—라—라—라라라라라."

음악만으로도 사내의 설렘과 흥분이 고스란히 관객에게 전해진다.

들뜬 마음으로 달려간 파리 그녀의 집. 집은 비어 있다. 관리인이 안느는 아이들이 다니는 기숙학교에 갔다고 전한다. 장은 다시 도빌로 달렸다. 학교에 도착하자 선생은 안느가 두 아이들을 데리고 해변에 갔다고 말한다.

여기서부터 음악은 장의 마음을 대변해 주는 듯 빠른 템포로 흘러간다. 보는 사람도 가슴이 떨린다. 해변으로 달려간 장은 들뜬 표정으로 주위를 살펴보다 멀리 있는 누군가를 발견하고는 기쁨에 벅차 달려간다.

해변. 아이들과 같이 있는 안느. 장은 환희에 찬 표정으로 안느에게 뛰어갔다. 아이들과 안느가 그에게 달려가고, 극적으로 만난 남녀는 서로의 품속으로 뛰어든다. 장은 안느를 안은 채 빙빙 돌고 그들을 따라 카메라도 돈다.

사랑의 벅참. 그리고 아찔함.

"정말 로맨틱하지 않아?"

일시정지 버튼을 누른 시오는 맥주 캔을 든 채로 감격에 차 말했다. 그의 목소리는 그 어느 때보다도 들떠 있었다. 시오는 남과 여를 백번은 족히 봤을 거라고 말했다. 그러면서도 시오는 영화 보는 내내 눈을 반짝이며 탄성을 내뱉었다. 주은은 그런 그가 더 신기했다.

"당신, 가만히 보면 의외인 구석이 많아. 그런데 지금 모습은 좀 아니다 싶다."

시니컬한 주은의 말에 시오는 웃음을 터뜨렸다.

"세상에, 로맨스를 좋아한다고 해서 변종 취급하는 거야? 자, 보라고 멋지지 않아? 가슴이 뛰지 않아?"

주은이 고개를 젓자 시오는 어이없다는 표정을 했다.

"아, 여인의 가슴에서 로맨스가 사라지다니."

그의 한탄에 주은의 표정이 대번 도전적으로 바뀌었다.

"내 눈엔 당신이 비정상으로 보여. 요즘 세상에 로맨스를 입에 담는 남자는 드물다고. 그런 사내는 서른이 다 되도록 처녀인 여자와 같이 천연기념물로 불리게 될걸."

"꽤나 냉소적인데."

그의 야유에 주은은 자신도 모르게 웃음을 터뜨렸다.

"이 시대에 로맨스는 없어. 사람들은 깨달은 거야, 로맨스라는 것이 결국에 이상일 뿐이라는 걸 말이야. 그들은 이제 진실한 사랑 따윈 믿지 않아. TV나 소설에 나오는 사랑은 허구일 뿐이라고. 현실을 직시하는 사람들은 허상을 좇는 대신 잘 먹고 잘사는 것에 관심을 기울이지."

"닥쳐, 이 회의주의자!"

시오는 테이블에 있던 팝콘을 한 움큼 집어서 주은에게 던졌다. 주은도 팝콘을 집어 그에게 던졌다.

"정신 차려! 이 땅에 로맨스는 없어."

시오는 주은을 흘겨보며 리모컨을 치켜들었다.

"영화 끝날 때까지 한 마디도 하지 마! 끝나고 마저 얘기하자고."

그는 의미심장한 표정을 지으며 플레이 버튼을 눌렀다.

장면은 호텔로 바뀌고 남녀는 뜨겁게 끌어안고 입을 맞추었다. 격정적인 몸짓 속에서 카메라는 안느의 슬픈 표정을 더듬는다. 안느는 장의 품속에서 죽은 남편을 떠올리며 갈등한다. 그녀는 아직 남편을 잊지 못했고 더 이상 장과의 관계를 발전시킬 수 없음을 깨닫는다. 결국 기차에 역에서 헤어지는 그들. 고뇌하는 두 사람이 얼굴이 수없이 교차하고 장은 이대로 끝낼 수 없다고 생각하며 기차역으로 달려간다. 기차에서 내리는 인파 속에서 안느와 마주친 장. 놀란 듯 걸음이 느려지는 안느. 얽히는 두 사람의 시선. 서로를 와락 끌어안는 두 사람. 장은 안느의 얼굴을 두 손으로 감싸며 영화는 끝이 났다.

시오는 엔딩에서 거슬러 올라가 두 사람이 막 끌어안는 장면에서 일시정지 버튼을 눌렀다.

"저 두 사람의 모습, 이후에 어떻게 됐을 것 같아?"

시오가 물었다. 주은은 잠시 생각에 잠겼다가 무겁게 입을 열었다.

"왠지 해피엔딩이라는 느낌은 안 들어. 표정에서 기쁨보다는 아쉬움이 느껴지거든. 결국 헤어지지 않았을까?"

시오는 고개를 끄덕이며 팔짱을 꼈다. 그리고는 과거를 더듬는 듯한 표정을 지으며 말했다.

"내 첫사랑은 저 남자 품에 안겨 있는 안느였어. 아누크 에메라는 여배우가 아닌 영화 속의 안느 말이야. 그녀를 처음 본 순간 이런 것이 사랑이다 싶었지. 그때가 중학교 1학년 여름방학이었어."

진지한 그의 표정 때문에 웃을 수가 없었던 주은은 눈 속에 웃음을 머금고 가만히 고개를 끄덕였다.

"안느는 아름다워. 매 영상마다 그녀의 관능과 우아함이 그대로 느껴져. 숱 많은 속눈썹, 입가 주름, 환한 미소와 슬픈 표정. 난 완벽하게 사로잡혔지. 난 밤마다 안느를 떠올리며 혼자 자위하곤 했어."

주은은 웃지 않기 위해 입술을 깨물었다가 슬쩍 말했다.

"조숙한 소년이었구나."

시오는 여전히 진지한 표정으로 얘기를 이어갔다.

"난 지금까지도 그녀가 장과 행복하게 살았을 거라 믿고 있어. 장이 내 몫까지 실컷 안아주었을 거라고 말이야. 그래서 남과 여 이십 년 후라는 영화가 나왔을 때 절대 보지 않겠다고 다짐했어."

"해피엔딩의 환상이 깨질까 봐?"

"아니. 우리 엄마보다 더 늙은 안느를 보기 싫어서야. 그리고 첫사랑은 만나지 않는 거라잖아."

참았던 웃음을 터뜨린 주은은 진지한 시오의 얼굴에다가 팝콘을 집어 던졌다. 시오는 주은을 끌어당겨 가까이 앉히고 얼굴을 들여다보며 물었다.

"이제 네 얘기를 해봐. 내가 안느를 보며 자위하고 있을 때 넌 무얼 했지?"

"그때 나는 책을 보고 있었을 거야."

"문학소녀와 자위소년이라. 수준 차이가 큰걸."

"책을 좋아해서라기보단 그 속에 있으면 숨기 편해서였어. 책을 보고 있으면 아무도 건드리지 않으니까. 그래서 학교에서도, 집에서도 늘 책 속에 파묻혀 있었어. 그때는 누가 말 거는 것조차 싫었거든. 늘 다른 사람들에게 화가 나 있었지."

"이야, 역시 소녀들은 수준이 높구나. 어린 나이에 그렇게 진지했다니, 주은이 너는 패션지 에디터보다는 작가가 더 어울려. 넌 좀 현학적인 냄새가 나."

"작가는 무슨. 내 자신에 대해 깊이 파고들고 싶은 생각은 없어."

"두려운 건가?"

시오의 눈에서는 이미 다 알고 있다는 듯 날카로운 빛이 번뜩였다. 주은은 입 안이 씁쓸해지는 걸 느끼며 고개를 끄덕였다.

"그럴지도."

주은의 눈빛이 깊어지자 시오는 심각한 표정을 바꾸고 쾌활하게 말했다.

"그래, 어릴 때부터 자위 한 번 안 하고 우아하게 책 속에 파묻혀 계셨던 공주님께선 왜 로맨스를 믿지 않는 건지 듣고 싶어지는군. 말해봐! 책 속에서 백마 탄 왕자님을 기다리라고 하지 않던가? 그런 건 여자애들이 읽는 동화책에서 다 가르쳐 주는 줄 알았는데."

시오가 허리를 감싸 안으려고 하자 주은은 그의 어깨를 밀치며 웃었다.

"난 동화책 따윈 안 봤어. 어릴 때부터 패션잡지를 보며 자랐다고."

"그러니까 지금 그 부정적인 시각은 제대로 교육을 받지 못한 결과라는 거군."

시오는 주은을 억지로 껴안고 귓불을 살짝 물었다가 놓았다. 주은은 그를 밀쳐 내며 큰 소리로 웃었다. 시오는 도망가려는 그녀를 품에 안고 스웨터 속으로 손을 넣어 하얀 속살을 더듬어

올라가 가슴을 움켜쥐었다.

"네 깡깡 얼어버린 가슴을 뜨겁게 녹여줄게. 그럼 오늘이 가기 전에 로맨스가 있다는 것을 믿게 될 거야."

"백만 년이 지나도 못할걸."

주은은 그의 눈을 똑바로 보며 말했다.

"도대체 왜 로맨스를 믿지 않는다는 거야?"

"그러는 넌! 로맨스를 따윈 믿지 않는 여자와 섹스만을 전제로 만나고 있잖아. 네 말대로라면 지금쯤 근사한 레스토랑에서 이 세상이 끝날 때까지 너만을 사랑한다고 속삭이고 있어야 하는 거 아니야?"

시오는 주은의 물음에 대답하는 대신 그녀의 스웨터와 브래지어를 벗겼다. 그리고 바지를 끌어 내리고는 드러난 종아리에 입을 맞추고 나서 말했다.

"난 로맨티스트지 발정난 수캐가 아니야. 아무 여자한테나 들이대진 않는다고."

짜릿한 흥분이 주은의 몸을 훑고 지나갔다. 그의 입술 감촉 때문인지, 아니면 의미심장한 표정으로 내뱉은 말인지 모르지만 그가 자신을 기쁘게 해주고 있는 것만은 분명히 느낄 수 있었다.

"지금 그 말 좀 찔리지 않아? 내가 알고 있는 스캔들만 해도 열 손가락에 차고 넘치는데?"

"그 입 좀 닥치지. 섹스 할 때는 집중하라고 잡지에서 가르쳐 주지 않던가?"

　시오는 주은의 팬티를 입에 물고 천천히 끌어 내렸다. 아무렇게나 던져진 주은의 팬티가 테이블에, 시오의 팬티는 소파 너머로 떨어졌다. 바닥은 팝콘과 테이블을 치는 바람에 쏟아진 콜라로 엉망이었지만 두 사람은 그곳에서 긴 섹스를 나누었다.

　주은은 그의 몸 위에서 철지난 도빌 해변의 낭만적인 풍경과 먼 길을 달려온 남자의 기쁨에 찬 표정을 떠올렸다. 그에게 말하지 않았지만 이 구닥다리 영화가 주은은 마음에 들었다. 파도소리가 들린다. 해변에서 개를 산책시키는 중년 남자와 아이들의 웃음소리. 프란시스 레이의 음악도.

　'라―라―라―라라라라라.'

　주은은 마음으로 그 곡을 따라 불렀다.

　그녀가 가고 난 뒤 오피스텔 안의 온도는 급속도로 식는다. 시오는 그 싸늘함이 싫어서 음악 볼륨을 높이고 위스키를 마셨다. 이 공간 안에서 그녀의 존재는 너무나도 크고 절대적인 것이어서 주은이 없을 때엔 모든 것이 생기를 잃는 것처럼 느껴진다. 심지어 자신조차도.

　"젠장, 술이 너무 쓰군."

　시오는 짙은 호박색 액체가 출렁이는 잔을 들여다보다가 소리 나게 내려놓았다. 이 씁쓸함을 지워 버리기 위해선 지금 당장 무엇이라도 해야 될 것 같다. 하지만 그는 아직 이곳을 나갈 의욕이 생기지 않았다. 그는 소파에 길게 누워서 지그시 눈을 감았다.

"나한테 이러는 이유가 뭐야?"

지금으로부터 사십 분 전 섹스가 끝나고 옷을 챙겨 입던 주은이 물었다. 시오는 벗은 몸으로 소파 위에 길게 누워 있었고 막 담배에 불을 붙이려다 멈추고 주은의 얼굴을 올려다보았다.

"무슨 말이야?"

"뭐랄까, 요즘 넌 내가 생각했던 너와 달라. 지나치게 친절하고 성실해. 가끔은 그 모습이 진짜 네가 아닌 거 같아. 일종의 연기 같달까."

"연기라……. 그래서 불만이야?"

"이유가 궁금해."

"네게 남자가 있어. 그 남자는 맛있는 커피를 끓여다 주고 목욕물을 받아주고 널 즐겁게 해주지. 그런데 너무나도 완벽한 그 점이 마음에 걸린다는 말이지? 왜 그런 비뚤어진 생각을 갖고 있는지 내가 더 궁금한데?"

"내가 먼저 질문했잖아."

주은은 팔짱을 낀 채 얼굴을 똑바로 보며 말했다. 시오는 그녀의 도전적이고 냉정한 표정이 늘 마음에 들었다.

"그냥 그렇게 하고 싶어서. 내 마음이 지금 그래. 네게 잘해주고 싶어."

"여자에게 잘 보이고 싶어서 아양 떠는 부류 아니잖아."

그녀의 화법은 직설적이다. 가끔 어이없을 때가 있긴 하지만 대부분은 즐겁다. 시오는 미소를 머금은 채 말했다.

"잘 보이려는 게 아니야. 내 스스로 만족하는 것뿐이지. 그래, 연기일지도 모르겠다. 성실하고 친절한 남자를 연기해서 내 자신이 괜찮은 놈인 것처럼 느껴보고 싶은 건지도 모르지."

"흠, 뭔가 다른 꿍꿍이가 있는 것 같아."

그녀는 여전히 의심스런 표정이었다. 시오는 그녀가 절대로 알지 못할 거라고 생각하며 혼자 웃었다. 그는 그녀와 관련된 비밀들을 혼자 들여다보고 있는 것이 즐거웠다.

"그렇게 궁금하면 차차 알아가면 될 거 아냐. 지금 당장은 아무리 날 심문해도 나오는 게 없을걸. 그러니까 내가 그 옷 벗겨버리기 전에 여기서 나가는 게 좋을 거야. 슬슬 흥분되려고 하니까."

주은은 어처구니없다는 듯 고개를 저으며 백을 집어 들었다. 오피스텔을 나가는 그녀의 뒷모습을 보며 시오는 진한 아쉬움을 느꼈다.

"나도 그 점이 궁금해. 네게 왜 이렇게 몰입해 있는지 말이야."

너무 오랫동안 기다려 와서 그런지도 모르겠다. 그동안 그녀를 지켜보면서 쌓였던 감정이 자신이 생각해 온 것 그 이상일는지도. 육 년 동안 시오는 타자가 볼을 고르는 것처럼 적절한 타이밍을 고르고 있었다. 그녀에게, 그리고 자신에게 맞는 최상의 타이밍. 너무 빠르거나 늦으면 일이 틀어질지도 모른다는 생각이 들었다. 자신에게 그런 인상을 순 여자는 주온이 처음이었고, 그래서 어설프게 넘버들었디기 망쳐 버리긴 싫었다. 지금이 자신이 가장 자신있게 때릴 수 있는 최상의 볼 타이밍이라는 생각이 들면서도 그녀 또한 그런지 이따금씩 회의가 생기곤 한다. 그녀는 조금씩 자신을 열어 보이고 있긴 하지만 여전히 닫혀 있는 상태다. 자신이 다른 여자들을 스치는 바람처럼 여긴 것처럼 그녀 또한 자신을 잠시 지나가는 사람으로 여길지도 모른다는 생각을 하면 가슴이 불에 덴 것처럼 뜨겁기도 했다.

시오는 호박색 액체를 목으로 넘기며 알코올이 주는 강렬함과 하주온이라는 존재가 주는 강렬함을 음미했다. 그녀는 너무나도 어렵고 복잡하고 얼음처럼 차가운 동시에 미칠 것처럼 뜨겁다. 그 점은 너무나도 강렬한 에너지로 시오를 잡아끌었다. 그래서 그녀를 끌어당긴다고 생각하지만 실제로는 속절없이 끌려가고 있는 느낌이 들었다. 이 게임의 끝은 어떻게 될까. 자신이 고른 볼이 최선의 선택이 될까. 시오는 이런 막연한 느낌이 왠지 마음에 들었다. 느슨했던 삶이 팽팽하게 당겨지는 기분이다.

✳

표독스런 고양이 눈을 한 중년 여자가 와서 어떤 설명도 없이 모델을 데려가 버렸다. 촬영 들어가기 삼십 분 전에 벌어진 어처구니없는 상황이다. 그녀가 나타나기 전까지만 해도 촬영에는 아무런 문제가 없었다. 모델은 이번 화보 콘셉트를 제대로 이해하고 있었고 에디터, 스타일리스트와의 의견 조율도 좋았다. 막 카메라 리허설을 끝내고 본 촬영에 들어갈 참이었다.

그때 프란체스카처럼 기괴한 생머리를 한 여자가 등장하면서 모든 것이 틀어져 버렸다. 시오를 비롯한 촬영진들은 매몰찬 바람을 몰고 나타나 혼이 쏙 나갈 정도로 떠들어대는 여자를 넋이 나간 채로 그저 바라볼 수밖에 없었다. 그녀는 숨조차 쉬지 않고 이 촬영은 모델이 에이전시의 의견을 무시하고 독단적으로 벌인 일이므로 용납할 수 없다고 소리치며 파랗게 질려 떨고 있는 모델을 획 낚아채고는 스튜디오를 가로질러 문 쪽으로 걸어 갔다. 시오는 필사적으로 달려가 막아섰지만 싸늘한 눈빛과 신랄한 혓바닥에 질려 결국 보내줄 수밖에 없었다. 억울하지만 다른 도리가 없다. 이 바닥 먹이사슬의 꼭대기는 힘있는 에이전시니까. 시오는 그간의 경험을 통해 그들에게 대드느니 차라리 다른 모델을 구하는 것이 훨씬 빠르다는 것을 알고 있었다.

'하지만 이제 와서 콘셉트에 맞는 모델을 어디서 구하지.'

시오는 얼굴을 일그러뜨리며 신경질적으로 주먹을 쥐었다 폈다는 반복했다. 그사이 촬영장 스태프들은 저마다 난리가 났다. 남자 모델은 피곤하다고 연방 불평을 해대고, 헤어, 메이크업 팀은 다른 스케줄을 들먹이며 시간 내에 촬영하지 못하면 가겠다고 엄포를 놓았다. 설상가상으로 초짜 에디터는 이 상황을 어떻게 내서해야 할지 몰라 발을 동동 구르며 울먹였다. 이런 경험이 종종 있었는지 스타일리스트는 태연히 휴대전화를 들고 누구에게 연락을 해야 할지 상의해 왔다. 시오는 기획 회의 때 거론된 모델들 찾아보려고 했지만 몇 달씩 걸려도 섭외하기 힘든 모델들을 몇 시간 안에 불러들이기란 쉬운 것이 아니다. 그렇게 여기저기로 전화를 넣어서 퇴짜 맞기를 거듭하며 한 시간이 지나자 스튜디오 공기는 급속도로 차가워져 갔다. 스태프들은 철수해야 한다는 눈으로 시오를 쳐다보았다. 시오는 줄담배를 피우다 문득 생각이 나서 고개를 들었다.

"혹시 한수진 연락돼요?"

시오는 얼이 나간 듯 보이는 에디터를 붙들고 화보 기획회의 때 나온 모델에 대해 물었다. 이제 막 뜨기 시작한 탤런트인데 제법 지적이고 섹시한 외모로 콘셉트에 어울리는 이 중 하나였다.

"그, 글쎄요."

시오는 여전히 멍한 에디터의 머리를 한 대 쥐어박고 싶은 것을 간신히 참으며 휴대전화에 저장되어 있는 이름들을 훑어 내려갔다. 누구든지 한수진과 통화하게만 해준다면 원하는 것은 다 들어줄 수 있을 텐데. 그때 에디터가 생각이 났다는 듯 손뼉을 치며 말했다.

"하 선배님이 알고 계실 거예요. 얼마 전 특집 때 인터뷰한 적이 있거든요."

"하 선배라면 하주은 씨?"

"네."

'이 여자야, 그런 건 진작 말했어야지.'

시오는 혀를 끌끌 차며 스튜디오를 나와 비상구 계단에서 주은에게 전화를 걸었다. 그녀는 두 번이나 전화를 한 끝에 겨우 받았다. 곧 자다 일어난 것처럼 졸린 목소리가 들려왔다. 시오는 다급한 상황임에도 불구하고 반가움이 앞섰다.

[무슨 일이야?]

무뚝뚝한 목소리로 보아 그녀는 그렇지 않은 모양이다. 시오는 이마를 살짝 찡그렸다.

"급한 일이 생겼어. 한수진과 통화할 수 있어?"

[한수진? 왜?]

그녀는 잔뜩 가라앉은 목소리로 물었다.

"기획사 검은 마녀가 모델을 낚아채 가버렸어. 당장에 다른 모델을 구하지 못하면 아주 곤란해져."

[잠깐 기다려 봐. 다시 연락 줄게.]

주은은 별다른 말 없이 전화를 끊었다. 시오는 휴대전화를 내려다보며 피식 웃었다. 무뚝뚝한 여자 같으니라고. 이 여자는 어떻게 돼먹은 건지 살가운 데가 없다. 일주일 만에 통화하는 건데 반가운 기색은커녕 귀찮다는 반응이다. 시오는 아쉬운 표정으로 돌아섰다. 그래도 그녀의 말속에 느껴지는 기운이 왠지 모르게 듬직해서 안심이 된다.

아니나 다를까, 그녀는 삼십 분 후 전화를 걸어서 한수진과 통화했는데 콘셉트만 괜찮으면 해보고 싶어했다는 얘기를 전해 주었다.

'역시 하주은이다.'

시오는 그녀가 옆에 있다면 번쩍 안아 으스러지도록 껴안아 주고픈 심정이었다. 그는 잔뜩 들뜬 표정으로 수진에게 전화를 걸었다. 통화한 지 한 시간 후 모델이 나타났고 삼십 분 후 촬영에 들어갔다. 시오는 언제 무슨 일이 있었냐는 듯 활기차게 스태프들을 지휘했다.

하와이에서 막 돌아온 한수진은 근사하고 건강한 피부결을 가지고 있었고 화보 콘셉트와 조금 다르기는 했지만 오히려 건강하고 섹시한 분위기가 났다.

회의실 탁자에 도발적인 포즈로 앉아 남자 모델을 바라보는 여자. 그 건강함, 도발, 매혹적인 눈빛, 두 모델 사이에서 발산되는 페로몬으로 인해 스튜디오는 공기는 한층 뜨거워졌다.

시오는 한수진의 얼굴에 흠뻑 빠졌고, 수진 역시 분위기에 금방 익숙해져 본인의 기량을 마음껏 펼쳤다. 겉보기와 달리 시원시원하고 털털한 성격에 표현력이 풍부한 그녀는 몇 번이고 요구하지 않아도 원하는 표정, 포즈를 취해주었다. 대타라는 것에 그다지 신경 쓰지 않고 오히려 작업을 즐기고 있는 모습에서 역시 프로라는 감탄사가 절로 흘러나올 지경이다.

모델도, 포토그래퍼도 신명이 나서 촬영은 금방 끝이 났다. 시오는 원했던 것 이상의 결과를 얻고 흡족해했고 모델들도 스태프들도 만족한 듯 보였다. 한수진은 나중에 한 잔 하자는 말을 남기고 총총히 사라졌고, 스태프들도 각기 짐을 챙겨 인사를 하며 스튜디오를 나갔다. 하루 종일 신경을 곤두세우고 있던 시오는 그제야 긴장이 풀려 스튜디오 한쪽에 다리를 쭉 펴고 앉아 스태프들이 떠나는 것을 지켜보았다. 그리고 어시스트들이 뒷마무리하려는 것을 저녁 먹으라고 내보내고 나서 스튜디오 안의 적막을 느긋하게 즐겼다.

시오는 하루 중 이때가 가장 평온하고 기분이 좋았다. 촬영을 끝내고 모두가 빠져나간 스튜디오, 혹은 인적 없는 야외. 그 속에 있으면 복잡했던 머릿속이 비워지고 개운해졌다. 시오는 식어가는 조명과 카메라를 물끄러미 바라보다 휴대전화를 들어서 주은에게 전화를 걸었다. 이번에는 바로 전화를 받는다. 여전히 졸음에 겨운 목소리.

[벌써 촬영이 끝났나 보네.]

"그래, 덕분에 잘 끝났어."

[덕분은.]

주은이 길게 하품을 했다.

"그런데 목소리가 왜 그래? 하루 종일 잠이라도 잤어?"

[감기 몸살이 있어서 약 먹고 잤어.]

그래서였군. 시오의 측은한 마음이 들었다.

"많이 아파?"

[숙을 성노는 아니야.]

"네가 갈까?"

그녀는 피식 웃었다. 시오는 다음 말은 굳이 듣지 않아도 충분히 짐작할 수 있었다.

[거절할 줄 알면서 그렇게 얘기하는 건 무슨 심보야?]

시오는 가끔씩 그녀가 유부녀가 아닐까 하는 생각도 해봤다. 집에 배 나온 남편과 극성맞은 어린애들이 오글오글 모여 있는 건 아닐까? 아니면 근사한 애인이랑 동거라도 하나? 그것도 아니면 괴상한 취향으로 가득한 집을 보여주기 싫어서? 시오는 겸연쩍게 웃으며 어깨를 으쓱했다.

"아프다는데 만나자고는 할 수 없고 다음에 만나면 근사하게 저녁 살게."

[그래. 그럼 다음에 통화해. 난 좀 더 자야겠어.]

"그래."

시오는 복잡한 표정을 지으며 귀에서 천천히 휴대전화를 뗐다. 이 여자의 간결함이 오늘은 짜증이 난다. 한 치의 빈틈도 없다. 아프면 좀 약해질 법도 한데 어쩌면 이리 꼿꼿하기만 한지. 하지만 이것이 이 여자의 매력이 아닌가.

절대로 자신의 곁을 주지 않는 여자. 철저하게 거리를 두는 여자. 이기적이라는 말이 묘한 매력이 되고, 냉정함이 아름다움이 되는 얼굴, 차갑고 건조한 손, 요부처럼 붉은 입술, 긴 속눈썹 그림자가 드리운 또렷한 눈동자. 자존심만큼이나 높은 콧날과 냉소가 배인 낮은 목소리. 그녀의 독특한 분위기는 늘 시오를 끌어당겼다. 그녀를 처음 본 순간 시오는 알아보았다. 그녀가 자신과 같은 과라는 것을. 냉정함 속에 담긴 뜨거운 정열이 그의 눈엔 보였다.

주은의 눈빛을 보며 느꼈던 두근거림을 시오는 아직도 기억하고 있었다. 소녀처럼 앳된 얼굴로 스튜디오를 오가던 그녀에게서 맡았던 에스티로더의 플레저(Pleasure)도, 흐림없이 맑았던 옆모습과 살짝 스쳐 가던 미소도. 그녀 자신은 그때의 청순함과 뜨거운 열정이 더 이상 존재하지 않는다고 생각하겠지만 시오의 눈에는 보였다. 세상을 다 아는 것처럼 초연하고도 냉정한 표정을 짓고 있지만 여전히 무언가를 찾고 있는 반짝임이 아직도 눈 속에 녹아들어 있었다. 그리고 그녀의 감춰진 열정을 온몸으로 느끼게 해주는 섹스는 시오에게 늘 경이로운 감정을 느끼게 해주었다.

그녀의 몸 어디서 그런 놀라움 열정이 감춰져 있었을까. 시오는 그녀를 안을 때면 가끔 혼란스럽기도 했다. 무엇이 진짜 하주은의 모습인지 알 수가 없었다. 하지만 어느 쪽이든 무슨 상관인가. 시오는 하주은의 매력에 완전히 사로잡혀 있었다.

지금껏 만나왔던 많은 여자들과 주은은 전혀 달랐다. 이젠 기억조차 희미한 그녀들은 눈부시도록 아름답고 매력적이었고 지적이었지만—물론 예외도 있었지만—그 이상으로 특별하게 느껴지지는 않았다. 시오의 머릿속에서는 어느 순간부터 아름다움, 매력, 호기심이라는 세 가지가 각각 분리되기 시작했다. 임무가 아름다운 여자. 다양한 재능을 가진 매력적인 여자. 끊임없이 호기심을 불러일으키는 여자. 지금껏 아름다움과 매력을 가진 여자는 많이 보아왔지만 호기심을 불러일으키는 여자는 주은이 처음이었다. 그녀는 기억하지 못하는 것으로 보이지만 시오는 그날의 주은을 또렷이 기억했다.

처음이었다, 여자에게 호기심이 들기 시작한 것은.

시오는 언젠가는 그녀와 만날 것을 알기에 서두르지 않고 기다렸다. 기다림은 생각보다 길고 지루했지만, 그 사이 그녀의 모습이 좀 더 변해 낯설게 느껴지기도 했지만 오히려 그녀에게 더 끌리게 되는 요인이 되기도 했다. 아마도 몇 년 더 빨랐거나 늦어졌다면 지금 같을 수는 없었을 것이다. 사진처럼 모든 것엔 적절한 타이밍을 잡아내는 것이 중요하니까.

"천천히 해. 시간은 많으니까."

낮게 중얼거린 시오는 자리에서 일어나 문 쪽으로 걸어갔다. 몸은 피곤했지만 머리는 맑아서 밤새 일할 수도 있을 것만 같았다. 하지만 일은 잠시 미뤄두고 술이나 한잔하러 갈 참이었다.

"기준이 자식이 전화를 받을지 모르겠군."

시오는 자신의 오랜 친구인 기준에게 전화를 하며 스튜디오를 나왔다.

[섹시하더라. 싱싱하기도 하고.]

"횟감도 아니고, 싱싱하기는."

이불 속에서 전화를 받은 주은은 수진의 들뜬 목소리에 시니컬하게 중얼거렸다. 수화기로 전해오는 수진의 들뜬 목소리가 약 기운에 취한 머릿속을 헤집었다.

[막 잡아 올린 활어처럼 꿈틀거리더라. 살아 있다고 온몸으로 말해주는 거 같았어. 보기만 해도 침 고이던걸. 언니, 그 남자랑 자봤어?]

"너 그게 궁금해서 전화 걸었구나?"

[응. 잤나 해서.]

수진은 너무나도 솔직하고 뻔뻔스럽다. 하지만 그 점이 오히려 마음 편하게 느껴지는 사람이었다.

"잤으면 안 건드리려고? 내가 알기론 네가 그런 것에 신경 쓰는 애가 아닌 걸로 아는데."

주은은 생각과 다르게 흘러나오는 말끝이 날카로워서 얼굴을 찡그렸다. 그 순간 수진이 환호성을 질렀다.

[우와, 잤구나! 현재진행형이야?]

"성생활까지 읊어줄 정도로 너랑 내가 친한 사이였니?"

[뭐야, 친한 사이 아니었어? 난 지난 십오 년간 그렇게 알았는데.]

"그냥 아는 거랑 친한 거는 다른 거야."

[쳇, 그럼 다시 물어볼게. 그 남자랑 아는 관계야, 아니면 성

적으로 친한 관계야?]

"성적으로 아는 관계이지."

[뭐야! 순 내숭!]

"그럼 넌 네 자신을 뭐라 부르는데? 헤프다? 밝힌다?"

[흥, 난 사랑하는 사람이랑만 잔다고.]

"난 사랑하지 않는 사람이랑만 잔다. 됐니?"

[좋았어. 나 그럼 그 사람한테 접근한다. 사랑하지 않는 관계
라니까 죄책감 가지지 않아도 되지?]

"그건 네 자유지."

주은은 지루한 투로 말했다.

[언니는 무슨 여자가 질투가 없냐?]

"여자끼리는 그런 성차별적인 언사는 삼가자."

수진은 까르르 웃으며 말했다.

[아프다더니, 괜찮아?]

주은은 벽에 걸린 시계를 흘끔 보며 중얼거렸다.

"전화 건 지 삼십 분 만에 물어보는구나. 이래서 너랑 나랑은
친한 관계가 아니라는 거야."

[그랬어? 내가 지금 그 남자한테 꽂혀서 제정신이 아니야.]

"그 정신으로 옷 벗고 덤빈 건 아니지? 그 남자 값싼 여자는
싫어해."

[내가 그렇게 바보인 줄 알아? 우아하고도 쿨하게 굴었지.]

"잘났어. 암튼 나는 신경 쓰지 말고 재주껏 해봐. 굳이 이런

말 안 해도 신경 안 쓰겠지만."

[오케이! 이래 놓고 돌려달라기 없기!]

"왜 말리지 않았냐고 울고불고하지나 마라. 남자에 환장해서 잠시 잊었나 본데 나 병원에서 막 퇴원한 사람이거든? 그만 좀 귀찮게 해. 그럼 끊는다."

주은은 수화기를 제자리에 놓으며 작은 신음을 흘렸다. 수진의 요란한 웃음에 잠이 싹 달아나 버렸다. 몸을 일으켜 앉으니 현기증과 함께 갈증이 인다. 주은은 물 한 컵을 따라 천천히 들이켰다. 몸이 실컷 두드려 맞은 것처럼 아프다. 혼자 사는 여자가 제일 챙겨야 하는 것이 건강인데 칠칠맞게 아프기나 하고. 주은에게 몸이 아프다는 것은 단순히 신체의 고통이 아니라 귀찮음이었다. 해야 할 일이 많은데 하루 종일 누워서 이런 전화에 시달리는 것이 어찌나 짜증스러운지.

간신히 침대를 빠져나온 주은은 주방으로 걸어가 얼음 팩을 갈고 뜨거운 차를 끓여 가지고 침실로 향했다. 머리가 어질어질하고 소주 두세 병을 단숨에 비운 것처럼 다리가 풀린다. 주은은 복도에 주저앉아 벽에 등을 기댔다.

약간은, 아주 약간은 서럽다. 이렇게 아플 때 아무도 없는 것이, 죽 한 그릇 쑤어줄 사람이 없는 것이 서글프다. 그래서 아프지 말아야 한다. 이런 어처구니없는 일로 서글프지 않도록.

"도우미 아줌마라도 부를 걸 그랬나."

열에 들뜬 주은의 얼굴에 쓰디쓴 미소가 지나갔다. 아파도 와서 들여다봐 줄 사람 없는 천애고아 흉내도 한두 번이지. 이렇게 청승맞게 있는 건 자기학대일 뿐이다.

"하수은, 늙어도 곱게 늙지. 이렇게 추하게 맘고."

주은은 이를 악물고 자리에서 일어났다. 감기 따위에 비척비척 흔들리며 감상에 젖어 있는 것은 자신과 어울리지 않는다. 침대에 누웠어도 쉽게 잠이 오지 않고 머릿속이 어지러웠다. 약이 속을 들볶아서인지 아니면 수진이 떠들어댄 말에 속이 거북해진 것인지 알 수가 없다.

'우린 서로 구속하는 관계가 아니야. 누구든지 마음에 드는 이성과 만날 수 있고, 잘 수 있고, 사귈 수도 있어. 두 사람이 뭘 하든 내 알 바가 아니야.'

하지만 수진의 들뜬 목소리가 몇 번이고 되풀이되며 신경망을 건드렸다. 주은은 지겹다는 표정으로 이불을 뒤집어썼다.

두 사람은 마음껏 신음을 내지르며 절정을 맞았다. 거친 숨소리만이 가득한 공간, 시오와 주은은
서로의 숨소리를 들으며 이토록 열정적인 사람들이 왜 이제야 만났는지 생각했다

3. 빠져들다

그에게서 전화가 왔다. 시오의 번호를 확인한 주은은 희미한 웃음을 머금은 채 통화 버튼을 눌렀다.

[나야, 며칠 동안 죽어라 일만 했어. 모비에서 나를 죽이려고 드는 게 틀림없어.]

MOBY는 시오가 속해 있는 포토 에이전시다. 시오는 요즘 정신없이 밀려드는 일 때문에 압사 직전이었다. 스타급 사진작가이니 광고주들에게는 두 가지의 효과를 노릴 수 있는 매력적인 대어임이 틀림없다. 이제 그는 이쪽 업계의 밀리언달러 베이비가 됐다.

주은은 그의 투정에 무심한 어조로 말했다.

"언제는 돈 많이 벌고 싶다며?"

[아무리 그래도 쓸 시간이 있어야 즐거운 서지. 막노동꾼도 먹고 자면서 일한다고.]

그답지 않게 엄살이 심하다. 분명 만나달라는 제스처다. 주은은 아프고 나서 한동안 그와 만나지 못했다. 서로 바쁜 사람들이기 때문이기도 했고 약해진 마음을 다독일 시간도 필요했기 때문이다. 대신 전화 통화가 늘었다. 그는 종종 전화해서 이런저런 얘기를 늘어놓으며 주은의 기색을 살폈다. 아무리 못 자고 피곤해도 자신이 오케이만 한다면 금방이라도 달려올 기세다. 주은은 이를 알면서도 짐짓 모른 척했다. 그도 그걸 알기에 직접적으로 만나자는 얘기는 꺼내지 않았다. 일종의 신경전, 보이지 않는 줄다리기인 셈이다.

"그래서 지금 어딘데?"

[춘천에서 촬영 끝내고 올라가는 길이야. 넌?]

"밖에 취재 나왔다가 들어가는 길."

[하주은, 보고 싶다.]

그는 농담인지 혼잣말인지 모를 소리를 내뱉었다. 차를 몰고 가던 주은은 신호 대기에서 멈춰 서서 그의 말속에 담긴 뉘앙스를 곱씹어보았다.

[듣고 있는 거야?]

그가 물었다.

"응."

[보고 싶다고.]

"그래서?"

[이런 무심한 여자를 봤나. 남자가 이럴 땐 '나도 보고 싶어' 하면 되는 거야.]

"난 그다지…… 뭐……. 우리가 연애하는 하는 것도 아닌데 그런 얘기까지 해가면서 관리하지 않아도 돼."

주은은 난처한 표정을 짓고 있었지만 애써 태연하게 중얼거렸다. 순간 그의 웃음소리가 크게 울렸다.

[관리하는 아니야. 정말 보고 싶어서 보고 싶다는 거야.]

"보고 싶다는 말, 섹스 하고 싶다는 말로 받아들여도 되는 거야?"

[하하하! 졌다, 졌어. 하주은한테는 못 당하겠다. 그래, 언제 쯤 볼래?]

"어떻게 하지? 난 그 정도는 아니거든. 이번 주는 좀 바빠."

[상당히 고단수인데.]

그가 아유를 보내고는 다시 물었다.

[다음 주에는 하고 싶어질 거 같아?]

주은은 슬쩍 웃음을 머금었다.

"아마도."

[언제든 하고 싶어지거든 전화해. 난 언제든 받들어 총! 하고 있을 테니까.]

"그래."

주은은 통화 종료음을 들으며 웃음과 심각 사이에서 어정쩡한 표정을 지었다. 가끔씩 그와 깊숙이 닿는 느낌이 들 때가 있다. 그서 단순한 안부를 주고받을 뿐인데도, 시답지 않은 농담을 꺼내 웃길 뿐인데도 자신도 모르게 멈칫하고 굳어버릴 때가 있다.

"너무 가까워지는데. 이러면 번거로워."

주은은 씁쓸하게 웃었다. 방심한 사이 어느덧 일상 속으로 파고들어 온 남자. 주은은 그와 거리를 두어야겠다고 생각했다. 그는 그저 섹스 파트너일 뿐, 친구는 아니다. 송시오는 친구로 두기엔 위험하고 애인으로 삼기엔 더욱 위험하다.

"아무래도 잘못 생각한 거 같다. 귀찮은 거 질색인데."

사이드 미러를 살피는 주은의 미간이 잔뜩 찌푸려져 있다. 귀찮다. 귀찮은데 한편으론 끌린다. 알 수 없는 사람의 마음. 주은은 고민하는 자신이 더욱 못마땅하다. 그녀는 회사 주차장에 도착할 때까지 섹스 파트너와 애인의 차이를 다시금 생각해 보았다.

✳

팀장급 에디터와 수석 에디터 간의 미팅이 끝났다. 현재 진행 상황과 다음 아이템에 관한 새로운 아이디어를 내놓는 자리지만 딱딱한 회의라기보다는 여자들의 가벼운 수다에 가까운 미팅이었다. 견고한 에디터십으로 무장한 에디터들 사이에서 가장 훌륭한 비주얼과 기사가 나올 수 있다고 생각하는 치프 덕분에 회의는 한가로운 오후의 티파티처럼 부드러운 분위기로 시작해 하루를 즐겁게 시작할 수 있도록 활력이 넘치게 끝났다. 에디터들이 한 뭉치의 서류들과 머그컵을 들고 회의실을 빠져나가는 와중에 명희가 주은을 불러 세웠다.

"저녁에 같이 만나서 못 갈 거 같아. 남편도 저녁에 모임이 있다네. 우리 쌍둥이 친정에 모셔다 놓고 오려면 시간이 빠듯해."

명희는 유치원에 다니는 아이들을 둔 가정주부다. 에디터들은 그녀를 가리켜 슈퍼 우먼이라고 부른다. 가정주부와 에디터 치프의 역할을 완벽히 해내고 있다는 찬사에서 나온 말이지만 그녀는 그 말에 오히려 구속을 받아 본인이 할 수 없는 영역까지 몰아치며 자신을 쥐어짜고 있다며 가끔 엄살을 부리곤 했다. 명희의 말에 주은은 고개를 끄덕이며 말했다.

"전 괜찮아요. 그런데 선배는 일산까지 갔다가 오려면 힘들겠는데요."

"누가 아니래. 이럴 땐 시어머니 있는 사람들이 얼마나 부러운지."

"언제는 없어서 다행이라더니."

"사람 마음이 참 얄궂어. 그치?"

명희는 시원하게 웃었다. 늘 커리어우먼의 당당함을 가진 그녀였지만 지금 이 순간은 가사과 일 문제 사이에서 고민하는 보통의 직장 여성의 모습이었다.

"아참, 저녁에 뭐 입고 갈 거야? 이런 파티 한두 번 다닌 것도 아닌데 늘 옷 문제 때문에 고민하게 된다니까. 쓰라린 실패 끝에 대충 분위기 맞추는 법은 배웠는데 아직도 좀 어려워."

"이브닝 파티니까 약간은 화려해도 괜찮잖아요. 옷 잘 입는 분이 왜 그런 걱정을 해요."

"그대 같은 미혼이야 걱정이 없겠지만 나 같은 중년은 참 애매하단 말이야. 저번 어떤 파티에 기분 내자고 섹시한 드레스 입고 갔다가 우리 남편이 얼마나 눈을 부라렸는지 알아? 나잇값 좀 하라고 옆구리 살을 어찌나 꼬집던지."

주은은 명희의 능청에 소리 내어 웃었다.

"부군께서는 좀 보수적인 분이라면서요."

"보수적이다 뿐이야? 아예 영감이지, 영감. 아, 남편 흉보기 시작하면 끝이 없어. 그만 하자. 아무튼 뭐 입고 갈 거야? 나도 맞추게."

"지난번 파리 출장에서 사 온 원피스 기억나요? 새틴 원피스."

"아! 어깨와 가슴 라인에 주얼 장식 있는 거? 우와, 역시 미혼이라 대담한데. 나는 못 맞추겠다. 그냥 정장 입고 갈래. 하긴 우리 세대들은 죄다 점잖은 정장 차림일 거야. 아직 파티 문화에 익숙하지 못해서 꿔다 놓은 보릿자루마냥 벽에 딱 붙어 있을 걸."

오늘 두 여자들은 갤러리 오프닝 파티에 초대되었다. 패션 갤러리라고 해서 좀 더 대중적이고 감각적인 느낌의 갤러리인데 그곳에 홍보를 맡은 대학동창이 명희의 절친한 친구였다. 명희는 의리상 가는 파티였고 주은은 취재를 위해서였다.

"예쁘게 하고 와. 기대하고 있을게."

명희의 말에 주은은 살짝 웃어 보이며 회의실을 빠져나왔다.

오후 스케줄은 비교적 한가했기에 주은은 일찍 마무리 짓고 집으로 향했다. 아파트에 도착하자마자 샤워를 하고 파우더룸에서 정성들여 화장을 했다. 화장을 마친 주은은 새틴 원피스를 입으려다 말고 살짝 미간을 찌푸렸다.

"가슴 라인이 너무 파인 거 아닌가. 그래도 일인데 이 옷은 남자 하나 낚아보려고 파티에 온 거 같잖아."

주은은 괜히 옷만 흘겨보다가 우선은 입어보고 생각하자는 심정으로 입었다. 은은한 펄 감이 도는 제이로즈로코뉴욕의 새틴 원피스는 부드럽게 몸에 착 감겨들었다. 옷 자체는 깊게 파인 라인과 어깨와 가슴 라인에 장식된 주얼 장식으로 화려하고 글래머러스한 분위기를 가지고 있었지만 주은이 입으니 여성스럽고 로맨틱한 분위기가 났다. 한 번쯤 이런 화려한 분위기의 옷을 입고 싶어서 산 건데 드디어 사람들 앞에 선보일 날이 온 것이다. 주은은 거울 앞에서 앞모습과 뒷모습을 꼼꼼히 살펴보다 만족한 표정을 지었다.

"가끔은 분위기 전환해 보는 것도 괜찮겠지."

주은은 미리 꺼내두었던 지미추 스트랩 슈즈 신고 전체적인 모습을 점검했다. 근사한 옷과 구두를 신으면 몸의 기장이 팽팽해지면서 머릿속도 개운해진다. 전신에 퍼지는 짜릿한 감각은 쿨한 남자와 나누는 섹스만큼이나 즐겁다. 주은은 잘록하게 들어간 허리 라인을 쓰윽 쓰다듬고는 숄과 클러치 백을 집어 들었다.

지하 2층, 지상 3층의 라벨르(La Belle)는 이름만큼이나 아름답고 감각적인 갤러리였다. 현대적이고 도시적인 외관, 강렬한 원색과 은색 스틸로 장식한 일층 홀은 지나치게 미니멀한 것이 아닌가 생각되었지만 곳곳에 위치해 있는 기발한 조형물이 딱딱한 분위기를 한결 세련되고 부드럽게 만들어주었다. 기존 미니멀리즘에 자연 소재와 기술적인 소재를 접목한 하이브리드 미니멀리즘을 모티브로 한 갤러리는 세계 어디와 견주어도 손색이 없을 만큼 빼어났다. 오랜만에 마음에 드는 곳을 찾아선지 주은은 일이라는 생각을 지우고 즐거운 마음으로 갤러리를 돌아보았다. 일층에서는 모던록 밴드의 공연으로 한창 떠들썩했기에 주은과 명희는 회화 작품 몇 점을 보다가 삼층 테라스에서 칵테일을 마셨다.

"전속 계약한 작가들 대부분이 촉망받는 젊은 작가들이래. 아직까진 회화 쪽에 집중되어 있는데 곧 조각, 사진 쪽으로도 그 범위를 넓힐 예정이라는군."

주은은 명희와 얘기를 나누는 와중에도 끊임없이 많은 사람들을 만났다. 안면 있는 화가에서부터 시작해 큐레이터와 건축가, 유명한 방송인. 대부분 그녀가 인터뷰한 적이 있거나 취재로 만난 사람들이다. 주은은 정신없이 인사를 하고 안부를 건네다가 명희의 눈짓을 따라 지하 전시실로 내려왔다. 그때 막 생각이 났는지 명희가 손목시계를 들여다보며 말했다.

"여덟 시 반에 경매 타임이 있다는데 같이 가볼래? 촉망받는 신인작가의 작품을 미리 사두는 건 주식을 사두는 것만큼이나 수익률이 뛰어난 투자잖아."

주은은 달갑지 않다는 듯 고개를 저으며 말했다.

"사람들에 치여서 그럴 기운 없어요. 전 여기서 잠깐 쉴래요."

"젊은 사람이 왜 그래?"

"8cm짜리 굽 신고 멀쩡할 수 있는 사람이 몇 명이나 있겠어요?"

"하하하. 아름다우려면 다 희생이 따른다니까. 그럼 이따가 봐."

명희는 카달로그를 흔들며 위층으로 올라갔다. 주은은 조형 전시실을 한 바퀴 돌다가 가장 구석지고 조용한 곳을 찾아냈다. 다행히도 관객을 위한 폭신한 소파가 준비되어 있는 터라 주은은 편히 앉아 카달로그를 보며 숨을 돌렸다.

얼마나 흘렀을까. 주은은 목 뒷덜미에 간지러운 기운을 느끼고 고개를 들었다. 순간 단단한 뭔가가 등에 와 닿았다.

"꼼짝 마."

귓가에 스치는 나직하고도 섹시한 목소리. 주은은 기분 좋은 미소를 지으며 돌아보았다. 뒤에 시오가 미소를 머금은 채 서 있는 게 보였다. 세련된 수트에 넥타이를 느슨하게 매고 소매를 걷어 올린 모습이 꽤 근사했다.

"그동안 바빴다면서 쉬지 여긴 왜 왔어?"

"별로 반갑지 않은 모양이로군."

"반가워해야 해?"

"하여튼."

시오는 못마땅한 듯 혀를 끌끌 차며 옆 자리에 앉았다. 경매 때문인지 주위는 한적했고 귀에 익은 재즈 음악만이 들려왔다.

"오늘 예쁘다."

"고마워."

주은은 그의 칭찬에 기분이 좋아져서 어깨가 으쓱했다.

"이렇게 밖에서 만나니까 뭔가 색다르다. 더 섹시해 보여."

시오는 진심으로 황홀한 눈으로 쳐다보았다. 주은은 그의 눈 빛을 짐짓 모른 척하며 말했다.

"그동안에 금욕해서 그런 걸 거야."

"뭐, 그런 것도 있겠지. 그래도 말이야, 근사한 남자가 이런 말을 할 때는 얼굴 좀 붉혀봐. 그래야 더 매력적으로 보이지 않겠어?"

"그런 타입의 여자 좋아하면 딴 데 가서 알아보든지."

"하여튼 한 마디도 안 지려고 해. 잘났다, 하주은."

시오는 손을 들어 주은의 뺨을 쓰다듬었다. 맞은편 전시물을 응시하고 있던 주은은 고개를 돌렸다. 두 사람은 서로 눈을 가만히 들여다보았다. 주은은 가슴이 따뜻하게 젖어드는 느낌을 받았다.

"나는 늘 너를 찾아 다녔던 것 같아. 어떻게 하면 볼 수 있을까 하고."

시오는 내내 주은의 입술을 보며 말했다. 그의 눈빛에 서서히 욕망이 떠오르는 것이 보여서 주은은 가슴이 뛰었다.

"말해봐, 보고 싶었다고."

시오는 주은의 머리칼을 쓰다듬으며 나직이 말했다. 주은은 말없이 그의 눈만 볼 뿐이었다.

"말해봐, 그리웠다고."

섬세한 손길이 주은의 턱과 목을 쓰다듬었다. 두 사람 사이에 오가는 눈빛이 한층 농밀해졌다.

"말해, 미치도록 하고 싶었다고."

그의 숨결이 가까이 와 닿았다. 동시에 주은의 숨도 뜨거워졌다. 이 남자가 이런 눈빛과 표정과 숨결로 다가올 때면 자꾸만 약해진다. 주은은 뜨겁게 불 지펴진 욕망을 애써 누르며 말했다.

"미칠 정도는 아니었어."

"하하."

그의 뜨거운 숨결과 웃음이 귓속에 흘러들었다. 귓바퀴에 부드럽게 닿았다가 떨어진 그의 입술. 짜릿한 감각이 귓속에서부터 전신으로 퍼진다. 시오는 입술로 주은의 목덜미를 쓸어내리며 속삭였다.

"넌 말과 행동이 달라. 피부는 이렇게 뜨거우면서 내뱉는 말은 차갑지. 이젠 안 속아."

시오는 주은의 손을 잡고 자리에서 일어섰다. 그는 전시실에서 가장 어두운 곳으로 그녀를 데려갔다. 비디오 아트 전시실 가장 안쪽으로 자리 잡은 그는 벽에 주은을 밀치고 거칠게 키스했다. 한껏 굶주려 있다가 먹잇감을 만난 것처럼 조급한 입술과 손길. 그는 한 팔로 허리를 휘감고 남은 손으론 원피스 속을 헤집고 들어와 엉덩이를 움켜쥐었다.

"오늘 잡지 나온 거 봤어. 네 기사 너무 섹시하던걸."

그의 거친 숨소리에 주은의 심장도 거칠게 뛰었다. 주은은 그의 목을 끌어안고 몸을 밀착했다.

"그는 위험한 남자다. 하지만 나쁜 남자는 아니다. 정말 그렇게 생각해?"

시오는 기사 속에 문장을 중얼거리고는 주은의 귓불을 살짝 물었다가 놓았다. 주은은 눈을 감고 그가 주는 감각을 고스란히 받아들였다.

"외모로 인기를 끌어보려고 했던 적은 없어요. 난 오히려 주목받는 걸 싫어하는 편입니다. 행동에 제약을 받으니까요. 지금까지 내가 원하는 것만 바라보며 거침없이 살아왔습니다. 갖고 싶은 것은 미친 듯이 돌진하고 내 것으로 만들었죠. 한 번 내 안으로 들어온 것은 빠져나갈 수 없어요. 내가 놓기 전에는."

그는 주은의 기사를 토씨 하나 틀리지 않게 읊었다. 물론 그가 내뱉은 말이기도 했다. 시오는 주은의 가슴을 움켜쥐며 하반신을 강하게 밀착해 왔다.

"이 말, 너를 염두에 두고 한 말이야. 한 번 내 손에 들어온 건 빠져나갈 수 없어. 절대 놓지 않을 거야."

자신감 넘치는 목소리에 주은의 마음 한쪽이 살짝 뒤틀렸다. 주은은 이마를 살짝 찡그리며 말했다.

"자신하지 마. 난 그렇게 쉬운 여자 아니야."

"자신있어."

"정말?"

주은의 눈빛이 어둠 속에서 반짝거렸다. 시오는 주은의 속옷을 벗기려다 제지당하자 낮은 신음을 흘렸다.

"젠장. 지금 이 상황에서 토론하자는 건 아니지?"

"사람 우습게 본 대가야."

주은은 두 팔로 시오의 가슴을 밀어냈다. 재빨리 옷매무새를 다듬은 주은이 나가려고 하자 시오가 다급하게 붙잡았다.

"정말 가려고?"

"공공장소에서 이러는 거 악취미야."

"아, 정말 까다롭다. 내가 어떻게 해줘야 해?"

그는 정말로 고통스런 표정을 지었다. 조금 전까지만 해도 자신만만했던 남자의 눈빛이 이젠 애원하는 눈빛으로 바뀌었다. 주은은 그의 얼굴에 웃음을 흘리며 말했다.

"따라와."

주은은 시오의 손을 잡고 비상구를 나와 직원용 복도를 걸었다. 얼마 못 가 남자 화장실이 눈에 들어왔다. 주은은 다짜고짜 그를 끌고 들어가서 안을 살폈다. 안에는 아무도 없었다.

"나는 아무래도 너를 이기지 못할 거 같아."

시오는 의미심장한 표정으로 화장실 문을 잠그며 중얼거렸다. 그는 수트 재킷을 한쪽에 벗어놓고는 벽에 기대서 있는 주은에게 다가왔다.

"얘기했던가. 너 오늘 아름다워."

시오는 주은의 허리를 끌어당기며 말했다. 주은은 그의 목에 팔을 두르며 말했다.

"너도 섹시해."

"황송하군. 그런데 나 지금 자존심 많이 상했거든? 각오해야 할 거야."

다가오는 시오의 입술에 주은은 지그시 눈을 감았다. 거칠고 굶주린 키스. 둘의 호흡은 가빠지고 심장은 빠르게 뛰었다. 그들은 서로의 입술을 음미하고, 체액을 삼키고, 살 속으로 파고들었다. 키스 하나로 호흡하고 한 몸처럼 서로의 몸에 감겨든다. 욕망을 향한 일체감. 그 짜릿한 감각들에 주은은 몸의 중심이 뜨겁고 촉촉해지는 것을 느꼈다.

시오의 손이 주은의 등을 더듬다가 원피스 지퍼를 단숨에 끌어내렸다. 순간 주은의 어깨 끈이 흘러내리며 하얀 가슴이 드러났다. 시오는 이때만을 기다렸다는 듯 예민한 살을 자근자근 깨물며 희롱했다. 주은은 찌를 듯한 아픔에 그를 밀치려고 했지만 그의 다리가 그녀의 다리 사이에 들어와 은밀한 부분을 압박했다.

"정말이지 못됐어."

주은은 아픔과 짜릿한 쾌감 사이에서 낮게 신음했다. 시오의 손이 그녀의 허벅지를 쓰다듬다가 엉덩이를 힘껏 쥐곤 놓았다. 긴 손가락은 흥분으로 팽팽해진 살갗을 음미하다가 팬티 속으로 빨려들듯이 들어갔다. 그리곤 내밀한 속살을 거칠게 헤집다가 촉촉한 살 속으로 깊숙이 미끄러져 들어갔다. 주은은 고개를 뒤로 젖히며 신음을 흘렸다.

"원한다고 말해."

그가 종용하듯 말했다. 주은은 고통스런 표정으로 고개를 끄덕였다.

"원해."

"미치도록 하고 싶다고 말해."

"하고 싶어. 지금 당장."

시오는 만족한 표정으로 주은의 입술을 거칠게 빨았다. 그의 손가락 사이에는 언제 꺼냈는지 모를 콘돔이 들려 있었다. 그사이 주은의 손은 그의 벨트를 풀었다. 지퍼를 내리자마자 바지가 흘러내리고 속옷 위에 도드라진 남성이 드러났다. 주은은 바위처럼 단단한 그의 것을 움켜쥐었다.

"이제 전세는 바뀌었어. 무기가 내 손에 있으니까."

주은의 말에 시오의 얼굴이 일그러졌다. 그는 처분대로 따르겠다는 듯 두 손을 벽에 짚은 채로 섰다. 주은은 그의 속옷 속에 손을 넣은 채 그의 남성을 움켜쥐고 잡아당기고를 반복하며 희롱했다. 시오의 표정이 점점 고통스럽게 변한다. 그는 주은을 노려보며 가라앉은 목소리로 중얼거렸다.

"얌전히 갖고 놀다 돌려줘. 내 유일한 재산이니까."

"유일한 재산이라, 과대평가된 거 아니야?"

"글쎄, 네가 확인해 봐."

시오는 그녀를 번쩍 안아 창틀에 앉혔다. 그리고 재빨리 콘돔을 끼우고는 주은의 몸 안으로 밀고 들어갔다. 순간 두 사람의 입에서 고통과 희열 섞인 신음이 흘러나왔다. 몸속까지 꽉 찬 느낌이다. 몸이 젤리처럼 흐물흐물해지는가 하면 긴장으로 뻣뻣해진다. 주은은 그의 허리에 다리를 감아 힘껏 끌어당겼다. 미칠 듯한 아득함이 밀려온다. 갈퀴로 온몸을 긁어내리는 것처럼 아프고 동시에 찌를 듯한 쾌감에 저릿저릿하다. 주은은 자신도 모르게 크게 신음을 내뱉었다. 화장실 공기가 그녀와 함께 공명하며 울린다. 어느 순간 시오는 주은의 뒤쪽에 자리를 잡았다. 그가 깊숙이 들어오자 주은은 손가락이 하얗게 되도록 창틀을 움켜쥐었다. 두 사람은 점점 절정으로 치솟으며 지금껏 느껴본 것 중에 가장 강렬한 쾌감을 느꼈다. 몸과 몸이 부딪칠 때마다 뼛속까지 아프고 뼛속까지 녹아버릴 듯한 희열이 전신에 퍼졌다.

두 사람은 마음껏 신음을 내지르며 절정을 맞았다. 거친 숨소리만이 가득한 공간. 시오와 주은은 서로의 숨소리를 들으며 이토록 열정적인 사람들이 왜 이제야 만났는지 생각했다. 이렇게라도 만나서 다행이라고. 어쩌면 서로가 장담한 것 그 이상으로 빠져들지도 모르겠다고 그들은 생각했다.

"너란 여자, 정말 대단해."

시오는 주은의 턱을 끌어당겨 부드럽게 입을 맞추며 속삭였다. 주은은 흘러내린 어깨 끈을 끌어올리며 그의 키스를 얌전히 받았다. 그리곤 시오의 눈을 들여다보며 말했다.

"너도."

두 사람의 표정에 만족한 미소가 피어올랐다.

잠시 후 두 사람은 완전 범죄를 꿈꾸는 공범자처럼 말끔하게 뒷정리를 하고 사람이 없는 복도를 지나 전시실로 돌아왔다. 막 경매가 끝났는지 사람들이 전시실로 쏟아져 들어오고 있는 참이었다. 주은은 시오를 두고 사람들 사이에 섞였다. 뒤도 돌아보지 않고 걸어가는 그녀를 보고 시오는 못 말린다는 듯 고개를 저으며 기둥에 기대섰다. 팔짱을 낀 채로 주은이 명희와 만나는 것을 지켜보는 시오 옆으로 한 사람이 다가왔다.

"안녕하세요. 이런 곳에서 뵙네요."

반갑게 말을 건넨 여자는 지난 촬영에서 만났던 한수진이었다. 시오는 팔을 풀고 반갑게 인사를 건넸다.

"아, 오랜만이에요. 지난번에 촬영한 사진 몇 장 보내는데 받았어요?"

"네. 마음에 들어서 여기저기 자랑하고 다녔어요. 언제 밥 한 번 먹자고 하더니 감감무소식이던데, 인사치레로 한 소리였어요?"

"아니요, 그럴 리가 있나요. 저보다도 더 바쁜 분이잖아요."

"바쁜 사람이 한가롭게 파티에 나오겠어요. 말 나온 김에 날짜 잡아요."

"그러죠."

시오와 수진이 한창 얘기하고 있는 사이 주위를 둘러보던 명희가 그들을 발견했다. 명희는 주은의 팔을 당기며 말했다.

"저기 송시오랑 한수진이 있네. 저 두 사람 잘 어울린다."

뒤돌아서서 시오와 수진을 본 주은의 눈빛의 일순간 가늘어졌다. 웃음을 머금은 채 마주 보고 있는 그들의 모습을 있자니 갑자기 숨이 막힌다. 그들의 눈빛과 눈빛에 친근하게 얽힐 때마다 주은의 예민한 신경은 팽팽히 당겨졌다.

"선남선녀가 얘기하는데 방해하고 싶진 않지만 그래도 인사는 해야겠지?"

명희는 그들이 있는 쪽으로 걸어갔다. 주은은 마지못해 명희를 따라갔다.

"오랜만이에요, 시오 씨. 수진 씨는 며칠 전에 쇼에서 봤죠?"

싹싹한 명희와 수진이 인사를 나누는 동안 주은과 시오의 눈이 마주쳤다. 주은의 눈빛이 태연한 반면 시오는 눈은 웃음을 머금고 있었다. 재빠르게 두 사람의 눈빛을 살핀 수진은 밝은 목소리로 말했다.

"네, 자주 뵙네요. 언니는 아팠다더니 괜찮아요?"

"응, 괜찮아."

"두 사람 언니 동생 하는 사이였어요?"

명희의 말에 수진이 예쁘게 웃으며 말했다.

"예전부터 집안끼리 친분이 있었어요."

"그래서 어려운 부탁인데 들어준 거구나. 저번에 화보 펑크날 뻔한 거 수진 씨가 도와줬다면서요. 고마워요."

"꼭 그것 때문만은 아니에요. 송시오 씨와 꼭 한 번 작업해 보고 싶었거든요."

"의리 때문은 아니라니, 저로서는 영광인데요."

시오가 옆에서 거들자 주은을 뺀 두 여자는 소리 내어 웃었다. 주은은 그들 사이에서 간신히 웃고 있지만 표정은 경직되어 있었다. 수진의 웃음과 미소가 자꾸만 신경에 거슬린다. 그녀를 보는 시오의 눈빛을 보고 있자니 짜증이 치민다. 왜 이러는 걸까. 왜 자꾸 신경이 곤두서는 걸까. 저들이 무얼 하건 내 알 바가 아닌데. 주은은 알 수 없는 자신의 마음에 화가 났다.

"삼산만요. 시오 씨 좀 빌러갈게요. 할 얘기가 있거든요."

명회가 시오의 팔짱을 끼고 사라지자 수진이 다가왔다.

"언니, 나 저 사람이랑 점심 약속 잡았어. 우선은 아쉬운 대로 점심 먼저 먹고 그 다음에 저녁 약속을 잡아야지."

주은은 별다른 말을 꺼내지 못한 채 멀리 서 있는 시오의 등을 응시했다.

"언니, 정말 저 사람 마음에 없는 거 맞아? 나 착한 여자는 아니지만 그렇다고 억지로 남자 뺏는 여잔 아니야. 뺏기기 싫으면 지금 말해."

주은은 고개를 돌려 수진을 쳐다보았다. 조금 전까지 긴장됐던 주은의 표정이 언제 그랬냐는 듯 태연하게 변했다.

"저 사람은 자기 생각대로 움직이는 사람이야. 주고 말고 할 것도 없어. 갖고 싶으면 노력해 봐."

"지금 그 말, 내가 가져도 괜찮다는 걸로 받아들인다. 좋았어."

수진은 신이 난 듯 말했다. 주은은 수진 표정과 시오의 등을 차례로 보며 씁쓸한 표정을 지었다.

'그래, 다른 여자와 자든 사랑을 하든 내 알 바 아니야. 저 사람은 내 소유가 아니니까. 우리는 그저 섹스만 하는 관계야. 어떤 약속도 한 적이 없어. 하지만……'

주은은 사람들과 웃고 떠드는 시오가 몹시도 생경해 보였다.

몸에는 아직도 그의 손길과 체취가 남아 있는데, 강렬했던 감각의 여운이 채 가시지도 않았는데 저만치 서 있는 그는 무척이나 멀고 낯설었다. 낯설음은 두려움으로 바뀌고 그 정체를 채 알기도 전에 귀에 익은 목소리가 들려왔다.

"사랑해. 사랑해. 사랑해."

갑자기 뇌리를 파고드는 처절한 흐느낌. 주은은 반사적으로 어깨를 움츠렸다.

"나 버리지 마. 버리면 안 돼."

섹스를 하면서 그녀가 소리쳤다. 절정을 맞으며 울부짖었다. 이따금씩 들리는 목소리. 끔찍하게 싫다. 주은은 속으로 비명을 지르며 한 발 뒤로 물러섰다. 갑자기 못 견디게 덥고 답답했다.

"수진아, 나 몸이 안 좋아. 그만 집에 갈래. 편집장님 오면 먼저 갔다고 말 좀 해줘."

주은의 이마와 등에 식은땀이 맺혔다. 수진은 걱정스런 얼굴로 말했다.

"왜, 좀 더 있다 가지."

"그만 갈래. 나중에 보자."

주은은 도망치듯 자리를 벗어났다. 이마에 식은땀이 맺히고 다리가 풀렸다. 주은은 사람들을 헤치고 전시장을 빠져나왔다. 이따금씩 자신의 이름을 부르는 소리기 들려왔지만 그녀는 뒤도 돌아보지 않고 뛰었다.

주차장으로 내려와 주차요원이 건네는 차 열쇠를 받아 든 주은은 그대로 차를 몰고 갤러리를 빠져나왔다. 운전하는 손이 떨떨 떨린다. 한참을 달리던 주은은 길가에 차를 세우고 밖으로 나왔다. 쌀쌀한 밤공기를 한껏 들이마시고 나서야 정신을 차린 주은은 어지러운 듯 이마를 짚고 긴 숨을 내쉬었다.

"주은아, 넌 사랑하지 마. 사랑하지 마."

죽어가던 여인의 외침이 주은의 머릿속을 어지럽힌다.

"난 아무도 사랑하지 않아. 아무것도 미련 두지 않을 거야."

주은은 허공에 대고 다짐하듯 중얼거렸다.

"내 딸. 내 불쌍한…… 딸."

여인의 목소리가 좀처럼 그치질 않는다. 주은은 제자리에 주저앉아 귀를 틀어막았다. 그래도 목소리는 여전히 머릿속을 맴돌며 신경을 자극했다.

한참 만에야 차 안으로 돌아온 주은은 휴대전화를 들었다가 부재중 전화가 와 있는 것을 확인했다. 열 통의 전화. 그중에는 시오의 번호가 찍혀 있었다. 그때 신호음과 함께 문자 하나가 들어왔다. 시오가 보낸 문자였다.

〈왜 먼저 갔어. 전화해 줘.〉

무표정한 얼굴로 메시지를 응시하던 주은은 휴대전화 전원을 꺼버렸다. 잠시 흔들렸던 그녀의 마음은 이제 다시 빙하처럼 차갑게 얼어버렸다. 조금이나마 열렸던 마음을 가로지른 단단한 빗장. 영원히 열릴 것 같지 않은 시린 마음. 주은은 차가운 표정으로 시동을 걸고 차를 몰았다.

✳

　며칠째 주은은 전화를 받지 않았다. 자신의 전화를 피하고 있는 것이 분명하다. 시오는 왠지 모를 불안감을 느꼈다.

　"정말, 속을 알 수 없는 여자야."

　시오는 불만 섞인 어투로 중얼거리며 왼쪽으로 핸들을 꺾었다. 그는 지금 압구정 어느 레스토랑에 수진을 만나러 가는 길이었다. 레스토랑에 도착해 주차요원에게 키를 건네고 올라가니 수진은 아직 오지 않았다. 시오는 창가 자리에 앉아 아이스티를 마시며 마음속 더위를 식혔다.

　'도대체 무엇 때문에 그러는 거야? 왜 사람 전화를 피해.'

　자신이 왜 이리 조급해하는지 모르겠다. 송시오가 여자 하나 때문에 이렇게 쩔쩔매다니. 자존심이 상하지만 그래도 주은의 생각이 머리에서 떠나질 않았다.

　"무슨 생각을 그리 골똘히 해요? 사람이 오는 줄도 모르고."

쾌활한 음성에 고개를 드니 수진이 싱긋 웃고 있다. 시오는 표정을 바꾸고 예의 바르게 말했다.

"어서 와요. 제시간에 맞춰 왔네요."

"연예인은 매번 약속 시간에 늦을 거라는 편견을 가지고 계신 건 아니죠?"

"그럴 리가요. 오다 보니 꽤 막히는 거 같아 늦을지도 모른다고 생각했습니다."

"일찍 출발해서 괜찮았어요."

수진이 자리에 앉자 웨이터가 물과 메뉴판을 가져왔다. 주문을 하고 나자 수진이 말했다.

"마음은 더 비싼 곳으로 가고 싶었지만 여기 스테이크가 맛있다길래 온 거예요."

"비싼 곳으로 가도 됐는데. 저 꽤 잘나가는 사진작가라구요."

"사람들 말대로 겸손하지는 않으시네요."

수진의 당돌한 말에 시오는 기분 좋게 웃음을 터뜨렸다.

"솔직한 편이죠. 마음에도 없는 겸손으로 주위 눈치 보는 거, 재미없어요."

"마음에 드는데요. 솔직한 것과 오만한 것은 엄연히 다르니까요."

"수진 씨도 그런 편이죠?"

"전 너무 솔직해서 주위에서 곤란해해요."

"자기 마음을 드러내지 않는 것보다 솔직한 점이 훨씬 매력있죠."

두 사람의 머릿속에 주은의 얼굴이 스쳐 갔다. 시오와 수진은 주은이 무슨 생각을 하고 있는지 궁금했다. 싫증이라도 난 걸까? 송시오란 남자를 좋아하고 있는 걸까? 이 질문은 식사를 하는 동안에도 머릿속에서 떠나지 않았다.

"아, 하주은 씨와 오랫동안 아는 사이라고 들었는데."

시오의 질문에 수진은 애써 태연하게 웃어 보였다.

"네. 어릴 때부터 봐온 사이죠."

"어릴 때도 지금처럼 깐깐했었나요?"

"어릴 때 언니는…… 조용한 사람이었어요. 말하는 걸 들은 적이 별로 없었어요. 늘 조용히 앉아만 있었죠. 인형처럼요."

수진은 이 자리에 주은의 과거가 끼어드는 것이 못내 짜증났지만 태연하게 대답했다. 그녀는 시오의 표정과 눈빛을 현미경 들여다보듯 자세히 관찰했다.

"크게 실연당한 적 있어요?"

"네?"

"사람이 꽤나 시니컬해 보여서요. 사랑에 실패해서 성격이 그렇게 됐나 싶어서 물어보는 겁니다."

"언니가 왜 그리 궁금하신데요?"

"남자가 여자에 대해서 궁금할 때는 관심이 있어서 아닌가요?"

수진은 이때만큼은 표정 관리가 힘들었다. 그녀는 쓸쓸한 표정으로 말했다.

"그래서 저랑 점심 먹는 거예요? 언니의 사생활을 캐묻기 위해서요? 이거, 이용당한 거 같아서 기분 나쁘네요."

수진의 자존심이 가차없이 구겨졌다. 몹시도 화가 났지만 참았다. 오랜만에 가슴이 두근거린 남자다. 보기만 해도 체온이 2도는 올라가는 것만 같은 남자. 자신이 가진 이상형에 가장 근접한 남자. 이런 남자를 가진다는 것이 쉬울 거라고 생각하진 않았지만 자신보다는 다른 여자에게 관심을 가지고 있다는 사실을 떳떳이 드러내는 걸 듣고 있자니 모욕당한 듯 얼굴이 화끈거렸다.

"이런, 기분 나빴다면 사과할게요. 본의는 아니었어요. 수진 씨가 하주은 씨를 안다고 한 말이 떠올라서 물어본 것뿐입니다."

"그래도 이렇게 매력적인 여성을 앞에 두고 다른 사람에게 호감을 내보이는 건 자존심 상하는 일인데요."

"하하, 정말 솔직하신데요. 미안합니다."

시오는 정색을 하며 정중히 사과했다. 수진은 그제야 웃어 보였다.

"그렇게 정중하게 사과하실 필요는 없어요. 다만 저에게도 집중해 달라는 의미니까. 전 시오 씨한테 관심이 있거든요."

순간 두 사람의 눈빛이 강렬하게 부딪쳤다. 시오는 놀라움보다는 흥미롭다는 눈빛이었고, 수진은 떨림을 감추고 당당하게 응시했다.

"반응이 생각보다 담담하네요."

"제 소문 들어서 아시지 않습니까. 익숙해져서 그런지 웬만하면 크게 놀라지 않아요."

"와, 굉장한 자신감인데요."

수진은 풍부한 표정을 지으며 시오의 신랄한 눈길을 받아쳤다. 겉으론 태연한 척해도 사실 그녀는 내심 놀라고 있는 중이었다. 조금 전까지만 해도 예의 발랐던 그의 눈빛이 자신이 관심을 보인 순간 날카롭게 변했기 때문이다.

"그 자신감에 도전하고 싶어져요. 그래도 되죠?"

"이미 시작하신 것 같은데요."

시오의 눈길은 차가웠다. 좀 전에 송시오가 맞나 생각될 정도로. 수진은 그의 차갑고 생기있는 눈빛에 마음에 들었다. 이 남자를 사로잡아 버리고 싶다. 내 것으로 만들고 싶다. 수진의 전신에 짜릿한 전율이 휩쓸고 지나갔다.

"좋다고 무턱대고 대시하는 스타일 아니니까 걱정하지 않아도 돼요. 저 지금 도전장 보낸 거예요. 당신 마음 뺏어보겠다고 말이에요."

"도전적인 것이 제 스타일이긴 한데, 지금 제 호기심을 자극하는 사람은 따로 있습니다."

"장담하지 마세요. 사람의 마음은 늘 변하는 거니까."

"충고, 귀담아 듣겠습니다."

시오는 깍듯하게 웃어 보였다. 수진은 시오에게서 흘러나오는 남성적인 매력과 사신감에 진보디 그가 더 좋아졌다. 잔머리 쓰지 않고 솔직하고 당당한 사람이다. 얘기를 나눌수록 생생한 수컷이라는 느낌이 진하게 전해져 왔다. 이 들짐승을 길들이고 싶다. 소유하고 싶다. 수진은 시오를 진한 시선으로 바라보며 승부욕을 불태웠다.

이번 주만 해도 다섯 번째 전화다. 주은은 휴대전화를 응시하다가 한쪽으로 치워 버렸다. 이럴 이유가 없다는 것을 알면서도 왜 이러는 건지 주은 자신도 알 수가 없었다. 짜증이 난다. 그가 아닌 자신에게. 수진과 같이 있는 그를 봤을 때 느낀 것은 질투였다. 스스로도 놀랄 정도로 격렬한 감정이 느껴지는 질투. 수진이 그를 가져도 되냐고 물었을 때는 상관없다고 생각했다. 어디까지나 그의 자유라고, 자신은 상관없는 일이라고 생각했다. 그런데 막상 같이 있는 모습을 보니 짜증이 났다.

'이 정도의 소유욕은 당연한 거야. 아직까지 그 남자는 나랑 섹스를 하고 있으니까.'

하지만 그 순간 왜 과거의 기억이 떠오른 걸까? 감정적으로 늘 거리를 유지해 왔는데. 자신은 그에게 영문도 모른 채 화를 내고 있다. 당황하고 있는 걸 들킬까 봐 그를 피하고 있다. 주은은 머릿속이 정리될 때까진 전화를 받고 싶지 않았다.

'내가 그를 너무 오랫동안 만났던 걸까. 이제 정리할 시기가

온 건가.'

주은은 갤러리에서의 섹스를 떠올렸다. 단순히 충동적인 섹스라고 부르기에는 각별했다. 서로가 원하는 것을 잘 알고 이끈다. 익숙함이 오히려 큰 자극이 되어 차마 떨칠 수가 없다. 그녀가 끌리는 것은 섹스가 아닌 송시오였다. 섹스가 좋아서 송시오와 있는 게 아니라 송시오와 함께하는 섹스가 좋은 것이다. 주은은 이 위험한 대상을 어떻게 해야 할지 판단이 서지 않았다.

'앞으로도 지금까지 해온 것처럼 거리를 유지할 수 있을까?'

주은은 자신의 마음을 통제할 수 있다고 생각해 왔다. 하지만 그와 함께 있을 때는 자신이 없어진다. 자꾸만 감정적이고 충동적이 된다.

'그냥 놔버릴까.'

주은은 입술을 잘근잘근 깨물며 창가를 서성였다. 멀리 보이는 빌딩의 불빛이 뿌옇게 흐려 보인다. 전에는 모든 것이 명료하게 보였는데 지금은 시야가 흐리다. 자신의 마음조차 제대로 읽어낼 수 없어 주은은 몹시 화가 났다.

그때 다시 휴대전화 벨이 울렸다. 액정에 송시오라는 이름이 뜬다. 주은은 그의 이름을 거듭 읽다가 손을 뻗어 휴대전화를 잡았다. 버튼을 누르자 그의 목소리가 흘러나왔다.

[드디어 받았군.]

"바빴어."

[그래, 바쁠 거라 생각했어.]

둘 다 거짓말을 했다. 상대가 무슨 말을 내뱉을지 몰라 잔뜩 긴장했으면서도 담담하고 태연하게 거짓말을 했다.

"한동안은 못 볼 거 같아. 일이 많아."

주은은 그에게 미련을 두는 자신을 이해할 수가 없었다. 왜 쉽게 끝내지 못하는 거지? 그저 말 한 마디면 되는데. 그만 만나자고 하면 그는 붙잡지 않을 것이다. 깔끔하게 대답하고는 며칠 안 가 오피스텔을 정리하겠지. 그리고 아무 일도 없었던 것처럼 일상으로 돌아갈 것이다. 나중에 마주쳐도 예의 바르게 웃으며 일 얘기를 하겠지. 쉽고 빠르게 끝낼 수 있는 관계다. 그런데 왜 주저하는 걸까.

주은은 혼란스런 눈빛으로 허공을 응시했다.

[나도 이번 주는 바쁠 거야. 다음 주에 연락할게.]

"그래."

[하주은.]

"왜?"

[괜찮은 거야? 목소리가 안 좋아.]

"피곤해서 그런 걸 거야. 그럼 끊을게."

주은은 무뚝뚝하게 전화를 끊고 나서야 긴 숨을 내쉬었다. 긴장을 하고 있었던 모양인지 다리에 힘이 빠져나간다. 주은은 창가 소파에 기대앉아 눈을 지그시 감았다. 과거의 기억들이 가닥가닥 끊겨서 스쳐 간다.

"난 휩쓸리지 않아. 절대로."

주은은 두 팔로 몸을 감싸며 나직이 중얼거렸다. 기억들이 밀려와 그녀를 친친 에워싼다. 주은은 질식할 것 같으면서도 그것들을 뿌리치지 않았다. 차츰 숨이 죄어오고 눈시울이 뜨거워진다. 주은은 절망이 자신을 삼키는 것을 내버려 두었다. 이래야만 휩쓸리지 않기 때문이다. 이래야만 온전히 혼자 남을 수 있기 때문이다. 혼자 있으면 상처도, 절망도 없다. 주은이 믿는 것은 이 말뿐이었다.

자정을 막 넘긴 시간이었다. 평상시엔 사람들로 북적이는 바가 오늘따라 조용했다. 산타나의 유로파가 소음에 걸러지지 않고 곧바로 귓속에 파고들어 온다. 산타나의 기타 연주가 오늘은 영 마땅치 않다. 시오는 위스키 잔을 단숨에 비우고는 새 담배갑을 뜯어 한 개비를 입에 물었다. 불을 붙이려고 라이터를 집어 드는데 누군가가 불을 내밀었다. 돌아보니 흠잡을 데 없이 말끔한 외모를 한 친구 기준이 서 있었다. 시오는 고개 숙여 담뱃불을 붙이고 바텐더에게 술잔을 주문했다.

"벌써 반 병이나 마셨네. 일찍 왔어?"

기준은 옆 자리에 앉다가 시오 앞에 있는 위스키 병을 보고 물었다.

"좀 전에."

"무슨 일 있어? 앉아 있는 폼이 심상치 않다."

"요즘 바빠? 얼굴 보기 힘들다."

시오는 말을 돌리며 기준 앞에 있는 잔에 위스키를 따랐다.

"이래저래 바쁘지. 변호사가 괜히 돈 많이 버는 게 아니라고."

기준은 앉자마자 위스키 잔을 깨끗이 비웠다. 시오는 다시 잔을 채워주며 말했다.

"너, 지금까지 내가 만난 여자가 몇 명인지 알아?"

시오의 말에 기준은 어이없다는 듯 코웃음을 쳤다.

"인마, 너도 모르는 걸 나한테 물어보는 거냐? 가만있자. 우리가 안 지가 십이 년 정도 되는데 한 달에 두세 명씩만 잡아도…… 어휴, 기백이 넘는다. 자식, 골치 아프게 그런 건 왜 물어?"

"이상해. 여자는 알 만큼 안다고 생각했거든. 그런데 그게 아닌 것 같아."

"연애 선수가 여자를 잘 모르겠다? 누구야, 송시오를 혼란에 빠뜨린 여자가?"

시오는 쓰디쓰게 웃었다. 기준은 전과 다른 시오의 얼굴을 호기심 어린 눈으로 보았다.

"이런 생각, 시시하고 진부하거든. 그런데 그 여자는 시시한 걸 자꾸만 생각하게 해. 그래서 짜증나는데 시간이 지나면 또 궁금해져. 그 여자는 어릴 때 어떤 수영 모자를 썼을까. 고등학교 다닐 때 어떤 책을 읽고, 대학 땐 어떤 형편없는 놈이 소개팅에 나왔을까. 가장 싫어하는 동물은 뭐고 가장 좋아하는 가수는 누구였을까."

기준은 크게 웃음을 터뜨렸다.

"너 지금 농담하는 거지? 오랜만에 나 웃겨주려고 작정한 거냐?"

"진짜야, 인마."

"그런 걸 알아서 뭐 하게?"

"궁금하니까. 그 여자에 관련된 건 다 궁금해."

시오의 표정과 목소리는 진지하고 무거웠다. 이 정도로 지칠 자신이 아니란 건 알지만 그녀에 대한 목마름이 그를 괴롭혔다. 좀 더 여유롭게 기다려야 한다고 생각하지만 그녀에게 빠질수록 집착하게 되고 마음이 조급해진다.

"궁금하면 물어봐. 물어보면 될 거 아니야."

내내 웃음을 머금고 있던 기준도 시오의 반응을 보고 표정을 바꾸었다. 기준의 물음에 시오는 술을 한 모금 넘기며 말했다.

"그 여자는 아무것도 내놓질 않아. 내가 알고 있는 건 그녀의 몸뿐이야. 처음엔 열 수 있다고 자신했는데 시간이 지나도 틈이 안 보여. 그녀는 너무나도 견고해."

"휴, 단단히 걸려들었구나."

기준은 낮은 신음을 흘리고는 목을 조르는 넥타이를 느슨하게 풀고 앞에 놓인 술잔을 단숨에 들이켰다. 지금 두 사내는 꽤나 진지하고 심각했다.

"처음이다, 네가 이렇게 심각한 거."

"소감이 어떠냐."

"웃기다 못해 고소하다. 그렇게 여자들 울리고 다닐 때 언젠가는 이런 날이 올 줄 알았다."

"한심하군."

시오는 담뱃불을 끄며 중얼거렸다.

왜 이리 마음이 불안한지 모르겠다. 자신은 주은에게 다가가고 있는데 그녀는 다가간 만큼 뒷걸음친다. 그러다 보니 늘 같은 자리다. 주은의 껍데기 말고 안을 느껴보고 싶다. 그녀가 무슨 생각을 하는지 알고 싶다. 시오는 이것이 단순히 소유하고 싶은 욕망인지, 정말로 그녀를 알고 싶어선지 가늠이 되지 않았다. 회의는 늘 자신에게 하는 질문으로 이어진다.

'왜 그녀에게 이토록 집착하는 걸까.'

시오는 주은을 떠올릴 때마다 심한 갈증이 났다.

"자기 세계가 견고하는 여자는 힘들지. 넌 빠져든 거야. 그 여자한테 단단히 빠져든 거라고. 흔히들 그걸 사랑이라고도 하지."

기준의 말에 시오는 고개를 들었다. 사랑? 이런 걸 사랑이라 한다고? 시오는 사랑이라는 단어를 태어나서 처음 들어본 것처럼 낯선 표정을 지었다. 멍한 시오의 눈빛에 기준은 의미심장한 미소를 지었다.

"그래, 사랑. 잘난 송시오가 사랑에 빠진 거야. 그것도 짝사랑. 역시 산다는 건 재미난 일이야. 이런 좋은 구경거리도 보고."

기준은 슬쩍 웃음을 흘리며 위스키를 홀짝였다. 시오는 한 대 얻어맞은 표정으로 허공을 응시하다 새 담배를 입에 물고 불을 붙였다. 그의 표정에 복잡한 감정이 흐른다. 그사이 기준은 이해할 수 없다는 듯 고개를 흔들며 위스키 잔을 비웠다. 한참 동안에 생각에 잠겨 있던 시오가 혼잣말을 했다.

"짝사랑이라니, 최악이군."

시오의 얼굴이 잔뜩 일그러졌다. 기준은 그의 어깨를 토닥이며 말했다.

"괜찮아. 살다 보면 짝사랑도 해보고 그러는 거야."

"제길, 그 잘난 입 좀 다물어. 머리 복잡하니까."

시오는 신경질적으로 외쳤다.

"자식, 진실을 말해주는데 화는……."

시오는 담배도 술잔도 선뜻 입에 가져가지 못하고 생각에 생각을 거듭했다. 모든 것이 너무나도 복잡하고 혼란스럽다. 시오가 가장 싫어하는 것 중에 하나가 막연한 혼란인데 지금 자신이 그 혼돈의 중심에 서 있는 듯했다.

그는 한참 만에야 힘들게 입을 열었다.

"이런 감정은…… 내겐 너무 낯설어. 끌린다고 생각은 했지만 그걸 사랑이라고 연결지어 생각해 본 적은 없었어. 내 사고의 중심에는 내가 아니라 그녀가 있었던 것 같아. 난 그녀를 붙들어두는 것에 급급해서 내 감정을 제대로 들여다본 적은 없어. 가까워지지 않는 걸 쫓다 보니 가까운 곳에 있는 걸 못 본 거야.

젠장."

"넌 사만했던 거야."

"그래, 맞아."

"널 이렇게 만든 그녀는 누구야? 왠지 대단한 여자일 거 같은데."

"그녀는 나와 닮았어. 그러면서도 전혀 다른 사람이지. 전부를 알 것 같다가도 아무것도 모르겠어. 그녀는 자신을 드러내지 않아. 간신히 열어놨다고 생각하면 어느 사이엔가 다시 닫혀 있어."

"전부를 알 것 같다가도 아무것도 모르겠다. 얘기만 듣는데도 머리가 지끈거린다."

"누군가의 마음을 잡는다는 게 이렇게 힘든 건 줄 처음 알았다."

"지금까지 다른 사람이 연애해 줬냐? 왜 그리 몰라. 정공법으로 다가가. 진심을 보이란 말이야."

"자식이, 연애 경험도 별로 없으면서 어떻게 그리 잘 아냐?"

"네 옆에 있다 보니 깨달은 게 많아서 그러지. 이러다간 득도하겠다."

"내가 어땠는데."

"가장 형편없는 연애 상대였지. 사람을 가지고 놀았으니까. 네게 여자는 흥미있는 상대일 뿐이었잖아. 실컷 충족하고 나면 가차없이 버렸지. 어린애가 장난감을 가지고 놀다가 싫증나서 버리는 것처럼 말이야. 물론 겉은 번드르르하지. 예의 바르고, 쿨하고. 그런데 사랑은 쿨한 것도, 호기심도 아니거든. 사랑은 서로의 삶 속으로 비집고 들어가는 거야. 그런데 넌 아니야. 상대방이 네 삶으로 들어오려고 하면 가차없이 밀쳐 냈잖아. 결국 그러다 제가 당하기는 했지만."

"내가 아주 나쁜 놈으로 들린다."

시오는 불만이 가득한 목소리로 말했다. 과거의 자신의 모습이 어땠는지 기억이 나질 않는다. 그저 자신의 감정에 솔직했을 뿐인데 그것이 나쁜 것이었을까? 그럼 지금의 자신은 뭐지? 변했나? 이 변화가 나쁜 걸까, 아니면 좋은 걸까. 이걸 좋고 나쁨으로 나눌 수 있을까. 왜 주은에게 이런 감정을 느낀 걸까. 시오는 생각이 많았고 그만큼 머리가 복잡했다.

"내 친구긴 하지만 연애 상대로 넌 나쁜 놈이었어."

기준은 물 만난 고기처럼 신이 나서 말했다.

"넌 어떻게 그렇게 잘 아나?"

"네 옆에 있으면서 배웠다니까."

"제길."

"네 마음을 열어."

"그런 뻔한 답 말고 현실적으로 통할 대안을 제시해 봐. 많이 배운 놈이니까 뭔가 다를 거 아냐."

"내 전공분야는 기업 인수 합병이거든? 연애상담은 내 분야가 아니다."

시오의 입술에서 다시 한 번 억눌린 신음이 흘러나왔다.

"내 분야가 아니라 상담은 해줄 수 없어도 대신 술은 실컷 사줄 수 있지. 너답지 않게 고민 그만 하고 술이나 마셔. 사랑이 머리 싸매고 고민한다고 해결되는 거였으면 철학자들은 죄다 플레이보이였을 거다."

기준은 시오의 손에 술잔을 들려주며 위스키를 따랐다. 시오는 위스키를 목으로 넘기며 자신은 이 게임에서 철저한 패자가 될 거라고 생각했다. 사람의 감정을 일종의 게임이라고 생각한 것 자체가 어리석었다. 게임은 승부가 명확하지만 감정은 그렇지 않다. 게임은 승자와 패자가 명확하지만 남녀의 감정은 두 사람 다 이길 수도, 둘 다 철저하게 패배할 수도 있다. 어리석으므로, 상대방보다 더 절실히 원하므로 완벽한 패배. 시오는 패배의 쓴잔을 거듭 마셨다.

확실히 그녀는 차가워졌다. 이젠 안을 때조차 그녀의 닫힌 마음을 느낄 수 있다. 섹스 할 때의 주은은 전처럼 자신을 터뜨리지 않았다. 마지막 끈을 꼭 붙들고 놓지 않는다. 그것을 놓으면 그대로 떨어질 것처럼 필사적으로 붙잡는다. 그럴수록 시오는 더 강하게 몰아붙였다. 그녀가 끈을 놓고 자신 위로 무너지도록 하려고 애를 썼지만 주은은 자신이 느끼도록 허용하지 않았다. 인위적인 표정과 신음, 그리고 절정. 물론 그녀가 아무것도 느끼지 못하는 섹스를 하고 있다는 의미가 아니다. 다만 자신이 느낀다는 것을 감출 뿐이다. 그녀는 터질 듯한 절정의 끝에서도 자신을 드러내지 않았다. 과거의 하주은을 못 봤다면 모를까 지금은 뚜렷이 알 수 있다. 그녀는 닫혔다.

시오는 낮은 신음을 흘리며 주은 위로 쓰러졌다. 주은은 한동안 몸속에 머물러 있는 걸 좋아했다. 시오는 그녀의 머리칼을 쓰다듬으며 조용히 감은 눈을 응시했다. 그녀는 눈을 감은 채 무슨 생각을 하고 있을까. 시오는 자꾸만 불안이 앞섰다. 주은이 금방이라도 눈을 뜨고 이제는 만나지 말자고 할까 봐 걱정이 된다. 그때 주은이 가만히 눈을 떴다. 그녀는 시오와 눈을 맞추며 말했다.

"나 커피."

"그래."

담담히 고개를 끄덕인 시오는 욕실로 들어가 샤워를 하고 나와 커피 물을 내렸다. 그사이 주은은 침대를 정리하고 샤워를 했다. 그녀가 젖은 머리를 수건으로 감싸고 욕실에서 나왔을 때 시오는 커다란 머그컵을 주은에게 내밀었다.

"고마워."

주은은 머그컵을 받아 들고 소파에 앉았다. 시오는 주은 옆에 앉아 커피 몇 모금을 마신 후 태연을 가장하고 물었다.

"오늘 자고 갈래?"

"아니, 자정이 되기 전에 가봐야 해. 내일 아침 일찍 지방 내려갈 일이 있어."

"일?"

"응."

"언제 오니?"

"저녁에. 그런데 말이야."

주은은 이마를 찌푸리며 시오를 보았다. 일순간 시오의 얼굴에 긴장이 스쳐 간다. 그는 커피를 마시는 척하며 표정을 가렸다.

"요즘 일이 많아? 어딘가 전과 달라."

뜻밖에 말에 시오는 눈을 치떴다.

"내가 뭘?"

"늘 다른 생각을 하는 것 같아. 딱히 이유를 듣고 싶다기보단 그냥 그렇다는 말이야."

"그래? 복잡하게 꼬이는 일이 많아서 그런가 보지."

시오의 긴장된 표정이 한결 누그러졌다. 그는 잔을 내려놓고 소파에 기대 주은의 얼굴을 응시했다.

"나야말로 묻고 싶은 게 있어. 최근 들어 너도 복잡해 보이던데 무슨 일 있었어? 갤러리에서 헤어지고 줄곧 전과 다르다는 느낌을 받았거든."

"솔직하게 말하자면, 여기 그만 올까 싶었어."

예상했지만 그녀의 입을 통해 들으니 시오의 마음 한쪽이 묵직해졌다. 하지만 그는 여전히 담담한 표정으로 주은을 보았다.

"왜?"

"알다시피 난 복잡한 여자잖아. 더 이상 복잡해지는 게 싫어서."

"내가 널 복잡하게 하나 보지?"

"응."

잠깐이지만 시오는 가슴이 떨렸다. 좋아한다는 말도, 사랑한다는 말도 아닌 복잡하게 만들었다는 말이 왜 이리 두근거리는 건지 그도 알 수가 없었다. 그저 그녀를 조금이나마 움직이게 했다는 것이 시오를 설레게 했다. 하지만 이르게 좋아하는 것인지도 모른다. 어쨌거나 지금 앞에 그녀가 있으니까.

"그런데 왜 다시 만나는 거야."

"도망가는 건 내 타입이 아니니까."

주은이 시오의 눈을 똑바로 쳐다보았다. 그녀의 눈빛은 단호하고 침착했다. 어쩌면 그 속에 경고가 있었는지 모르겠다. '넌 날 길들일 수 없어. 무릎 꿇리지도 못해. 아무리 많은 섹스를 하고 많이 시간을 같이 보낸다고 해도 지금 같을 거야. 그러니까 헛된 꿈은 접어'. 시오는 그녀의 눈빛을 읽어내고 있자니 입 안이 씁쓸해졌다. 하지만 그는 자신의 감정을 쉽게 드러내지 않았다. 그녀는 자신이 포기하기를 바라지만 그는 그럴 생각이 추호도 없었다. 시오의 무표정한 얼굴로 말했다.

"나도 그래. 쉽게 포기하는 타입이 아니지. 내가 말했던가, 너와 난 가끔씩 놀랄 정도로 같은 점이 많아."

두 사람 사이에 잠시 침묵이 흘렀다. 감정이 드러나지 않은 얼굴로 조금은 냉정하고 도전적으로.

'넌 날 흔들지 못해.'

'나로 인헤 조금은 흔들렸잖아. 앞으로는 더 많이 흔들어주지.'

두 사람 사이에 팽팽한 감정이 오가는 동안 커피는 천천히 식어갔다. 그들은 서로를 응시하며 무언의 계약을 했다. 먼저 포기하는 하는 사람이 지는 것이라는 암묵적인 합의와 함께. 주은도, 시오도 지지 않을 자신이 있었다.

4. 기억의 파편

암벽화를 신고 초크 백을 차고 3m 높이 벽에 박힌 수백 개의 홀드(Hold: 발 디딤)에 매달린 지 두 시간이 다 되어간다. 시오는 가까운 홀더를 두고 어려운 위치의 홀더를 골라 땀에 번들거리는 긴 팔을 뻗었다. 몸의 중심이 바뀌면서 그는 한층 더 난이도 높은 위치로 자리를 옮겼다. 벗은 상반신에서 땀방울이 흐르고 두툼한 근육들이 움직임 때마다 꿈틀거린다. 지치지도 않고 인공 암벽을 오르는 그를 밑에서 보고 있던 무리 사이에서 낮은 탄성이 흘러나왔다.

"송시오! 간만에 무리하는 거 아니야? 이제 그만 내려와."

밑에서 시오를 지켜보고 있던 최 코치가 외쳤다. 시오는 괜찮다고 소리치고는 호흡을 조절하고 다음에 짚을 홀더를 골랐다. 어려운 등반각으로 접어들수록 팔 근육보다는 복근의 힘으로 버텨야 한다. 시오는 복근에 힘을 주고 팔을 뻗어 다음 홀더에 매달렸다. 조금 전까지 잡고 있던 홀더에 한쪽 발을 디디고 균형을 잡는 동안 머릿속은 다음 홀더를 찾는다. 이 운동은 힘이 아닌 머리로 하는 운동이다. 그는 다음 등반각과 자세를 머리로 그려보고 가장 힘들 코스를 골랐다.

암벽 타기는 고도의 집중력과 체력을 바탕으로 최상의 스릴을 맛볼 수 있는 스포츠다. 시오는 머리가 복잡할 때마다 인공 암벽이 있는 클라이밍 센터를 찾는다. 암벽을 오르는 순간에는 모든 잡념은 사라지고 살아 있다는 감각만이 온몸을 장악한다. 자신과의 싸움이자 자신만의 새로운 길을 찾는 것이 삶과 닮아 있기도 했다. 시오는 지칠 줄 모르고 자신을 닦아세우며 자신이 모을 수 있는 에너지를 끌어 모아 몸에 실었다.

"뒷모습이 비장하기까지 하던데, 무슨 일 있어?"

최 코치는 제일 힘들다는 루프(천장)를 세 번이나 왕복한 끝에 내려온 시오에게 수건을 건네며 물었다. 시오는 수건을 받아 들고 땀에 흠뻑 젖은 얼굴과 상반신을 말없이 닦았다. 최 코치의 말대로 그의 표정은 진지하다 못해 비장해 보였다.

"하긴 말로 풀 수 있는 거였으면 그렇게 악착같이 암벽을 오르지도 않았겠지. 그대로 가면 내일 침대에서 일어나지도 못해. 스트레칭하고 가볍게 뛰다 가."

최 코치는 산사나이답게 무뚝뚝한 몇 마디를 던지고는 회원들 쪽으로 걸어갔다. 시오는 센터 내 러닝머신에서 충분히 몸을 푼 뒤 샤워실로 향했다. 운동으로 잡념을 털어버린다고 해도 그때뿐이다. 운동이 끝난 후에는 오히려 생각의 물줄기가 한꺼번에 터져 나와 머릿속은 엉망이 된다.

'젠장, 이젠 내 아무것도 모르겠어. 정말 그녀를 사랑하는 건지, 집착인지, 오기인지.'

차가운 물줄기가 전신을 적시면서 부풀어 오른 근육들이 차츰 수축한다. 하지만 주은과의 관계에 대한 의문들은 점점 부풀어 올라 머릿속을 잠식해 갔다. 시작은 자신만만했지만 이제는 어디로 달려가는지 시오 자신도 제어할 수가 없었다. 왜 이런 소모적 경쟁에 빠져든 걸까. 결국엔 둘 다 잃게 되는 것이 많을지도 모른다.

'우리가 자초한 거야. 너도 나도 양보할 마음이 없으니 갈 때까지 가는 거지.'

몸에 소름이 돋을 때까지 찬물을 맞으며 서 있던 시오는 비로소 정신이 날 때쯤 샤워실을 나왔다.

'애초부터 쉬울 거라고 생각하지 않았다. 어디까지 버티는지 두고 봐야지.'

스포츠 센터에 들어갈 때와는 달리 마음은 한결 가벼워졌다. 몸속에 쌓인 무거운 것들 모두 버리고 새것으로 가득 채운 느낌이다. 다시금 무기를 장전했으니 이제 필드로 나갈 시간이다.

⟨11:35⟩

주은은 차 안 시계를 물끄러미 바라보다 시동을 껐다. 열두 시. 시오와 만나기로 한 시각. 주은은 약속 시간까지 좀 남았지만 미리 가서 기다리고 싶진 않았다. 그녀는 카시트를 뒤로 젖히고 누워 두 눈을 지그시 감았다. 하루 종일 취재를 다녀선지 종아리가 뻐근하다. 주은은 신고 있던 로퍼를 벗고 블라우스 위 단추 두 개를 풀었다. 긴장이 풀리면서 졸음이 밀려온다. 주은은 잠들지 않겠다고 생각하면서도 깜빡 잠이 들었다.

똑똑똑.

누군가 차창을 두드리는 바람에서 주은은 선잠에서 깼었다. 몸을 일으켜 보니 운전석 창에 시오가 서 있는 게 보였다. 그의 뒤로 늘 끌고 다니는 포르쉐 타이엔이 주차되어 있다. 주은은 그의 차를 흘끔 보다가 차키와 백을 챙겨 가지고 차에서 내렸다.

"올라가 있지 왜 여기서 기다려."

"그냥. 잠시 누워 있는다는 게 잠들었네."

"피곤해 보인다."

"응."

주은은 그의 얼굴에 드러난 피로의 흔적을 보며 고개를 끄덕였다. 그들은 어깨를 나란히 하고 주차장 한쪽에 있는 엘리베이터로 향했다. 엘리베이터를 타고 올라가는 동안 주은은 조용히 올라가는 숫자를 응시하다가 자신을 보는 시선에 고개를 돌렸다. 한쪽 벽에 등을 기댄 시오가 주은을 담담한 눈으로 보고 있었다. 그의 시선은 주은의 얼굴에서 천천히 내려와 목과 쇄골, 벌어진 옷깃 사이로 살짝 드러난 가슴에 머물렀다.

시오는 손을 뻗어 주은의 쇄골을 천천히 쓸어내렸다. 그의 무표정한 얼굴 속에 언뜻 보이는 조금은 쓸쓸한 눈동자가 주은의 머릿속을 파고들었다. 주은이 평상시와는 다른 빛을 띠는 눈동자를 들여다보며 있는 동안 시오의 손가락은 그녀의 쇄골에서 가슴께로 내려왔다. 그는 부드러운 속살을 천천히 쓸어보다 단추를 하나씩 풀었다. 주은은 엘리베이터 한쪽 모서리에 설치된 카메라가 신경 쓰였지만 그가 하는 대로 내버려 두었다. 그가 단추 두 개를 풀어 내리자 브래지어가 드러났다. 그는 익숙한 손길로 브래지어 앞 후크를 풀고 옷섶을 헤치고 들어와 주은의 가슴을 움켜쥐었다. 아무 감정도 읽을 수 없는 그 눈동자를 내내 응시하던 주은은 그의 뜨거운 손길에 가슴이 뛰었다. 그녀는 나직이 말했다.

"사람들 눈에 띌 거야."

"늦은 시간이야. 그리고 우린 그런 거 상관 안 하는 사람들이잖아."

"난 아니야, 너지."

"나와 같이 있으면 너도 그렇게 될 거야."

시오는 그녀의 허리를 끌어당겨 품에 안았다. 그가 엄지손가락으로 유륜 주위를 부드럽게 쓸어보다 허리 숙여 주은의 가슴에 입을 맞추었다.

"안고 싶었어."

그의 목소리는 묵직하고 깊었다. 진심, 그 이상으로 들릴 만큼.

주은이 뭐라 대꾸하기 전에 엘리베이터 문이 열렸다. 막 들어서려던 중년 사내는 엉켜 있는 둘을 발견하고는 흠칫 놀라며 멈춰 섰다. 시오는 여전히 주은의 가슴을 움켜쥔 채 사내를 보고 태연히 말했다.

"올라갑니다."

"아, 그, 그렇군요."

당황한 사내는 황급히 한 걸음 물러나며 헛기침을 했다. 곧 문이 닫히자 주은의 입술에서 어이없는 신음이 흘러나왔다.

"층마다 선다면 볼만하겠네."

"층마다 사내들이 서 있다면 오늘 밤 잠 설치는 사람들 많을 걸."

나직이 속삭인 시오는 주은의 턱을 끌어당겨 키스를 했다. 허리를 감는 그의 손길과 감겨오는 혀의 감촉에 서서히 달아오르던 주은의 체온이 급격히 올라갔다. 주은은 그의 목에 팔을 두르고 몸을 밀착했다. 힘차게 뛰는 그의 심장만큼이나 주은의 심장도 빠르게 뛰었다.

다행스럽게도 엘리베이터는 다른 이의 방해 없이 제 층에 섰다. 문까지 가는 짧은 몇 분이 유독 길게 느껴지고 비밀번호를 두 번이나 틀리게 입력하고 나서야 그들은 비로소 오피스텔 안으로 들어올 수 있었다. 문이 닫히자마자 시오는 주은을 단숨에 알몸으로 만들어버렸다.

"네가 가진 것 중에 가장 솔직한 건 몸뿐일 거야."

시오는 주은의 한쪽 가슴을 아프지 않게 물었다가 놓으며 말했다. 허스키한 그의 목소리가 섹시하게 들려서 주은은 몸의 중심이 묵직하게 내려앉는 느낌이었다. 주은은 무어라 말을 하고 싶었지만 시오가 뒤돌려 세우고 목덜미에 입을 맞추었다. 그의 손은 아플 정도로 강하게 가슴을 움켜쥐었고 단단한 이는 척추를 따라 긁듯이 내려왔다. 몸속에 퍼지는 아찔한 감각. 주은은 짧은 숨을 내쉬며 벽에 손을 짚었다. 그의 손길과 입술은 난폭했다. 제멋대로 몸속을 헤집는 혀와 손길이 아프지만 그만큼 강렬한 전율이 주은을 뒤덮었다. 그녀의 숨은 거칠어졌고 시오는 여전히 어두운 눈빛으로 하얀 몸을 노려보았다. 빙하처럼 차갑고 단단한 그녀의 마음과 달리 너무나도 여리고 아름다운 선을 가진 몸. 그녀와는 달리 많은 표현과 소리를 가진 몸.

시오는 그녀의 등에 입을 맞추고는 잠긴 목소리로 말했다.

"널 보면 화가 나. 내가 가질 수 없는 것이 너무 분명해 보여서."

주은은 눈을 감은 채 허리를 감은 단단한 근육의 질감과 피부에 닿는 뜨거운 숨결을 느꼈다. 더 이상은 참을 수가 없다.

주은은 돌아서서 단호하지만 속삭이는 듯이 말했다.

"포기해. 가질 수 없는 것도 있어."

"그럴까?"

그의 목소리는 당당했다. 주은은 거만한 눈빛을 비웃으며 그거 준 것을 하나씩 되돌려 주었다. 찢듯이 옷을 벗겨낸 주은은 그의 등에 손톱을 박아 상처를 내고 부드러운 입술로 쓸어내리기를 반복하며 허리로 내려왔다. 석상처럼 버티고 선 그의 숨소리가 차츰 거칠어진다. 주은은 그의 탄탄한 엉덩이와 허벅지에 힘이 들어가는 것을 느끼며 희미하게 웃었다. 그는 화가 난다고 했지만 주은은 즐거웠다. 그는 집착하기 때문이고 자신은 도망치려 하기 때문이다. 둘 다 집착했거나 도망쳤더라면 어땠을까. 주은은 더 이상의 생각을 끊고 시오에게 집중했다. 그녀는 시오의 몸을 돌려 단단해진 정점을 아프게 깨물다 뜨거운 남성을 움켜쥐고 자신 쪽으로 끌어당겼다. 곧 그의 입술에서 한숨 같은 신음 소리가 흘러나왔다. 주은은 그의 숨소리가 불규칙하게 오르내리는 것을 들으며 그를 고통스럽게 하기도 하고 미칠 듯한 쾌감에 떨게 만들었다.

"제길, 하주은!"

시오는 낮게 소리치며 주은의 어깨를 밀어냈다. 그리고 그녀를 안아 들고 침실로 향했다. 그가 걸음을 옮기는 동안 욕망에 들뜬 얼굴을 응시하던 주은은 자신도 모르게 시오의 목을 끌어안고 뺨에 입을 맞추었다. 순간 알 수 없는 일이 일어났다. 작은 충동에서 한 행동인데 이상하게도 가슴 한쪽이 뭉클해졌다. 욕망이라기엔 좀 더 친밀하고 부드러운 감정. 주은은 그의 목을 끌어안은 채 자신이 느끼고 있는 낯선 감정의 정체를 생각하려 애썼다. 그러나 그녀의 생각보다 시오의 걸음이 더 빨랐다.

시오는 주은을 침대에 눕히고 숨 쉬는 것조차 잊을 정도로 강렬하고 짜릿한 키스를 퍼부었다. 조금 전의 감정은 머릿속 어딘가로 사라져 버렸고 주은은 그의 등을 안고 성난 욕망이 밀고 들어오는 것을 느끼며 몸을 떨었다. 거칠고 깊은, 강렬하고 뜨거운 뭔가가 온몸을 휘감아 옥죄었다. 머릿속이 타버릴 것 같다. 몸은 주위의 빛, 공기, 소리마저 빨아들여 진공상태가 되었다. 심지에 불을 당긴 것처럼 발끝에서부터 열기가 올라와 몸의 중심으로 향한다. 그리고 마침내 자궁 깊은 곳에서 폭발이 시작된다. 순간 주은의 몸은 활처럼 휘었고 시오는 살기 위해 암벽을 오를 때보다 더 절실히 그녀를 붙들었다.

한참이 지나서야 이탈했던 모든 것이 제자리를 찾기 시작했다. 멈춰 버린 것만 같던 심장이 뛰고, 숨이 돌아오고 자신이 누구인지, 이곳이 어디인지 같은 기억 따위가 차츰 자리를 잡아갔다. 주은은 눈을 감은 채 땀에 흠뻑 젖은 그의 머리칼을 부드럽게 쓰다듬었다. 잠시 잊고 있던 아까의 기억이 다시금 찾아와 그녀를 혼란스럽게 했다. 주은은 왠지 두려웠다. 그리고 지독히도 나른하고 편안했다.

주은은 가슴을 누르는 따뜻하고 단단한 무언가를 느끼며 눈을 떴다. 언제 잠들었는지 기억이 안 날 만큼 노곤한 잠에서 깨고 보니 머릿속이 약간 멍했다. 느리게 눈을 깜빡이며 잠을 몰아내던 주은은 가슴에 얹혀 있는 팔과 세상모르게 자고 있는 시오의 얼굴을 번갈아 응시했다. 그 또한 섹스 후에 바로 잠이 든 모양이었다. 주은은 그의 팔을 조심스럽게 치웠다. 그 바람에 잠이 깼는지 뒤척이던 그가 눈을 떴다.

"잠들었었군. 지금 몇 시야?"

"다섯 시."

주은은 협탁에 놓인 시계를 보며 대답했다. 시오는 주은을 끌어당겨 품에 안고 나른하게 중얼거렸다.

"피곤했나 보다. 이렇게 정신없이 잔 건 오랜만이야."

"나도."

"이렇게 아침까지 자자."

"출장 있어. 집에 가서 옷 갈아입고 가려면 지금 일어나야 해."

"젠장."

시오는 주은을 품에서 밀어내고 돌아누웠다. 주은은 그의 등을 물끄러미 보다가 말했다.

"아침까지 잔다고 해서 달라지는 것도 없는데 왜 그래?"

"알아. 다만 네가 그러고 갈 때마다 기분이 엿 같아."

몹시도 싸늘한 어조였다. 주은은 그가 이러는 이유를 물으려다 관두고 몸을 일으켰다.

"좀 더 자. 갈게."

침대에서 빠져나온 주은이 벗어놓은 옷을 가지러 가기 위해 몇 걸음을 떼기도 전에 그의 차가운 목소리가 등 뒤에 와서 박혔다.

"넌 그렇게 도망치고 모든 것은 다시 원점이지. 이런 망할……."

그는 욕설이라도 퍼붓고 싶은 것을 간신히 참고 있는 듯 보였다. 주은은 뒤돌아서서 시오를 보았다. 그녀의 표정은 이미 싸늘하게 굳어 있었다.

"새삼스럽게 왜 이래. 나한테 뭘 바라는 거야?"

"섹스 그 이상."

시오는 짧게 힘주어 말했다. 그 자신도, 주은도 내뱉지 말았어야 했다고 생각했다. 하지만 이미 나와 버린 말이다. 두 사람 사이에 짧은 침묵이 흐르는 동안 주은의 눈빛은 차츰 차가워졌다.

"내가 알기론 남녀 관계에 섹스 그 이상은 없어. 그건 순진한 감상일 뿐이지."

주은은 지금의 자신이 위험하다는 걸 느꼈다. 이대로 그가 가게 내버려 뒀으면 좋겠다고 생각했지만 비웃음 섞인 시오의 목소리가 발걸음을 붙잡았다.

"그렇게 믿고 싶겠지. 그래야 네 마음이 편하니까."

"믿고 싶은 게 아니라 현실이 그래. 네가 지금 원하는 건 섹스 후에 가벼운 디저트 같은 거야. 호기신 삼아 색다른 걸 즐기고 싶은 거라고. 네 악취미에 날 끌어들이지 마."

화가 났는지 그의 숨소리가 아까와는 다르게 거칠어졌다. 주은은 여기서 그만 하는 것이 좋다는 걸 알면서도 멈출 수가 없었다. 몸속 깊은 곳에서 날카롭고 위험한 자신이 비집고 나와 머릿속을 장악한다. 어젯밤 뜨거운 열기에 들떴던 하주은은 이미 사라져 버린 후였다.

"내가 섹스 그 이상을 바랐다면 넌 지금의 내가 됐을 거야. 너한테는 지금 이게 유쾌한 역할 놀이의 일부분일 뿐이야. 이 놀이가 끝나면 넌 또 다른 것을 찾겠지. 알다시피 난 네 여흥에 발맞춰 줄 정도로 친절하지 못해."

주은이 냉정하게 말을 쏟아내는 사이 침대에서 몸을 일으킨 시오가 다가왔다. 그는 주은의 얼굴을 노려보며 씹어뱉듯 말했다.

"닥쳐!"

"사실이잖아."

주은은 그의 눈동자를 똑바로 보았다. 시오는 당장이라도 주은의 목을 부러뜨리고 싶다는 표정으로 말했다.

"가장 끔찍한 건 자기 독선에 사로잡혀 자신의 생각을 진실로 믿는 거야. 그게 얼마나 파괴적이고 위험한지 알아? 넌 다른 사람의 생각엔 관심도 없어. 그저 네 안에 갇혀서 안전하면 그만

이지."

"그래, 그게 나야. 이런 내게서 뭘 더 기대해? 도대체 내게 왜 이러는 거야!"

"넌 이미 알고 있잖아. 내가 뭘 기대하는지, 왜 이러는지 알면서도 모른 척하는 것뿐이야."

"아니야, 난 모르겠어. 내게서 뭘 갖고 싶은 거야? 왜 이렇게 흔드는 거야?"

주은의 외침에 시오는 잠시 격앙된 숨을 가다듬었다. 흥분을 억누르는 그와 반대로 주은은 조절력을 잃어가고 있었다.

"널 갖고 싶어. 몸이 아닌 그 이상의 것들이 갖고 싶어졌어."

"왜!"

"네가…… 나와 같기 때문이야."

시오는 흥분을 억누르려고 노력하며 주은의 어깨에 손을 가만히 얹었다. 그의 손은 너무나도 무겁게 어깨를 짓눌렀고 주은은 몸이 오그라드는 것만 같았다. 주은은 몹시도 답답해져서 당장 이곳에서 벗어나고 싶었다. 마치 이럴 걸 알고 있었던 것처럼 시오는 주은의 어깨를 붙들고 담담히 말했다.

"가끔은 네가 나처럼 느껴져서 혼란스러울 때도 있어. 그래, 우리가 조금 더 일찍 만났다면 난 지금의 네 역할을 하고 있었을 테지. 그리고 네가 나한테 한 말을 그대로 내뱉고 있었을 거야. 그게 이유야. 우린 닮아 있어. 우린 고집스럽고 자기만 아는 외톨이지. 난 너를 통해서 내 자신과 삶을 바꾸고 싶어."

주은은 어깨에 놓인 그의 손을 차갑게 뿌리쳤다.

"타인을 통해 자신의 삶을 바꾸려는 것은 무모하고 어리석은 일이야. 난 너를 구원해 줄 수 없어. 네가 내게서 얻을 수 있는 것은 섹스뿐이야."

"나만을 위한 게 아니야."

"난 필요없어. 정 구원을 받고 싶다면 차라리 종교를 믿어. 그 편이 훨씬 빠르고 안전할 테니까."

시오는 뒤돌아서려는 주은의 팔을 붙잡아 자신 쪽으로 잡아당겼다. 주은은 그에게 붙잡힌 팔이 아파서 이마를 찡그렸다.

"늘 많은 사람들 속에 둘러싸여 살지만 지독하게 외롭지. 가끔은 숨 쉬는 것조차 짜증이 날 때도 있어. 지나온 삶은 떠올리고 싶지 않을 만큼 끔찍했고, 현재도 미래도 그다지 나아질 것 같지 않아. 늘 세상과 겉도는 느낌. 그걸 숨기기 위해 스스로 가면을 만들어 뒤집고 쓰고 아무렇지도 않은 척, 꿋꿋한 척 행동해. 이게 지금까지의 나야. 지금까지의 너이기도 하고."

그의 말이 몸속 내밀한 어떤 부분을 건드렸다. 주은은 그의 말속에서 분명 무언가를 느꼈지만 아무것도 느끼지 않은 것처럼 냉랭하게 말했다.

"꽤나 거창하네. 그럴듯해. 다른 사람이었다면 감동받아 울었을지도 모르겠어. 하지만 난 네 드라마에서 빼줘. 난 너처럼 감정적인 사람이 아니거든."

그의 얼굴에 깊은 실망감이 드러났다. 그럼에도 포기할 수 없는 열망과 안타까움이 남아 있는 것을 보며 주은은 입술을 지그시 깨물었다.

"넌 지독하게 비뚤어졌어. 도대체 뭐가 널 그렇게 만든 거지?"

주은은 극심한 피로를 느끼며 이제 이 지겨운 말싸움을 끝내야 할 때라고 생각했다. 그녀는 시오의 얼굴을 침착하게 응시하며 말했다.

"섹스 그 이상을 알고 싶다고 했지? 하나 말해줄까? 내 어머닌 사고로 돌아가셨어. 좀 더 정확하게 말하자면 동반 자살이었지. 상대는 아버지의 제자였어. 내가 그때 배운 교훈이 뭔지 알아? 섹스는 섹스로 끝나야 안전하다는 거야. 그 이상이 되면 모든 것을 망가뜨리지. 난 널 망가뜨리고 싶지 않아. 진심이야."

주은의 팔을 붙잡은 시오가 조용히 손을 놓았다. 주은은 조용히 현관 쪽으로 걸어가 바닥에 흐트러진 옷을 입고 백을 주워 들었다. 고개를 돌려 보니 그가 아까 서 있던 자리에서 자신을 응시하고 있는 것이 보였다. 주은은 그의 얼굴 표정을 좀 더 가까이서 보고 싶은 충동을 느꼈지만 주저없이 뒤돌아 현관으로 걸어갔다.

✳

"선배, 무슨 생각을 그렇게 해요? 아까운 담배 타 들어가는 줄도 모르고."

멍하니 생각에 빠져 있던 시오는 정신을 차리고 고개를 들었다. 옆 자리에는 어느새 와 앉은 하균이 자신을 빤히 쳐다보고 있었다.

"뭐라고?"

"담배요, 담배."

하균의 눈빛을 따라가던 시오는 그제야 자신의 손가락 사이에서 생담배가 타 들어가고 있는 것을 보았다. 그는 재떨이에 담배를 비벼 끄고 의자 등받이에 몸을 기댔다. 그의 표정이 사뭇 복잡해 보여 하균이 조심스럽게 물었다.

"무슨 고민 있어요?"

"고민은 아니고, 그냥 생각 좀 하느라. 스튜디오 마무리는 다 했고?"

"네."

"밤새려면 배고플 거야. 애들이랑 뭐라도 먹고 와."

시오는 지갑을 꺼내 지폐 몇 장을 하균에게 내밀었다. 하균은 뒤통수를 긁으며 지폐를 받아 들었다.

"선배는 같이 안 가요?"

"난 됐어."

여름 시즌이 다가오면서 일감이 밀려들어 눈코 뜰 새가 없다. 밤새 작업해야 할 일이 산더미인데 시오는 좀처럼 일을 손에 잡지 못하고 생각 속에 파묻혀 있었다. 주은의 뒷모습이 뇌리 속에서 지워지지 않는다. 그녀는 침착하고 태연했지만 못 견디게 쓸쓸해 보였다. 달려가서 안아주고 싶었다. 아무리 독 같은 말을 쏟아내고 경멸 어린 시선을 보내도 자꾸만 가엾게 느껴지는 걸 그 자신도 어쩔 수 없었다. 미쳤다고밖에는 설명할 수 없다. 한 여자에게 이렇게 미칠 수도 있을까.

"난 널 망가뜨리고 싶지 않아. 진심이야."

그 말이 꼭 도와달라는 것처럼 들렸다. 돌아서는 눈빛이 지독하고 외롭고 슬프게 보였다. 그녀가 던진 말만으로도 얼마나 끔찍한 기억들 속에 붙들려 있는지 짐작할 수 있다. 어두운 기억들은 날카로운 파편이 되어 어린 그녀의 몸을 찢어놓았을 것이다. 지금도 그녀는 얼음처럼 차갑고 냉정한 얼굴을 한 채 뜨거운 피를 흘리고 있다. 도와주고 싶다, 간절히. 그녀를 도울 수 있는 사람은 자신뿐이라는 생각은 너무나도 교만한 생각인가.

시오는 몸을 일으켜 창가로 걸어갔다. 창에 비친 자신의 얼굴에 주은의 얼굴이 오버랩된다. 주은의 얘기를 듣기 전까진 한 사람을 안다는 것은 그리 어려운 게 아니라고 생각했다. 돌이켜 생각해 보면 오만하고 이기적이었다. 타인의 삶을 안다는 것은 TV 드라마 속 인생을 보는 것처럼 쉽고 간단한 게 아니다. 듣는 사람에게도 책임이 따른다는 걸 시오는 잠시 잊고 있었다.

'결국 난 내 것을 채우자고 그녀의 상처를 들쑤신 것밖에는 안 돼. 진심으로 그녀를 알고 싶다면 서둘러서는 안 되는 거였어 그녀도 나도 아직 준비가 안 됐어. 둘 다 준비가 되어야 해. 마음을 열 준비. 받아들일 준비.'

살아오면서 이토록 진심으로 누군가를 대한 적은 없었다. 그녀를 알아갈수록 마음은 아프고 아픈 만큼 절실해진다. 기준이 말하는 사랑이라는 단어는 이 감정에 비하면 유약하고 지나치게 달짝지근한 것처럼 느껴진다. 시오가 느끼고 있는 감정은 독처럼 강렬하고 삶처럼 쓰디썼다. 지금껏 그가 알아온 것과는 다른 감정이다. 시오는 사랑이란 많은 욕망들, 이를테면 사랑받고 싶다는 의지나 순수한 소유욕, 성적 욕망 따위를 그럴듯하게 포장한 것이라고 생각해 왔다. 그에게 연애란 합의된 욕망을 해결하기 위한 만남일 뿐이었고, 만나왔던 대부분의 여자들도 시오의 관점과 별반 다르지 않았다. 쉬운 관계에 길들여진 시오에게 지금 느끼는 감정은 너무나도 낯설었다. 그래서 어떻게 해야 할지 혼란스럽고 어려울 뿐이었다. 지금 상황하게 확신할 수 있는 것은 주은을 놓칠 수 없다는 것뿐이다. 그녀의 어두운 일면을 안 순간 시오의 감정은 더욱 절실해졌다.

"너란 사람이 더욱 알고 싶어졌어."

시오는 나지막이 중얼거리며 주머니를 뒤져 담배를 피워 물었다. 뻔하다고 생각한 인생이, 만만하다고 얕본 인생이 살면서 갑자기 어렵게 느껴진다. 그는 현재 자신이 느끼고 있는 아픔은 과거에 교만했던 벌이고 그녀는 꼭 풀어내야만 하는 삶의 수수

깨끼처럼 생각되었다.

"어렵다. 산다는 건 너무 어려워."

시오는 쓸쓸한 눈으로 어둠 속에서 반짝이는 불빛들을 응시했다.

"곽직재. 곽직재."

주은은 운전 중에 몇 번이고 중얼거렸다. 소리 내어 말할수록 특이하다. 그 이름을 지은 아버지는 분명 딸이 출생이 반갑지 않았을 거란 생각이 든다. 이름이란 의미는 물론이고 부르기 쉬운 것이 좋은 법인데 도무지 직재라는 이름은 퉁명스럽기만 하고 입에 붙지 않아 정이 가지 않는다.

"곽직재. 곽직재."

주은은 곧 만날 그녀의 이미지를 상상하며 다시 한 번 이름을 중얼거렸다. 고속도로에 접어들자마자 곯아떨어졌던 사진작가는 언제 잠이 깼는지 잔뜩 잠긴 목소리로 물었다.

"아까부터 그 이름은 왜 자꾸 중얼거려요? 사람 잠도 못 자게."

"이름이 특이해서 입에 잘 안 붙어요. 그래서 연습 중."

"어차피 앞에선 곽 작가님, 하고 부를 거 아니에요. 연습은 뭐하러 해요."

"혹시 알아요, 곽직재 씨라고 부르게 될지?"

사진작가는 불만에 찬 목소리로 중얼거리다 도로 잠을 청했다. 주은은 속으로 이름을 불러보며 작가의 프로필을 떠올렸다.

곽직재. 마흔다섯 살의 여류소설가. 일 년 전에 낸 치녀자 한 편으로 엄청난 반향을 일으키며 베스트셀러 작가가 됐지만 대중에는 알려진 바가 없음.

'그녀는 어떤 사람일까.'

주은은 그녀와 통화를 시도할 때까지만 해도 인터뷰할 수 있을지에 대한 자신이 없었다. 방송사, 신문, 잡지, 어느 것 하나 인터뷰를 따내지 못한 깐깐한 소설가. 그런 여자가 패션잡지 인터뷰를 쉽게 승낙할 리 없다고 생각했다. 하지만 그녀의 소설을 읽고 난 후 꼭 만나고 싶어졌다. 소설 속 주인공 미향이 꼭 직재 자신일 것 같다는 생각이 들었기 때문이다.

사랑할 바에는 죽어버리겠다고 소리치던 미향. 떠나려는 남자의 등에 칼을 꽂으며 지금 사랑해 주지 않으면 죽여 버리겠다고 소리치던 미향이 주은에게는 꽤나 충격적으로 다가왔다. 어처구니없을 정도로 모순적이고 열정적인 여자. 사랑에 온몸을 불사르는 여자. 그 절절 끓는 뜨거움을 표현해 낸 작가는 어떤 사람일까. 미향이처럼 무모한 열정을 가진 여자일까.

천신만고 끝에 통화에 성공한 순간 들려온 목소리를 주은은 잊을 수가 없었다. 수화기 너머로 마치 칠판을 손톱으로 긁어내리는 듯한 쇳소리가 들려왔다. 주은은 너무 놀란 나머지 수화기를 귀에서 멀찍이 떼어놓고 숨을 가다듬었다. 다시 들어도 여전히 신경을 긁는 쇳소리. 그 목소리를 이미지로 표현한다면 황무지에 날리는 누런 먼지쯤일까. 윤기라곤 전혀 없이 바싹 메마른 목소리.

[인터뷰하고 싶다고요?]

"네, 곽 작가님."

[내가 말하는 문장 따라 해봐요. 나는 그 앞에서 다리를 벌렸다. 그의 울퉁불퉁한 성기가 내 몸속에 들어왔다.]

"……"

웬만해선 당황하는 법이 없는 주은인데 이때만큼은 놀라서 선뜻 입을 열지 못했다.

[입이 붙었어요? 왜 말이 없어요? 전화 끊을까요?]

"아, 아니요. 하겠습니다. 할게요. 나는…… 그 앞에서 다리를 벌렸다. 그의 성기가 몸속에 들어왔다."

[하나 빼먹었어요. 그의 울퉁불퉁한 성기가.]

"그의 울퉁불퉁한 성기가 내 몸속에 들어왔다."

다시 정정해서 말하는 동안 등에서 식은땀이 흘러내렸다. 주은은 등 뒤의 시선을 애써 무시하며 담담하려고 노력했다.

[음, 목소리가 마음에 드는군. 좋아요. 그 인터뷰 하겠어요.]

그때의 안도란. 주은은 그 당시를 떠올리면 늘 웃음이 새어나왔다. 직접 만나지는 않았지만 이토록 강렬한 인상을 준 사람은 처음이었다.

마침내 대전에 도착했다. 유성 톨게이트를 나와 공주 방향으로 사십 분을 운전해 가니 오른쪽 대로변에 그녀가 설명대로 커

다란 풍차기 서 있는 음식점이 눈에 들어왔다. 음식점 오른쪽에
닌 길을 따라 십 분을 더 들어가니 작은 마을이 보인다. 마을 맨
끝 집이 그녀가 사는 집이다. 주은은 집 앞 자갈밭에 차를 세우
고 안도의 한숨을 쉬었다. 사진작가는 뭐가 불만스러운지 잔뜩
얼굴을 찡그리고는 카메라 가방을 챙겨 들고 차에서 내렸다.

"대전이라더니 완전 시골이잖아."

"한적하고 좋은데요 뭘."

주은은 사진작가의 푸념을 뒤로하고 정원 안으로 들어갔다.
가까이서 보니 정원이라기보다는 텃밭에 가깝다. 깔끔하게 손
질된 텃밭을 지나니 소박하게 들어앉은 단층집이 눈에 들어왔
다. 시골에서 흔히 볼 수 있는 집이다.

"계세요? 서울에서 왔습니다!"

주은은 현관 앞에서 큰 소리로 외쳤다. 한참 만에야 안에서
부스럭거리는 소리가 들리더니 문이 열렸다. 순간 주은도, 사진
작가도 놀라서 입이 벌어졌다. 거구의 사내가 트렁크 팬티 하나
만 걸친 채 두 사람을 내려다봤기 때문이다. 주은은 땀으로 번
들번들한 가슴팍을 보고 잠시 말문이 막혔다가 간신히 입을 열
었다.

"여기 곽 작가님 댁 맞나요?"

"맞습니다."

퉁명스럽게 중얼거린 사내는 나왔던 현관 안으로 몸을 우겨
넣고 들어가 버렸다. 주은은 사진작가와 당황한 시선을 교환하

며 따라 들어갔다. 집 안은 밖에서 본 것보다 넓고 쾌적했다. 보통 가정집과 다를 것 없는 가구들과 깔끔하게 청소된 실내. 두 사람이 어색하게 소파에 앉은 사이 사내는 쟁반에 음료수 컵을 담아가지고 와서 테이블에 내려놨다. 여전히 퉁명스러운 데다 난감한 트렁크 팬티 차림이다.

"이거 들어요. 직재는 샤워 중인데 곧 나올 겁니다."

사내의 말투는 처음보다는 다소 부드러워져 있었다. 주은은 사내의 입을 통해 흘러나온 그녀의 이름이 너무나도 부드럽고 다정하게 들려서 내심 감탄했다. 그러고 보니 저 사람 생김새가 꼭 소설 속 남자 주인공 같다. 역시 자신의 연애담을 소설화 한 건가? 어쩐지 두 사람이 잘 어울릴 것 같다. 주은은 벽에 걸린 시계를 확인하며 시원한 주스 한 모금을 목으로 넘겼다.

십 분 후 방 안에서 두 사람의 말소리가 들리더니 문이 열렸다. 그리고 그녀가 모습을 드러냈다. 강렬했던 사내의 인상과 달리 작은 키에 조용한 인상을 가진 중년 여인이다. 그녀에 비하면 사내는 대여섯 살은 적어 보였다. 짧은 커트 머리, 적당한 크기의 날카로운 눈, 신경질적인 입매와 뾰족한 턱. 그녀는 하나하나 보면 녹록치 않은 인상을 가지고 있었지만 전체적인 느낌은 담담하고 차분해 보였다.

"기다리게 해서 미안해요. 대충 눈치 챘겠지만 좀 전에 섹스를 마친 참이라."

"괜찮습니다."

시진작가가 질린 표정을 짓는 사이 주은은 예의 바르게 웃으며 말했다. 주은은 단번에 이 여자가 미향이라는 걸 알아봤다. 그래서 그녀가 더욱 마음에 들었다.

"난 인터뷰란 거 한 번도 안 해봤어요. 그냥 묻는 것에 답하기만 하면 되는 건가요?"

"네. 긴장하지 마시고 편하게 대화한다고 생각하세요."

"저 양반은 사진 찍으러 온 양반인 거 같은데."

"네. 작가님 사진 몇 장하고 서재 좀 찍어갈까 합니다."

"그럼 저 양반은 사진만 찍어가면 할 게 없는 거네. 바쁘실 텐데 몇 방 찍고 일찌감치 서울 올라가시죠. 기자 양반은 오늘 여기서 자고 가지 그래요. 꼭 시간 정하고 대화해야 인터뷰인가. 같이 저녁 먹고 술 마시면서 천천히 놀다 가요."

사진작가는 기가 찬 얼굴로 주은을 보았다. 주은은 당황했지만 웃으면서 고개를 끄덕였다. 사진작가는 여 작가의 옆모습 몇 장과 서재, 앞마당 몇 장을 찍고는 택시를 불러 타고 유성 시내로 나갔다. 그는 그곳에서 버스를 타고 서울로 올라간다고 했다. 그가 떠난 후 주은은 남아서 늦은 점심을 먹었다.

"생긴 것과는 달리 겁이 없나 봐. 난 싫다고 할 줄 알았거든."

직재는 상추쌈을 싸 입에 우겨넣으며 말했다. 그녀는 어느 틈엔가 반말을 하기 시작했는데 그리 거북하게 들리지 않았다.

"무서워할 이유가 있나요."

주은의 말에 직재가 옆에 앉은 사내를 가리키며 말했다.

"솔직히 이 사람 좀 무섭게 생겼잖아. 근데 생긴 건 이래도 속은 물러. 순진한 사람이야."

밥을 먹던 사내의 얼굴이 벌게졌다. 그런 그를 보는 직재의 눈빛에 사랑이 묻어난다. 주은은 이런 것이 연애인가 하는 생각이 들어서 씁쓸해졌다.

"아까 준 명함을 보니 하주은이라고 쓰여 있던데 주은이라고 불러도 되지? 난 씨 자 붙이는 거 싫어하거든."

"네, 괜찮습니다."

"난 수첩이나 녹음기 꺼내면 말이 안 나올 거 같아."

"평상시처럼 말하시면 돼요."

"보기보다 싹싹하네. 딱 보면 친구 하나 없을 것 같은 인상이구만. 예쁜 것들이 여간 도도해야지."

직재의 말에 주은은 웃었다. 거친 목소리, 몸을 투시하는 듯한 날카로운 눈빛과 걸은 입에도 불구하고 그녀가 마음에 들었다.

"얼굴을 봤으면 인터뷰 안 했을 거야. 난 예쁜 것들을 보면 화딱지가 나거든. 쟤들은 전생에 무슨 덕을 쌓아서 저렇게 태어나고, 나는 뭘 잘못했길래 이 모양으로 태어났나 싶어서 말이지."

주은은 소리 내어 웃으며 물었다.

"그런데 왜 인터뷰에 응하셨어요?"

"목소리가 마음에 들었어. 침착하고 부드러운 것이 영감을 불러일으키는 목소리야. 할 수만 있다면 목소리를 뺏고 싶어. 역시, 안 되겠지?"

직재는 어린이이처럼 웃었다. 주으으 그녀의 엉뚱함이 재미
있었다.

"곽 작가님 글을 읽었어요. 소설 속에 미향이가 본인 맞으시
죠?"

점심을 먹고 나서 마당 평상에 앉아 커피를 마시다 주은이 물
었다. 직재는 고개를 끄덕였다.

"내 얘기지. 안에 있는 새끼를 만나면서 썼어."

"처음 얼굴 뵌 순간 알았어요. 제가 상상하던 미향이 모습 그
대로였거든요."

"내 글 마음에 들어?"

"네. 그리고 놀라웠어요, 미향이의 열정이."

"사랑을 한 번도 안 해봤으니 놀랍기도 하겠지. 꼭 미친 사람
들 보는 거 같았을 게야."

주은은 내심 놀라 물었다.

"왜 그렇게 생각하세요?"

"사랑 한번 안 해본 사람은 얼굴에 표가 나."

"구체적으로 뭐가요?"

"다른 사람이 들어갈 틈이 없지. 완전히 닫혔어."

그녀의 말에 주은은 갑자기 시오가 떠올랐다. 오는 내내 생각
하지 않으려고 애썼는데 갑자기 그의 얼굴이 떠오르자 잠시 말
문이 막혔다.

"얼굴을 보아하니 열정은 남다른데 고집이 대단하구만. 그런 사람들이 한 번 열리면 더 뜨거운 법이지."

"혹시 관상학이라도 배우셨어요?"

주은은 애써 웃으며 말을 건넸다, 제발 직재가 화제를 돌리기를 바라면서.

"나이 먹는 만큼 보이는 게 많아지더군. 그 재미도 없으면 뭔 맛으로 살겠어. 그런데 왜 그 좋은 사랑을 안 하는 거야. 그래 가지고 살맛이 나나?"

"사랑도 일종의 기호 아닐까요. 전 그다지……."

"쯧쯧. 네가 사랑이 얼마나 좋은지 몰라서 그래. 맛을 알면 그런 말 못하지."

"어떤 맛인데요?"

"눈물처럼 쓰디쓰고, 죽음처럼 떫고 고약한 맛. 하지만 어느 순간에는 그렇게 달콤할 수가 없어. 이대로 모든 게 끝나도 좋을 만큼. 난 저 사내를 만난 그때부터 안 자고 안 먹어도 그렇게 행복할 수가 없었어. 온몸이 나긋나긋해져서 햇빛 아래 서 있으면 줄줄 녹아내릴 것만 같았지. 땅에 발을 디디면 물컹해져서 똑바로 걸어다닐 수가 없더라니까. 사랑은 그렇게 미치는 거야. 그런 감정 느껴본 적 없지?"

주은은 미소를 띤 채 고개를 저었다.

"그게 다 마음에 때가 많아서 그래. 그 때를 벗겨봐. 그럼 달라 보일 거야."

"별로 그러고 싶지 않은데요."

"씨발, 고집 하고는. 옆에 사내 있으면서 왜 그래?"

수은은 놀란 얼굴로 직재를 쳐다보았다. 그녀는 흰 이를 드러내며 웃었다.

"아까 잠깐 생각하는 표정을 봤지. 그때 그 사내 떠올렸지? 내가 눈치 하나로 먹고 살아온 년이야."

"괜찮은 사람이지만 사랑하진 않아요."

"거짓말. 그냥 괜찮은 사람을 그런 표정으로 떠올릴 리 없지. 그거 알아? 넌 겉으로는 멀쩡한데 속으론 많이 곪았어. 잔뜩 썩어 들어가서 도려내지 않으면 사랑 같은 거 못할 거야. 그러다 그 사내 놓친다. 그까짓 사내 놓치면 또 오겠지 생각하지? 하지만 다음도, 그 다음도 똑같이 반복될 뿐이야. 그러다 보면 네 주위엔 아무도 없을걸. 가장 추한 여자는 늙은 여자가 아니라 사랑할 수 없는 여자야. 넌 지금 추해. 겉은 예쁜데 속은 추해."

작가들이 말을 아끼는 편에 비해 직재는 말이 많았다. 인터뷰어는 자신인데도 직재는 끊임없이 질문을 던져 당황하게 만들었다. 수은은 자신이 자꾸 화제의 중심이 되는 것이 불편했지만 직재의 얘기를 듣고 있으면 모든 것을 간단명료하게 설명할 수 있을 것 같아서 흥미로웠다.

하루가 가는 동안, 직재는 폭포수처럼 많은 이야기를 늘어놓았다. 화제의 대부분은 자신의 소설과 텃밭, 남자와 사랑이었다. 그녀의 머릿속에는 이야기로 가득 찬 화수분이 들어앉아 있는 것만 같았다. 그녀의 말투는 술이 들어가자 좀 더 거침이 없어졌다.

"난 사랑이 좋아. 내일 잃어버린다고 해도 사랑이 좋아. 저 새끼가 가면 다른 새끼가 오겠지. 그럼 또 사랑하는 거야. 난 평생을 그렇게 사랑만 하며 살다가 뒈질 거야."

마당 평상에는 두 여자가 마신 소주 병이 굴러다니고 주위 풀벌레들은 직재의 목소리에 지지 않으려는 듯 악다구니를 쓰며 울어댔다. 주은은 자꾸만 날아드는 날벌레들을 쫓으며 직재가 내뱉는 말을 천천히 되새김질했다. 이상하게도 가슴이 뜨거워진다. 술 탓이 아니다. 깊은 곳에서 스멀스멀 올라오는 열기. 좋지도, 싫지도 않은 묘한 기분. 주은은 앞에 놓인 소주잔을 단숨에 비우고 다 식은 김치찌개를 한입 떠먹었다.

"이년아, 인생은 머릿속으로 생각하면서 사는 게 아니야. 몸으로 부딪치면서 사는 거지. 머리로 인생을 살아봤자 골만 더 아파. 몸으로 부딪쳐서 깨지면서 살아야 뒤끝없이 개운한 거야."

"언니는 인생박사처럼 얘기하네요."

얼큰하게 취한 주은은 고개를 푹 숙인 채 중얼거렸다. 머릿속이 어질어질해서 조금만 더 가면 필름이 끊기겠다 싶었다. 이렇게 취해본 건 대학에 막 들어갔을 때 이후로 처음이었다.

"팔자 드러운 년이 이 나이 먹도록 배운 게 뭔지 알아? 말이야. 말만 늘었어. 덕분에 글 써서 먹고 살게 됐으니 헛배운 건 아니지. 대부분이 개도 안 물어갈 잡소리지만 가끔 가다가 건질 말도 있으니까 알아서 들어."

직재 말대로 자신은 너무 머리로만 살아왔을지도 모른다. 생각하고 또 생각하고. 너덜너덜해질 때까지 붙잡고 있다가 간신히 내려놓은 생각들. 주은은 밤하늘을 올려다보며 머릿속에 가득한 생각들을 하나둘 펼쳐 놓았다.

늘 싸우기만 했던 아빠와 엄마. 산다는 것은 늘 그렇게 화내고 싸우는 것인 줄만 알았다. 상처 주는 말을 아무렇지도 않게 내뱉고 손찌검을 하고 악을 쓰며 대들고. 싫은데도 억지로 살아내야 하는 것이 결혼인 줄만 알았다. 이혼이라는 단어의 의미를 처음 깨달으면서 생각했다. 우리 엄마 아빠는 왜 이혼하지 않을까. 혹시 이혼이라는 게 있는지 모른 것이 아닐까? 어린 주은은 화장을 지우는 엄마 옆에 서서 물었다.

"엄마는 왜 이혼 안 해?"

엄마는 주은을 물끄러미 바라보다가 웃으면서 말했다.

"엄마는 혼자 살 수 없는 사람이야."

"왜?"

"세상엔 혼자 살 수가 없는 사람도 있어. 엄마는 혼자 있고 싶지 않아."

혼자 있느니 차라리 불행한 것이 좋다는 여자. 주은은 그녀가 행복을 찾아 떠나지 않고 자신 옆에 있어줘서 고마웠다. 금방이라도 떠나 버릴까 봐 종종 불안해지곤 했지만 그녀는 절망적인 표정으로 옆을 지켜줬다.

주은은 그녀의 우울한 표정과 눈물, 늘 속삭이는 듯한 목소리를 사랑했다. 화장대에 놓인 알록달록한 유리병, 근사한 향이 나는 파우더, 고운 빛깔의 립스틱도 사랑했다. 옷장 가득히 걸린 옷과 구두, 백과 모자도 사랑했다. 근사한 감촉의 실크 드레스에 허리까지 늘어지는 진주목걸이, 큰 구두를 신고 거울 앞에 서면 진짜 공주가 된 것처럼 황홀했다. 주은은 엄마의 옷장 속에 들어찬 친구들과 함께 있으면 몸도, 마음도 훌쩍 커버린 듯한 느낌이 들었다. 그래서 어느 사이에는 혼자 있는 게 두렵다는 엄마가 바보처럼 느껴지기도 했다. 이렇게 많은 것들에 둘러싸여 있는데 뭐가 두렵다는 걸까. 이렇게 즐겁고 행복하기만 한데.

어느 날엔가, 어린 주은은 커다란 옷장 속을 헤집고 놀다가 까무룩 잠이 들었다. 문득 들려온 이상한 소리가 단잠을 깨웠다. 주은은 눈을 비비고 일어나 옷장 문을 살짝 열었다. 그리고 침대 위에 누워 있는 엄마와 낯선 남자를 보았다. 아무것도 걸치지 않은 두 사람은 아픈 듯 신음을 흘리며 서로를 껴안고 있었다. 주은은 '엄마 어디 아파?'라고 묻고 싶었지만 입술을 다물었다. 왠지 부르면 안 될 것만 같았다. 그녀가 우는 것이 아파서 우는 것이 아니라 기뻐서 우는 것임을 알았기 때문이다. 엄마가 기뻐할 때는 방해하지 말아야 한다. 왜냐하면…… 기쁜 만큼 자신 곁에 더 오래 머물 것이기 때문이다. 어린 주은에게 엄마는 삶 자체고 우주였다. 그 우주가 무너진 순간 자신의 삶은 허공으로 찢겨진 것만 같았다.

"사랑은 폭력이야. 사람을 옴짝달싹 못하게 하는, 아주 그럴듯한 폭력."

술에 취한 주은은 여전히 하늘을 올려다보며 중얼거렸다. 그녀의 눈에 눈물이 굴러 떨어졌다. 자기 잔에 술이 비자 주위를 둘러보며 술병을 찾던 직재는 주은을 보며 잠시 멈춰 섰다. 주은의 눈물을 한참 동안 응시하던 직재가 중얼거렸다.

"네 눈물은 별 같다. 별이 떨어지는 것 같다."

직재의 말이 끝나기도 전에 주은은 평상에 누워 잠이 들었다. 모로 누워 몸을 잔뜩 웅크리고 있는 그녀를 딱하게 바라보던 직재는 집 안에서 TV를 보고 있던 사내를 불렀다. 사내는 자고 있는 주은을 안아다가 작은 방에 눕혔다.

5. GAME

주은이 대전에서 올라온 지 일주일이 지났다. 늘 그랬듯 정신없이 바쁜 하루하루지만 시간은 정체된 것처럼 길고 지루하게 흘러갔다. 마감이 다가오자 잡지사엔 또다시 긴장된 분위기가 흐르고, 에디터들의 얼굴에는 조급함과 피로가 짙게 드리워졌다.

오전 내내 책상에 앉아 기사를 써 내려가던 주은은 좀처럼 풀리지 않는 글 때문에 애를 먹었다. 머릿속은 복잡하고 글은 풀리지 않으니 에스프레소만 몇 잔째 마실 뿐이었다. 별다른 진도도 나가지 못한 채 오후 회의를 다녀와 휴대전화를 확인해 보니 세 통의 전화가 와 있었다. 그중에 하나는 시오의 번호였다. 주은은 무의식적으로 통화 버튼을 누르려다 움찔하며 멈췄다. 그리곤 책상 위에 휴대전화를 올려놓고 그런 손재는 없는 것처럼 무시해 버렸다. 한 시간 후 휴내전화 벨이 울리면서 액정화면에 시오의 번호가 떴다. 주은은 세 번 더 울리기를 기다린 후 전화를 받았다.

[잘 지냈어?]

그는 아무 일도 없었던 것처럼 태연하게 물었다.

"그럭저럭."

주은은 애써 담담하게 대답했지만 무언가 불안한 듯 노트 모서리를 신경질적으로 만지작거렸다.

[내가 연락 안 하면 끝까지 안 할 것 같아서 했다. 넌 고집쟁이잖아.]

마치 여동생을 대하는 듯한 말투여서 주은은 이마를 살짝 찡그렸다.

[아직 화가 안 풀렸니? 그렇게 싸우고 가서 신경 쓰였다.]

"우린 싸운 게 아니야."

[그럼 그걸 의견 교환이라고 해야 하나? 꽤나 거친 의견 교환이군.]

"선을 그은 거야. 각자가 지켜야 할 선."

[역시 너답군.]

시오는 짤막하게 웃었다.

그에게서 전화가 오기 전까지 주은은 이 관계가 이대로 끝날

지도 모른다고 생각했다. 그날 지나치게 흥분한 자신과 감정적이었던 그의 반응으로 보아 누구든 먼저 이야기를 꺼내면 그대로 헤어졌을 것이다. 그런데 그의 안부와 웃음소리를 듣는 순간 끝이라고 생각했던 것들이 다시금 이어졌다. 그리고 비록 시한부이긴 하지만 이 관계가 좀 더 지속될 거라는 생각이 들자 묘한 안도가 찾아왔다. 끝낼 이유가 분명한데도 아직 끝내지 못하는 지금 상황이 위험하다는 것을 주은은 알고 있었다. 시간이 흐를수록 그는 더 많은 것을 바랄 테고 자신은 줄 수 없으니 부딪치고 화를 내게 될 것이다. 그런데 왜 이 남자를 정리하지 못하는 걸까.

[당분간은 너도 나도 생각할 시간이 필요할 것 같아. 그때까진 괴롭히지 않을게.]

"……."

뭔가 말을 꺼내야 하는데 아무것도 떠오르지 않는다. 주은은 이런 순간에는 머릿속이 멍한 자신이 이해가 가지 않았다.

[이런 걸 휴전이라고 해야 하나. 아무튼 머리 아픈 일은 잠시 접어두자고.]

"참 간편한 사람이네."

[내 머릿속에서는 스위치가 있거든. 복잡한 건 잠시 꺼두고 시간을 벌지. 시간이 지나면 어려운 일도 쉽게 풀릴 때가 있어.]

그는 잠깐 누가 불렀는지 큰 소리로 대꾸하고는 빠르게 말했다.

[나도 요즘 바빠. 다시 일하러 가봐야 해. 마감 끝나는 대로 오피스텔에서 보자. 재미있는 사진을 가져다 놨어. 보고 웃어.]

시오는 대답도 듣지 않고 바로 전화를 끊었다. 주은우 가만히 휴대전화를 내려놓으며 낮은 숨을 내쉬었다. 머릿속에는 자기 자신에게 한 질문이 끊임없이 맴돈다.

왜 이 남자를 정리하지 못하는 걸까.

주은은 답을 찾을 수가 없었다.

이 주일 만에 다시 찾은 오피스텔은 여전히 그대로였다. 헬퍼가 다녀간 지 얼마 되지 않았는지 먼지 하나 없이 깔끔하게 청소되어 있었다. 주은은 주위를 둘러보다 시오가 말한 사진을 찾았다. 하지만 사진은 잘 눈에 띄지 않았고 냉장고 문에 붙은 메모 하나를 발견했다.

〈보물찾기야. 한번 찾아봐.〉

주은은 어이없는 표정을 지었지만 곧 찾아 나섰다. 28평 오피스텔 안에 숨길 곳이 얼마나 되겠냐고 생각한 그녀는 시간이 길어지자 흐르자 슬슬 약이 오르기 시작했다. 잘해야 주방 수납장이나 침대 밑 정도겠지 하고 얕본 것이 실수였다. 욕실을 돌아보고 나온 주은은 허리에 손을 얹은 채 주위를 돌아보았다.

그때 거실 한쪽 벽에 걸린 커다란 액자가 눈에 들어왔다. 몇 년 전 있었던 그의 첫 전시회에 내건 누드 사진이다. 흑백 사진 속에는 비쩍 마른 중년의 여인이 담배를 피우며 카메라를 응시하고 있었다. 그리 아름다울 것 없는 그녀의 몸에서는 삶이, 카메라 렌즈와 소통하는 듯한 표정과 눈빛에선 회한과 슬픔이 녹아들어 있었다.

한 잡지에서 그를 평하기를 동시대 사진작가들에서 보기 힘든 대담함과 테크닉을 가졌으며 삶에 대해 날카롭고 진지하게 바라볼 줄 아는 작가라고 했다. 그는 사진은 대담하고 관능적이면서도 삶에 대한 날카로운 비꼼이 있었다. 요즘 들어 상업적으로 흐른다는 비판을 받고 있긴 하지만 그의 날카로움은 아직 무뎌지지 않았다.

에곤 실레의 누드와 왠지 닮아 있는 그의 사진을 바라보던 주은은 혹시나 하는 마음에 액자 뒤를 살폈다. 뒤에 무언가가 있다. 주은은 힘겹게 액자를 떼어내고 나서 멍한 표정으로 벽을 응시했다.

곧이어 터지는 웃음. 주은은 오랜만에 크게 웃었다.

B5 크기에 사진을 죽 이어붙인 커다란 흑백 사진 속에 담긴 한 남자의 누드. 아니, 엄밀히 말해 누드는 아니다. 그는 섹시한 팬티와 가터벨트를 하고 허리에 손을 얹은 채 심각한 표정으로 정면을 노려보고 있었다. 주인공은 송시오. 물론 찍은 이도 송시오일 것이다.

"얼굴과 포즈는 개선장군인데 속옷은……."

주은은 털이 북슬북슬한 허벅지에 걸려 있는 앙증맞은 레이스 끈을 보고 있자니 도저히 웃음을 멈출 수가 없었다.

'이 남자가 이렇게 귀여울 때도 있구나.'

이것이 그의 화해 방식인 걸까. 본인은 괴로웠겠지만 아주 효과적이고 재미있는 화해다. 주은이 팔짱을 끼고 사진을 음미하고 있는 사이 현관 벨이 울렸다. 주은은 여전히 웃으며 채 현관으로 가 문을 열었다. 문 앞에는 시오가 사진 속에서처럼 심각한 표정으로 팔짱을 끼고 서 있었다.

"재미있었던 모양이군."

그는 전혀 재미있지 않은 얼굴로 말했다. 주은은 간신히 웃음을 참고 말했다.

"성도착자인 거 왜 진작 말 안 해줬어?"

시오는 괴로운 듯 신음을 흘리며 말했다.

"성도착자라니, 지극히 모범적인 남자에게 그런 망발이 어딨어?"

"저 사진이 진실을 말해주고 있던걸."

"저건 픽션이야. 현실과 혼동하지 말라고."

시오는 정색을 하며 안으로 들어왔다. 주은은 그의 뒷모습에 미소를 지었다.

"당신 같은 남자에게 가터벨트가 가당키나 해?"

"어때서, 섹시하잖아. 속옷 촉감이 어찌나 죽이던지 여자들이 다 부럽던걸."

시오는 벽 앞에 떡 버티고 서서 사진 속 자기 모습을 음미했다. 자신도 보는 게 괴로운지 눈매가 묘하게 일그러진다. 하지만 그는 시치미를 뚝 떼고 천연덕스럽게 말했다.

"이 작품은…… 뭐랄까, 헬뮤트 뉴튼에 대한 오마주에서 비롯됐다고나 할까. 이 남자를 봐. 표정에서 강렬한 욕망이 느껴지지 않아? 모델이 누군지 각선미 하나는 죽인다."

"꼭 변태 같아."

옆에 선 주은이 냉큼 말했다.

"어허, 무슨 그런 말을. 하나의 예술 작품으로 봐줘."

"예술 작품이면 사람들에게 공개해도 되겠네. 소속 에이전시에 보내도 돼?"

"거참, 기분 띄워주려고 이 한 몸 바쳤더니 이렇게 야박하게 나오기야? 재미있지 않았어?"

시오는 주은을 끌어당겨 두 팔로 허리를 감쌌다.

"웃기긴 했어."

"웃기기만 해?"

시오는 양손으로 주은의 엉덩이를 부드럽게 감싸고 자신의 중심에 밀착시켰다. 주은은 그의 가슴을 밀쳐 내며 소리쳤다.

"그럼? 섹시하다는 얘기라도 듣고 싶어?"

"말해봐, 섹시하다고."

"싫어."

"야박하군. 내가 저 작은 속옷 입느라 얼마나 고생했는지 알아? 현상할 때는 어떻고."

"누가 하래?"

주은은 웃음을 터뜨렸다. 시오는 그녀를 번쩍 안아 들고 침대로 향했다. 그는 주은을 침대에 눕히며 다정하게 속삭였다.

"오랜만에 듣는 웃음소리네. 난 네 웃음이 좋다."

시오는 주은의 눈을 지그시 바라보았다. 슬프지도, 아프지도 않은 눈빛. 경계심이나 두려움 따윈 섞이지 않은 눈빛이다. 하주은의 순수한 눈빛에 시오는 가슴이 설렌다.

'네 눈은 이렇게 예쁜데 왜 드러내려고 하지 않는 거지? 왜 과거에 널 묶어놓고 놔주지 않는 거야.'

시오는 그녀의 입술에 자신의 입술을 살며시 포갰다. 부드럽게 시작한 키스가 차츰 깊어진다. 시오는 지금의 키스가 다른 때와는 다르다는 것을 느꼈다. 친밀감과 즐거움이 뒤섞인, 그 속에 약간의 그리움이 녹아 있는 키스. 이런 느낌은 처음이어서 시오의 심장이 마구 방망이질 쳤다. 그녀의 문이 다시금 열렸다. 전과는 다른 방식으로.

'그래, 지금은 이것이면 충분해. 이렇게만 다가와. 이렇게 마음을 보여주면 돼.'

그는 주은의 옷을 벗기며 자신 또한 전과 다르다는 걸 느꼈다. 숨 끝이 떨린다. 순간 순간이 미치도록 좋다. 표정 하나로 자신을 벼랑 아래로 떨어뜨리고 눈빛 하나로 대기권 밖까지 밀어 올리는 그녀를 좋아한다. 아니, 사랑한다. 하주은이라는 여자를 사랑한다. 시오는 마음껏 소리치고 싶은 것을 애써 참으며 주은을 끌어안았다.

"난 네 웃음이 좋다."

주은은 무척이나 따뜻하고 부드러운 목소리와 눈빛에 마음이 따뜻해졌다. 지금 나누고 있는 건 욕망이 아니다. 상처를 감싸 어르듯 자상하고 따뜻한 배려다. 주은은 그의 입술과 손길이 주는 낯선 감각을 음미하다 자신이 몹시 기뻐하고 있다는 것을 깨달았다.

그와 함께 이 공간에 머무를 때마다 마음 한쪽으론 곧 끝날 관계라고 생각해 왔다. 이런 류의 관계는 오래 지속될 수 없다. 욕망으로 이루어진 관계는 더 이상 충족시킬 것이 없으면 쉽게 깨어지기 마련이니까.

사람의 욕망이라는 것이 얼마나 가볍고 덧없는지 주은은 알고 있었다. 처음 이 남자와 섹스 할 때까지만 해도 곧 바닥날 욕망이라고 생각했다. 무엇이든 쉽게 질려하는 편이니까 이 남자도 금방 질려 버릴 거라고 앞서 생각했다. 그와의 만남이 한 번에서 두 번으로 이어지고 잘해야 한 달이라고 생각한 것이 두 달, 세 달로 이어지는 동안 주은은 욕망이 욕망으로 끝나지 않고 다른 무언가가 채워지는 것을 느꼈다.

욕구가 다른 무엇. 지금껏 자신이 느껴온 것과는 다른 종류의 친밀함. 많이 보아왔지만 정작 자신은 한 번도 느껴보지 못한 감정. 그것은 가족 같고, 친구 같고, 애인처럼 다정한 친밀함이었다. 낯선 감정을 느끼고 있는 지금 이 순간에도 주은의 마음 한쪽에선 어서 밀어내라고 말한다.

'이 남자에게는 이게 일종의 유희일 거야. 왜, 그러고 싶을 때 있잖아. 이따금씩 낯선 것을 해보고 싶은 호기심. 우리는 그저 섹스 파트너일 뿐이야. 애초부터 욕구를 위해 만난 사람들이니 그 이상으로 발전할 수 없어.'

하지만 생각과는 달리 몸이 끌린다. 마음이 갈등하는 동안 주은의 몸은 그를 받아들여 감응했다. 그의 눈빛처럼 따스하게, 그의 손길처럼 부드럽게, 그의 속삭임처럼 달콤한 사람으로 변해가는 이 느낌.

'위험해. 너무 위험해.'

주은은 자신에게 경고했다. 즐기는 건 상관없지만 선은 넘지 말아야 한다고.

'넘어갈 순 있지만 다시 돌아오려면 큰 대가를 치러야 할 거야.'

주은은 충동적인 감정에 휩쓸리지 않도록 자신을 꼭 붙잡았다.

그때 시오가 몸속 깊숙이 파고들어 왔다. 몸의 근육이 갑자기 수축하면서 얼얼한 감각이 퍼졌다. 주은은 시오의 어깨를 안고 깊게 숨을 들이마셨다. 이 느낌을 어찌해야 할지 모르겠다. 눈물이 난다. 그가 몸속으로 밀고 들어올수록 자꾸만 도망가고 싶어진다. 주은은 그를 밀쳐 내는 대신 어깨에 긴 손톱자국을 남겼다. 날카로운 아픔에 움찔한 그가 더 거세게 몰아붙인다. 주은의 입술에서 우는 듯한 신음이 흘러나왔다.

견딜 수 없다. 이대로 가면 미쳐 버릴지도 모르겠다. 그의 움직임 하나하나가 높은 파도처럼 아득하고 위력적으로 느껴진다. 순간 주은은 숨을 멈추고 고개를 뒤로 젖혔다. 모든 것이 정지되고 발끝에서부터 머리끝까지 꿰뚫는 듯한 강렬한 감각이 흐른다. 몸의 세포 하나하나가 다르르 떤다. 느낄 수 있다. 몸속에서 터지는 거대한 폭발. 그의 몸이 힘껏 덮쳐 오자 주은은 참았던 숨을 터뜨렸다. 숨 끝이 아프다. 심장이 격렬하게 뛰다 못해 조각조각 부서진 것만 같다.

두 사람은 거친 숨을 고르며 지금 안고 있는 사람이 특별하다는 걸 깨달았다. 이런 감정과 절정을 느낄 수 있게 해주는 사람은 이제껏 없었다. 그래서 기쁘고 안타깝고 한편으로 마음이 아프다.

시오는 주은의 머리칼을 가만히 쓰다듬었다. 그리고 땀에 젖은 이마에 부드럽게 입맞춤을 했다. 그것을 가만히 지켜보던 주은은 자신도 모르게 그의 턱을 끌어당겼다. 부드럽고 촉촉한 입술과 입술이 살짝 닿았다가 떨어진다. 시오는 조금 놀란 눈으로 주은을 내려다보았다. 그가 가만히 쳐다보고 있는 가운데 주은이 다시금 끌어당겨 키스를 했다. 시오는 기쁜 표정으로 주은을 힘껏 끌어안았다.

*

　살아오면서 수백 번도 더한 키스인데 단 한 번의 키스가 사람을 이렇게 설레게 할 수 있다는 사실이 시오는 그저 놀랍고 신기했다. 그녀의 입술이 닿는 순간 마음 한쪽에 은근한 희망이 자리 잡았다. 이제 시작일지 모르는데 벌써부터 모두 얻은 것처럼 설레어 시오는 하루 종일 일이 손에 잡히지 않았다. 시오는 이따금씩 자신의 입술을 쓸어보며 그녀가 준 감격을 떠올렸다. 당시 그녀는 어떤 마음이었을까. 시오는 꿈결처럼 달콤한 상상에 사로잡혔다가 곧 들려온 노크 소리에 정신을 차렸다. 작업실 문을 열고 들어온 하균이 조심스러운 표정으로 말했다.

　"선배, 청주에서 전화 왔는데요."

　청주라는 말에 시오의 표정이 금세 바뀌었다. 시오의 얼굴이 굳자 하균은 좀 더 주눅 든 표정으로 말했다.

　"자리에 없다고 할까요?"

　"아니야. 이리 줘."

　시오는 전화기를 받아 들고 하균이 나가는 걸 눈으로 확인하며 전화를 받았다.

　"전화 바꿨습니다."

　[시오야, 잘 지냈니? 밥은 잘 챙겨 먹고 다니는 거야?]

　"네, 이모."

　시오의 말투는 표정만큼이나 딱딱했다.

[며칠 전에 보내준 돈 잘 받았다. 그런데 너도 돈 모아야지. 이렇게 자꾸 보내면 언제 돈 모아서 장가갈래.]

"그런 걱정은 하지 마세요."

[아직도 결혼하고 싶은 마음이 없는 거니? 네 엄마 때문에 그래? 우선은 여자 집에 모르게 하고 나중에 돌아가실 때나 얘기하면……]

작업대 위에 있던 그의 손에 일순간 힘이 들어갔다. 시오는 감정을 다스리려고 애쓰며 간신히 입을 열었다.

"그런 식으로 얘기하지 말아요. 왜 멀쩡히 살아 있는 사람을……."

[아니, 난 네가 걱정되어서 하는 말이야. 여자 쪽 집에선 싫어할 수 있으니까.]

"어머니는 요즘 어떻게 지내세요?"

[잘 지내. 여전히 상현이가 너인 줄 알고 아침마다 도시락 싸고 책가방 챙겨둔다니까. 다른 치매환자들에 비해 네 엄마는 얌전하고 고와. 속 안 썩이니까 걱정하지 말고. 그런데 요즘 부쩍 네 아버지를 찾는다. 출장 갔냐고 자꾸 물어보길래 곧 온다고 해뒀어. 불안한지 배변을 잘 못 가린다. 바빠도 이번 달 안으로 한번 왔다가 가. 너 보면 한동안은 조용하잖니.]

"시간 나는 대로 보러 갈게요. 바빠서 이만 끊어야겠어요. 이모부하고 상현이한테 안부 전해주세요."

시오는 서둘러 전화를 끊고 나서 긴 한숨을 내쉬었다. 관자놀이가 팽팽하게 조여와 자꾸만 얼굴을 찌푸리게 된다. 시오는 책상 서랍에서 두통약을 꺼내 먹고는 자리에서 일어나 창문을 열어젖혔다. 바람이 불어왔지만 답답한 속을 후련하게 해줄 만큼 시원하지는 않았다. 마음속에 이는 깊은 울분과 분노. 대상은 어머니가 알츠하이머라는 병에 걸리면서 파탄난 가정과 사랑을 향한 것이었다.

'이해한다. 그럴 수밖에 없었을 것이다. 사람이니까, 남자니까 그럴 수 있다. 하지만…… 그렇게 무참히 버리기엔 어머니의 사랑이 너무나도 안타깝다.'

아버지를 향한 어머니의 사랑은 무척이나 지극했다. 그 누가 봐도 애틋하기만 했고 그래서 세상 모두가 부러워하는 것처럼 보였다. 시오는 그런 부모가 자랑스러웠다. 자신도 그렇게 아껴주고 사랑하리라 생각했다. 하지만 중학교에 들어간 지 얼마 안 돼서 어머니의 건망증이 알츠하이머라는 병명으로 판명나자 모든 것은 변하기 시작했다. 그리고 몇 년 못 가 아버지는 어머니를 버렸다. 모두는 이해하고 동정했지만 시오만은 그럴 수 없었다. 평생 한 남자만을 사랑하는 여자의 아들이기에, 그 여자를 세상 누구보다 사랑하기에 시오는 아버지를 용서할 수 없었다.

'지금 내가 느끼는 감정은 어떤 걸까. 난 내 자신의 감정과 이후의 상황에 제대로 책임질 수 있을까.'

시오는 주은에게 끌릴수록 마음 한쪽으로 깊은 책임감을 느꼈다. 그저 바람처럼 그녀를 흔들어놓고 사라지고 싶지 않았다.

매력있는 여자, 호기심이 드는 여자에서 이젠 같이 살아가고 싶은 여자로 주은의 자리는 바뀌어 있었다. 누군가의 진심을 책임진다는 건 어려운 일이다. 상처 입을지도, 상처 입힐지도 모른다는 두려움. 시오는 그 두려움을 이겨내고 주은 앞에 마주 섰다. 그녀도 두려움을 이겨내고 자신 앞에 다가설 날이 올까. 지금 이 순간 시오는 주은이 너무나도 그리웠다. 하지만 아직은 그녀는 멀리 있었다.

영화 티켓이다.

주은은 테이블에 놓인 티켓 두 장을 보며 난감한 표정을 지었다. 그의 의도를 모르겠다. 흔한 연인 흉내라도 내고 싶은 걸까. 때마침 오피스텔에 들어온 시오는 심각한 표정을 짓고 있는 주은을 보며 슬쩍 웃었다.

"지금 고민하는 중이지? 이 영화를 봐야 하나, 말아야 하나."

"응."

주은은 심각하게 대답했다. 시오는 팔짱을 끼고 벽에 기대섰다.

"우리가 무슨 불륜 커플도 아니고 이곳에서만 만나는 게 웃기다고 생각하지 않아?"

그의 말이 맞다. 꼭 이곳에서만 만날 이유는 없다. 하지만 주은은 선뜻 내키지가 않았다. 문제는 영화가 아니라 그와 낯선 곳에 함께 있어야 한다는 것이다. 공개되고 많은 사람들이 있는 곳에서 그와 함께 있는 것이 낯설다. 목적과 결과가 없는 변화는 없다. 갑작스레 패턴을 바꿀 때는 늘 문제가 따르기 마련이다. 주은은 지금 이내로가 좋다. 더 이상 ㄱ와 더 가까워진다거나 혹은 멀어지는 것을 원치 않는다.

주은은 마음속 복잡함을 애써 감추고 흥밋거리 얘기하듯 가볍게 말했다.

"섹스 앤 더 시티에서 말이지, 캐리가 잠자리 친구와 데이트를 하는 에피소드가 있어. 잠자리에선 그렇게 화끈하고 섹시한 남자였는데 막상 데이트를 해보니 영 꽝인 거야. 서로 관심사가 없어서 대화는 끊기고 지루하고…… 결국 민숭민숭하게 헤어지고 말지."

"그래서 네 요지가 뭔데?"

시오는 흥미롭다는 눈으로 보았다.

"잠자리 친구와 데이트를 하는 건 좋은 생각이 아니라는 거야. 아는 건 서로의 몸과 섹스만이 전부인 두 사람이 만나서 영화 보고 차 마시면서 무슨 얘기를 하겠어? 한없이 따분할걸."

"그러니까 시간 낭비라는 말이군. 그런데 말이야, 넌 관계에 대해서 늘 해석하고 정의하려고 해. 그리고 한계를 긋지. 저 사람은 일로 만나는 사람, 이 사람은 섹스 때문에 만나는 사람. 역할에서 조금이라도 벗어나면 참지를 못해. 그렇게 꽉 막힌 사고로 어떻게 대중이 읽는 글을 쓰니? 좀 유연해져 봐."

"말의 핵심을 벗어나잖아. 난 그저 너와 영화를 보는 건 재미가 없을 거란 거야.”

“내 말의 핵심은 그런 생각을 깨버리라는 거야. 그저 영화야. 재미있을 거 같아서 같이 보고 싶은 것뿐이라고. 넌 매사에 늘 복잡해.”

주은은 인상을 쓰며 손에 든 티켓을 내려다보았다. 그런 그녀를 보는 시오의 눈은 유난히 빛났다. 그녀에게는 그저 영화일 뿐이라고 말했지만 속마음은 그렇지 않았다. 주은을 밖으로 끌어내는 것은 그녀와의 관계를 발전시키기 위한 첫 걸음마였다. 시오는 자신이 아니면 그녀를 밖으로 끄집어내 줄 사람이 없을 거라고, 또한 그녀 아닌 어떤 여자도 자신에게 이런 감정과 열망을 안겨주지 못할 거라 생각했다.

'갇혀 있는 널 끌어내고 싶어. 자유롭게 해주고 싶어.'

시오는 주은의 입에서 '예스' 라는 대답이 떨어지기만을 기다렸다. 잠시 망설이던 그녀는 어깨를 으쓱하며 말했다.

“그래, 보자.”

주은의 어려운 첫발에 시오는 만족스런 미소를 지었다. 애써 태연한 얼굴을 하고 있지만 긴장하고 있는 것이 분명한 주은을 보니 가슴이 또다시 제멋대로 쿵쾅거렸다. 전에는 시시했던 것들, 지루했던 것들에게 이렇게 사로잡히다니. 그는 주은의 복잡한 눈빛을 보며 끌어안고 입 맞추고 싶은 것을 간신히 참아야 했다.

"내가 생각을 잘못했다. 연예인이 따로 없네."

시오에게서 널찍이 떨어진 주은은 그에게 달려드는 여자들을 보며 중얼거렸다. 어느 정도 예상은 했지만 이 정도의 반응일 줄은 미처 예상하지 못했다. 그도 일이 이렇게 될진 몰랐는지 카메라 폰을 들이대는 여자들을 보고 적잖이 당황했다. 주은은 극장 입구에서부터 여자들에게 둘러싸인 그를 내버려 둔 채 극장 내 의자에 앉아 주위를 둘러보았다.

"어머, 저 남자 CF에 나왔던 남자지? 잘생겼다."

"그러게. 실물이 훨씬 더 낫다."

"뭐야, 혼자 온 거야?"

"설마, 저렇게 생겼는데 애인 하나 없겠어? 짜식, 섹시하게 생겼다."

주은은 주위에 앉은 여자들이 수군대는 소리를 들으며 피식 웃었다. 저 사람은 왜 자기 무덤을 팠을까? 정 영화가 보고 싶으면 오피스텔에서 볼 것이지 괜히 나오자고 해서 이 난리람. 주은은 영화 팸플릿을 들춰보다가 주위가 쩌렁쩌렁 울릴 만큼 커다란 목소리에 깜짝 놀라 고개를 들었다.

"우리 자기 여기 있었구나. 찾았잖아."

'하! 우리 자기?'

주은의 입매가 일그러졌다. 주위가 일순간 조용해진 가운데 시오가 뻔뻔스럽게 웃으며 다가왔다. 주은은 어이없는 얼굴로 말했다.

"미쳤어?"

그는 못 들은 척 웃으며 옆 자리에 앉았다. 그리곤 주은의 어깨에 팔을 두르며 말했다.

"우리 자기 뭐 먹을래? 팝콘? 나초?"

주은은 저녁에 먹은 밥알이 곤두서는 것만 같았다. 옆에서 수군거리던 여자들은 눈을 동그랗게 뜬 채 얼떨떨한 표정을 짓고 있고 아까부터 시오 주위에 바글바글 했던 젊은 여자애들은 뭐 이런 말뼈다귀 같은 게 있나 하는 눈빛으로 주은을 째려보았다. 주은은 최대한 목소리를 낮추며 으르렁거렸다.

"장난치지 마. 재미없어."

"난 재미있기만 한데."

주은이 화를 내기도 전에 시오가 벌떡 일어나 손을 잡아끌었다.

"자기야, 시간 됐다. 가자."

주은은 엉겁결에 끌려갔다. 그의 걸음이 얼마나 힘찬지 종종 걸음으로 따라가야 했다. 주은은 그의 팔을 잡아당기며 화를 냈다.

"사람이 왜 이렇게 유치해?"

"자기란 말 해보니까 입에 쩍쩍 붙는다. 앞으로도 종종 해볼까?"

그는 뭐가 좋은지 시종일관 희희낙락이다. 주은은 심각한 표정으로 말했다.

"점점. 나 간다. 영화는 혼자 봐."

"알았어, 알았어. 하여튼 성질 하고는."

시오는 가려는 주은을 끌어당기며 웃었다. 그가 한번 미소 지을 때마다 주변에서 작은 환호성이 흘러나왔다. 그럴수록 주은의 얼굴은 형편없이 구겨졌다. 주은은 상영관 안으로 들어와서야 비로소 숨을 돌릴 수 있었다. 자리를 잡고 나니 비로소 실내등이 꺼지고 광고와 예고편이 쏟아져 나왔다. 옆에 앉은 시오는 주위를 휘휘 돌아보더니 주은의 귀에다 대고 속삭였다.

"내 어깨에 머리 좀 기대봐."

주은은 눈을 동그랗게 뜨고 시오를 보았다.

"내가 왜?"

"커플들은 하나같이 그러잖아. 보기 좋다."

"대꾸할 가치조차 못 느끼겠다."

"저기 봐, 뽀뽀하는 커플도 있다."

"송시오."

"대한민국 많이 자유분방해졌다. 좋네."

"지금 내 앞에서 코미디 해?"

"코미디 아닌데. 정말 내 어깨에 안 기댈래?"

주은은 코웃음을 치며 스크린을 응시했다. 그러자 시오가 더 짓궂게 물었다.

"너도 저런 시절 있었니? 팔짱을 끼고 어깨에 머리를 기대고 어둠을 틈타 몰래 키스하던 시절이 있었어?"

"없었어."

"나도 그런 건 유치하다고 생각했거든. 그런데 이제 보니 좋아 보인다. 첫사랑이 인생에서 한 번뿐이듯이 유치해질 수 있는 때도 한 번뿐인 거 같아. 아쉽다. 소중한 때를 그냥 보내 버린 느낌이야."

"왜 갑자기 센티멘털해졌어?"

"글쎄."

그의 말이 끝남과 동시에 영화가 시작됐다. 주은은 영화를 보는 내내 그의 목소리를 곱씹어보았다. 알게 모르게 조금씩 다가오다가 어느 순간 확 밀어붙이는 그 때문에 적잖이 당황할 때가 많다. 그때마다 주은은 지나치게 흥분해 버리거나 당황하고 만다. 자꾸만 감정을 들춰내고 흔드는 그가 얄밉고 휩쓸리지 않으려고 하지만 뜻대로 되지 않는다. 주은은 그가 진짜로 원하는 게 무엇인지 궁금했다.

영화는 사랑으로 시작해 사랑으로 끝났다. 하품이 나올 정도로 순수한 여자 주인공과 자의식 과잉 남자 주인공의 다소 무모해 보이는 사랑. 가장 가치있고 아름다운 것이 사랑이라는 영화 주제는 주은에게 너무나도 평범하고 지루했다. 세상은 온통 사랑만이 삶의 목적인 것처럼 몰아간다. 사랑이란 결국 자기애를 상대방에게 투영하는 것일 뿐이다. 짧은 쾌락만 주고 긴 고통으로 몰아가는 그것에 사람들은 왜 그리 사로잡혀 있는 걸까. 말뿐인 사랑이 넘쳐 나는 세상 속에 살자니 주은은 숨이 막힐 지경이었다.

극장에서 나와 지하 주차장으로 향하면서 시오는 표정이 어두운 주은을 보고 가볍게 술 한 잔 하고 들어가자고 제의했다. 주은은 조용히 고개를 끄덕였다. 그는 압구정동에 카타리나라는 와인 바로 안내했다.

테라스에 자리를 잡고 와인을 주문하자 두 사람 사이에서 짧은 침묵이 흘렀다. 시오는 조용한 주은을 응시하다가 말했다.

"사랑이 재미없니?"

잠깐 생각에 잠겼던 주은은 고개를 들었다.

"영화가 마음에 안 든 거 같아서 말이야."

"착하기만 한 사랑 이야기, 재미없어."

"재미없는 게 아니라 증오하고 있는 것처럼 보이는데. 영화 끝나고 나서 네 표정을 보고 공포 영화 본 줄 알았다. 표정이 딱딱하게 굳어서는."

"그렇게 보였어?"

"응."

"감독이 들으면 좌절할 얘긴데."

주은은 대수롭지 않은 듯 웃어넘겼다. 애써 웃어서인지 미소가 쓸쓸하다. 그때 기타 반주와 함께 한 여자의 허밍이 들려왔다. 온몸을 부드럽게 감싸는 부드러운 목소리는 오랫동안 숙성된 와인 같았다. 쓸쓸해서 금방이라도 울어버릴 것만 같은 느낌. 아스트루드 질베르토가 부른 카니발의 아침이다. 주은은 그녀의 노래를 따라 흥얼거렸다. 주은의 표정은 몹시도 외로워 보였고 그런 그녀를 보는 시오의 눈빛은 점차 깊어졌다. 시오는 팔짱을 낀 채 음악과 주은의 목소리를 들으며 생각에 잠겼다.

"네가 노래하는 거 처음 듣는다."

노래가 끝나자 시오가 말했다.

"노래는 무슨, 그냥 흥얼거린 건데."

"피곤해 보여."

"오늘은 컨디션이 별로네."

곧 와인과 새우, 연어, 캐비어, 프와그라를 얹은 카나페가 서빙됐다. 두 사람은 특별한 이야기 없이 밤공기처럼 잔잔히 흐르는 음악을 들으며 와인을 마셨다.

시오는 주은의 내리깔린 눈과 길게 드리운 속눈썹 그림자, 텅 빈 듯 허전한 표정을 담담히 응시했다. 가끔은 저 표정이 삶의 깊이인지, 도피인지 알 수가 없어진다. 그녀는 세상을 다 알아버린 노인 같기도 하고 세상 앞에 서기 두려워하는 소녀 같기도 해 혼란스럽다. 늘 늦가을 같은 표정을 짓는 여자. 이따금씩 봄 같은 미소가 스쳐 가는 여자. 그때마다 속절없이 마음이 끌린다.

시오는 그녀의 작은 눈빛, 표정 하나하나에 반응하는 자신이 가끔은 미친놈처럼 느껴질 때도 있었다. 거부할 수 없는 여자. 땅거미처럼 어스레한 슬픔을 품은 여자. 그 속에 뜨겁고 강렬한 여름 햇빛을 품은 여자. 그럴 때마다 시오는 그녀의 과거를 들쥐내 갖고 싶어졌다. 실오라기처럼 가늘어도 좋다. 그녀를 알 수 있는 작은 단서는 무엇이라도 좋으니 붙들고 싶었다. 아주 사소한 것이라도 좋으니 손에 넣어 잡아당기기만 하면 그녀의 마음이 줄줄이 딸려 나올 것 같다. 사랑한다는 것은 그 사람을 알고 싶어진다는 것일까. 그 무엇이라도 좋으니 알고, 느끼고, 자기 것으로 만들고 싶어지는 걸까. 시오는 그녀가 마음을 열어 줄 때까지 더 이상 기다리고 싶지 않았다. 그녀가 언제까지 앞에 앉아 있는 것은 아니다. 삶은 짧다. 지금 이 순간이 아니라면 기회가 언제 올지 모른다.

"주은아."

"말해."

"넌 문도, 창문도 없는 성 같아. 보고 있으면 막막해."

"……."

"겉으로 단단하고 견고해 보여도 안은 그 누구보다 여리다는 걸 알아. 다가오려는 사람을 밀어내지만 속마음은 반대라는 것도 알아."

"그래서, 하고 싶은 말이 뭐야?"

장미가 가시를 세우듯 촉촉했던 그녀의 눈빛이 이내 싸늘하게 변함과 동시에 시오의 몸에 힘이 들어갔다.

"넌 화가 났어. 너를 비롯한 다른 사람들에게 말이야. 조금만 너그러워지면 안 되겠니?"

"그따위 소리 할 거면 가자. 술맛 떨어졌어."

주은은 의자를 밀치고 일어섰다. 시오는 예상했다는 듯 담담하게 말했다.

"흥분하지 말고 앉아."

"싫어."

시오는 가려는 주은의 팔을 붙잡아 자리에 앉혔다.

"난 그저 얘기하고 싶은 것뿐이야. 네가 두려워하는 것들에 대해서. 언제까지 그렇게 자신을 괴롭힐 건데?"

"난 얘기하고 싶지 않아."

"상처를 덮어두는 것만이 다는 아니야."

"동정하는 척하며 환심이라도 살 작정이야?"

"내가 동정할까 봐 겁나? 내가 똑같은 상처를 입힐까 봐 두려워?"

"착각하지 마. 난 아무것도 두렵지 않아."

"네가 강하다면 이렇게 피하는 이유가 뭐야?"

"귀찮으니까. 송시오와 얽히기 싫으니까."

주은은 단호하게 말했다. 그녀의 눈빛이 너무나도 냉정해 보여서 시오는 화가 났지만 참았다.

"그런 말로 도망치려 하지 마."

"솔직하게 말한 것뿐이야."

주은은 백을 집어 들고 차갑게 뒤돌아서서 테라스를 나갔다. 시오는 달아나려는 그녀를 쫓으며 어떻게 해야 도망가는 마음을 잡을 수 있을지 생각했다. 그는 저 닫힌 마음이 안타까웠다.

"하주은."

시오는 주은이 와인 바를 빠져나가기 직전에 팔을 잡아채고 돌려 세웠다. 붙잡힌 주은은 날카로운 눈으로 시오를 노려보았다.

"도대체 번번이 왜 이러는 거야. 너 그렇게 할 일이 없어?"

"널 원해."

주은은 눈동자가 잠시 흔들렸지만 이내 차가워졌다. 그녀는 싸늘한 얼굴로 팔을 뿌리쳤고 시오는 담담히 놓아주었다.

"널 원해. 더 이상 고통스럽지 않게 해주고 싶어."

"네 앞가림이나 해."

"도망치지 마."

"도망치는 거 아냐. 네가 반칙했기 때문에 화를 내는 거야."

"이건 게임이 아니야."

"게임이었어. 나에게는."

두 사람의 눈동자에 불꽃이 튀었다. 시오의 표정은 딱딱하게 굳어갔고 주은의 표정에는 냉기가 흘렀다. 그때였다. 출구 쪽으로 한 무더기의 사람들이 오더니 그중 한 사내가 주은을 보고 멈춰 섰다. 술에 취한 사내는 주은을 아래위로 훑어보다 신경질적인 미소를 흘렸다.

"여, 하주은. 오랜만이다."

사내는 주은 옆에 다가와 어깨에 손을 얹으며 말했다.

"이게 얼마 만이야. 잘 지냈냐?"

사내의 얼굴을 알아본 주은의 얼굴이 더욱 어두워졌다. 주은은 어깨에 놓인 사내의 손을 차갑게 뿌리쳤다. 사내가 코웃음을 흘리며 말했다.

"도도하신 건 여전하시네. 같잖게."

사내는 다분히 시비조였다. 주은은 그를 노려보다 어깨를 밀치고 가려고 했지만 사내는 주은의 팔을 붙잡고는 일행을 돌아보며 말했다.

"내가 이 여자 때문에 엄마랑 엄마 친구한테 얼마나 개망신을 당한지 아냐? 겉보기엔 좀 괜찮은 거 같아 만나보려고 했더니만, 나참, 기막혀서. 엄마라는 여자가 남편 제자랑 바람이 나서 자살을 했다고 하더라. 가십 잡지에도 떠들썩하게 나고 난리도 아니었나 봐."

"닥쳐!"

주은은 사내의 손을 뿌리치며 소리쳤다. 비틀거리며 뒤로 주춤한 사내의 눈빛이 돌연 난폭하게 변했다.

"그때도 이렇게 눈을 동그랗게 뜨고 날 노려보더라. 씨발, 꼴에 자존심은. 덕분에 내가 얼마나 개망신을 당했는지 알아? 계집년이 어디서 사내 뺨을 후려쳐!"

몇 년 전이었다. 술자리에서 한창 잘나간다는 펀드매니저라는 사람을 소개 받았다. 주은은 그저 단순한 데이트 상대로 몇 번 만났을 뿐인데 상대는 그게 아니었다. 어느 날 호텔 커피숍에서 만나자고 해서 나갔더니 그의 어머니와 친구들이 와 있었다. 보석 감정사처럼 눈을 동그랗게 뜨고 자신을 훑어보던 여자들 중 한 명이 주은을 알아보았다.

"어머나, 현주 딸 아니야?"

"현주?"

"왜, 하은성 교수랑 결혼한 후배 있잖아. 제자랑 바람나서……. 기억 안 나?"

여자는 뻔히 들리는데도 소곤거리며 옆에 앉은 여자의 옆구리를 찔러댔다. 그러자 자리에 앉았던 여자들의 얼굴이 일시에 굳었다.

"현주 얼굴 고대로 닮았다. 딱 알아보겠네."

"아니, 그 집 사람들 다 이민 갔다고 안 했어? 왜 여기에 있는 거야?"

"낸들 아니. 그나저나 이쪽에서는 소문이 쫙 나서 시집가기 힘들 텐데."

여자들은 대놓고 수군거리며 이따금씩 주은을 흘끔거렸다. 주은은 오물을 뒤집어쓴 것처럼 지독한 모욕감을 느꼈다. 그녀는 어금니를 질끈 깨물고는 옆에서 당황하는 남자를 마주 보았다. 그리고 힘껏 사내의 뺨을 올려붙였다. 주변은 일시에 정적에 잠기고 테이블에 앉은 여자들의 얼굴이 딱딱하게 얼어붙었다.

"한심한 새끼."

주은은 그때와 똑같이 중얼거렸다. 하지만 사내는 달랐다. 당시에는 멍하게 서 있기만 하던 사내가 이제는 눈을 부라리며 주은의 뺨을 때리려고 달려들었다. 순간 시오가 주은 앞을 막아서며 허공에 들린 사내의 팔을 잡아챘다.

"너, 넌 뭐야."

사내는 별로 위협적이지 않은 목소리로 소리 질렀다. 무섭게 변한 시오의 눈빛을 보고 순간 주눅이 든 것이다. 시오는 사내의 팔을 잡아 꺾으며 중얼거렸다.

"너 같은 새끼들 보면 가만히 못 있는 사람. 특히 내 여자한테 주둥이 함부로 놀리는 새끼를 보면 돌아버리는 사람이다."

순식간에 시오의 주먹이 사내의 얼굴로 날아갔다. 사내는 외마디 비명을 지르며 나가떨어졌고 일행들의 비명이 터져 나왔다. 사내는 부러진 코를 감싸 쥐고 새된 비명 내질렀다.

"너, 너 이 새끼……."

"곧 그런 말도 못하게 해주지."

시오는 짐승처럼 사내에게로 달려들었다. 순간 바에는 사람들의 비명으로 가득하고 직원들이 달려와 일방적으로 맞고 있는 사내에게서 시오를 떼어냈다. 그 난장판 속에서 주은은 시간이 정지된 듯 멍한 얼굴로 시오를 응시하고 서 있었다.

"네가 나이가 몇인데 아직까지 싸움질이냐?"

음료수 자판기에서 커피 캔을 뽑아온 기준은 의자에 앉아 있는 시오와 주은에게 하나씩 건넸다. 시오는 차가운 캔을 이마에 문지르며 나지막한 신음을 흘렸다.

"합의는 해준대?"

시오의 말에 기준은 고개를 끄덕였다.

"전화로는 합의 안 해준다고 방방 뜨더니 내 얼굴 보고는 바로 꼬리 내리던데. 알고 보니 아버지 회사에 있더라고. 알아듣게 잘 말했더니 합의금만 받고 조용히 끝내겠단다."

"제길, 그럴 줄 알았으면 몇 대 더 때리는 건데."

"자식아, 돈이 얼마나 깨졌는지 알아? 하여튼, 언제 정신 차릴래. 주은 씨, 오늘 이 자식 때문에 고생 많이 하셨죠?"

기준은 조용히 앉아 있는 주은에게 웃어 보였다. 경찰서에서 조서를 쓰는 내내 가만히 앉아 있던 주은은 여전히 무표정한 얼굴로 고개를 끄덕여 보였다.

"애가 학교 다닐 때부터 문제아였어요. 어찌나 애들을 패고 다녔는지. 그때도 내가 뒤치다꺼리하느라 고생했는데 아직도 이러고 사네요."

기준은 특유의 부드러운 미소를 지으면서 주은의 표정을 자세히 들여다보았다. 시오의 전화를 받고 달려왔을 때부터 지금까지 그녀는 무표정한 얼굴로 일관했다. 자신과 상관없다는 듯 지루하고 피곤한 얼굴. 그 속에 복잡함. 시오가 왜 그녀에게 끌리는지 알 것도 같았다. 묘한 분위기의 그녀를 보고 있자니 미로가 떠올랐다. 한 걸음 한 걸음 걸어 들어가다가 보면 빠져나갈 길을 찾지 못해 헤매게 되는 미로. 기준은 시오가 한 말들을 떠올리며 속으로 웃었다. 지금까진 송시오에게 걸린 그녀가 불쌍했는데 이제는 그가 불쌍하다.

'자식, 애 좀 먹겠는걸.'

기준은 그녀의 눈빛에서 시선을 떼지 못한 채 생각에 잠겼다.

"저 그럼 다 끝난 건가요? 전 이만 가봐도 되죠?"

갑자기 주은이 자리에서 일어나 말했다. 기준은 시오와 당황한 시선을 교환하며 고개를 끄덕였다.

"네, 가셔도 됩니다."

"먼저 실례할게요. 그럼."

주은은 시오의 얼굴은 쳐다보지도 않은 채 뒤돌아 걸어갔다. 시오는 주은은 뒷모습을 보며 인상을 찡그렸다.

"네가 말한 그 여자?"

기준의 말에 시오는 고개를 끄덕였다. 그녀의 뒷모습이 시야에서 사라짐과 동시에 시오는 자리에서 일어섰다.

"오늘 고맙다. 나중에 술 살게."

"알았으니 어서 가서 붙잡아. 너한테 화난 거 같다."

"그래."

시오는 그녀가 사라진 쪽으로 뛰어갔다. 대로변에서 택시를 잡고 있는 주은이 보였다. 시오는 달려가 주은은 어깨를 잡았다. 주은이 신경질적으로 시오의 손을 뿌리쳤다.

"화났니?"

"피곤해."

"얘기 좀 하자."

"다음에 해."

택시 한 대가 그들 앞에 외서 섰다. 시오는 주은을 밀어 넣고 자신도 올라탔다. 그는 오피스텔 위치를 얘기하고는 창밖을 보고 있는 주은을 보았다.

"칭찬받지는 못할 거라고 생각했어. 그 난리를 쳤으니 욕먹어도 싸."

"……."

"그 자식 생긴 것부터 재수없었어. 널 불러 세웠을 때부터 턱주가리를 날려주고 싶었다고."

시오는 분위기를 풀어보려고 했지만 주은은 고개도 돌리지 않았다. 화가 단단히 난 모양인데. 시오는 뒤통수를 긁으며 난감한 표정을 지었다.

주은은 오피스텔에 도착해 엘리베이터를 타고 올라올 때까지 말이 없었다. 시오는 굳게 닫힌 그녀의 입술을 보며 무슨 생각을 하고 있을지 상상해 보았다. 오피스텔 안에 들어오자 주은은 소파에 백을 던져 놓고 지친 듯 주저앉았다. 시오는 냉장고에서 맥주 캔 두 개를 가져왔다. 그가 맥주 캔을 내밀었지만 주은은 고개를 저으며 말했다.

"송시오."

주은의 목소리는 차갑게 경직되어 있었다.

"왜?"

"우리 그만 하자."

"……."

시오는 잠시잠깐 놀란 표정을 짓다가 이내 표정을 바꾸고 소파에 앉았다. 주은은 시오의 눈을 똑바로 보며 말했다.

"이제 재미없다. 너랑 섹스 하는 거."

"이유 한번 심플하군."

시오는 캔을 따서 단숨에 들이켰다. 목이 몹시 탔기도 했지만 생각할 시간이 필요했다.

"싫증났다는 말 외에는 찾을 단어가 생각나지 않아. 그동안 즐거웠어. 여기 정리는 네가 해."

주은은 홀가분하다는 듯 간결하게 말하고 자리에서 일어섰다. 시오는 그녀의 등 뒤에다 대고 소리쳤다.

"하주은, 지금 뭐 하자는 거야! 그따위 말 한마디면 끝나는 거야?"

"심각하지 않게, 쿨하게, 서로 원하는 것만 채워주기로 한 관계 아니었어? 이제 내 볼일 끝났어. 그만 정리하자고."

"네게 다가서려 하기 때문에 이러는 거야?"

"말했잖아, 싫증났다고."

"넌 싫증난 게 아니야. 화난 거지. 내가 아닌 네 스스로에게 화가 난 거야. 내 말이 틀려?"

주은은 말없이 현관으로 걸어갔다. 시오는 튕기듯 자리에서 일어나 주은의 앞을 막았다.

"말해봐. 내가 단순한 섹스 파트너였어? 아쉬울 때 필요한 잠자리 상대였냐고."

"그래."

그녀의 표정은 단호하고 침착했다. 조금의 흔들림이 없는 얼굴을 보고 시오는 어금니를 질끈 깨물었다.

"아니야. 넌 그렇게 믿고 싶겠지만 섹스가 전부는 아니었어."

"그렇게 믿었다면 넌 참 순진한 거야."

"내가 순진하다면 넌 비겁하고 교활해! 넌 지금 섹스를 핑계로 손쉽게 빠져나가려 하고 있어. 상처받을까 봐 겁나서 달아나려 하는 거라고."

"겁나지 않아. 그저 네가 짜증날 뿐이지. 난 네 여자가 아니야. 기사처럼 나서서 주먹질을 한다고 해서 네 것이 되지 않아. 그러나 함부로 설치지 마."

"하주은, 진실을 말해. 넌 겁나는 거야. 사랑해 버릴까 봐 두려운 거야."

"착각하지 마. 넌 내 마음에 다가온 적조차 없어. 넌 처음부터 오늘까지 섹스 파트너 그 이상도 이하도 아니었어. 그러니 정신 차려! 나까지 네 착각 속에 끌어들이지 말란 말이야."

"넌 두려운 거야. 지금껏 제대로 된 인간관계를 맺어본 적이 없어서 피하는 거라고."

"그렇게 믿고 싶겠지. 그래야 네 잘난 자존심이 다치지 않을 테니까."

주은의 얼굴에 비웃음이 번졌다. 가슴 속까지 시린 차가운 미소. 눈속에 가득 담긴 경멸. 지금껏 송시오가 알았던 하주은이 아닌 다른 여자 같다. 시오는 질린 표정으로 입을 다물었다. 주은은 멍하니 서 있는 그를 밀치고 오피스텔을 나갔다.

6. 사랑, 그 잔인한…

현주는 외로운 게 싫었다. 자신을 버린 엄마가 미우면서
도 고아원 운동장 한쪽에 쪼그려 앉아 그녀가 하루라도 빨리 데
리러 와주길 기다렸다. 현주는 혼자 있는 게 두려워 외로운 밤
주위에 아무도 없으면 금방이라도 질식해 죽을 것만 같았다. 혼
자 있는 것이 두려워서 자신을 좋아해 주는 남자와 어린 나이에
결혼을 했다. 그는 부유하고 똑똑했지만 늘 차가웠다. 기댈 곳
이 없는 삭막함, 집 안에서 늘 겉도는 존재감. 현주는 문득 자신
은 태어나 한 번도 사랑받지 못했다는 것을 깨달았다. 마음이
그토록 공허했던 것도, 불행한 것도 다 그 때문이라는 생각이
들었다. 시간이 흐를수록 그녀의 외로움은 커져만 갔고 남편과

의 불화도 차츰 잦아졌다. 결혼 생활은 끔찍했지만 현주는 그를 떠나지 않았다. 남편의 가족들은 현주를 벌레 보듯 쳐다봤지만 그녀는 상관없었다. 불행하지만 적어도 혼자는 아니니까. 그녀는 그걸로 충분했다.

그때부터 현주는 다른 사내들을 만나기 시작했다. 점점 일그러지는 자신이란 존재는 애써 잊었다. 그녀는 남의 손가락질보단 지금 당장의 미칠 것 같은 목마름을 해결하는 것이 더 절실했다. 남자들은 그녀의 남편이 집을 비울 때마다 찾아와 안방에서 정사를 나누었다. 현주는 세상이 내일이라도 없어질 것처럼 격정적이고 절망적인 섹스를 했다. 매번 그랬다. 절망적으로 울고, 절망적으로 소리 지르고. 그녀의 오르가즘은 환희가 아니라 절망과 수치심, 분노의 뒤섞임이었다.

어느 날이었다. 남편의 학교를 갔다가 맑은 얼굴을 한 사람을 만났다. 메마른 흙처럼 버석거리던 마음이 일순간 촉촉해졌다. 그 사람과는 밥을 먹고 커피를 마시는 것만도 그렇게 좋을 수가 없었다. 태어나 처음으로 연애를 하는 것처럼 모든 것이 낯설고 설레고 행복했다. 현주는 그를 통해 자신의 삶이 바뀔 것이란 걸 예감했다. 그것이 불행이라도 상관없었다. 그와 함께 숨 쉬는 지금이 지난 삶 동안 느꼈던 기쁨을 모두 합친 것보다 컸기 때문이다. 현주는 행복한 나머지 그와 사랑을 나누다 울음을 터뜨렸다. 수정처럼 깨끗한 눈을 가진 그는 오열하는 그녀의 등을 부드럽게 어루만지며 말했다.

"울지 마요, 내가 사랑해 줄 테니 울지 마요."

현주는 눈물을 멈추고 그를 바라보았다. 순간 자신이 태어난 것은 이 사람을 만나기 위해서라는 생각이 들었다. 사랑이, 진짜 사랑이 온 것이다. 하지만 그 사랑은 비밀스러웠고 짧았다. 이제야 사랑을 만났는데 자신을 에워싼 것은 그녀를 옴짝달싹 못하게 묶어두고 괴롭혔다. 현주는 점점 그에게 집착했고 더 많은 것을 원하기 시작했다.

"주은아, 엄마는 사랑을 하고 있는 것 같아."

그녀는 자신의 어린 딸을 품에 꼭 안고 행복에 겨워 속삭였다.

"사랑이 뭔데?"

"죽고 싶은 것. 그 사람과 함께 죽고 싶은 것."

"엄마 죽는 거 나 싫어."

"엄마는 그래야만 행복할 것 같아. 지금은 불행해. 너무 불행해."

그녀는 늘 불행했다. 남편의 속옷을 빨 때도, 가족들의 식사를 차릴 때도, 고급 옷, 비싼 음식을 먹을 때도 한결같이 불행했다. 사랑을 하면 행복할 줄 알았는데, 사랑이 옆에 있으니 삶이 시시해졌다. 하루 종일 그만 볼 수 있다면 얼마나 좋을까. 그와 밤새 얘기를 하고 눈을 맞추며 섹스를 하고 잠들고 싶었다. 하지만 그럴 수 없어서 불행했다. 그토록 원하던 것을 찾았는데 삶은 점점 더 불행해졌다. 현주는 사랑에게 말했다.

"우리 같이 죽지 않을래?"

"죽고 싶어요?"

"지금은 너무 불행해."

그는 현주의 어깨를 감싸 안고 귓가에 속삭였다.

"당신이 원한다면…… 난 뭐든 좋아요."

현주는 기쁨의 눈물을 흘렸다. 두려움보단 기쁨이, 죄책감보다는 해방감이 더 컸다.

지루한 장마의 막바지. 갑작스레 동해 쪽으로 진로를 바꾼 태풍 때문에 방송마다 시끄러울 무렵이었다. 현주와 그는 동해가 보이는 국도를 달리고 있었다. 비바람은 몰아치고 주위는 어두웠지만 두 사람은 전혀 개의치 않았다. 현주는 비상 방송이 흘러나오는 라디오 채널을 돌리다 한 소프라노의 음성에 채널을 멈췄다. 마리아 칼라스의 카스타 디바(Casta Diva). 운명이 자신을 위해 들려주는 것만 같아 현주는 평화로운 표정으로 눈을 지그시 감았다. 그때 옆에서 운전을 하던 그가 그녀의 손을 지그시 잡았다.

"행복해요?"

"응, 행복해."

현주는 행복한 미소 지었다. 더 이상 혼자 있는 것을 두려워하지 않아도 된다. 완벽한 평화. 그리고 휴식. 순간 빠르게 달리던 자동차가 가드레일을 부수고 허공을 날았다. 자동차가 벼랑 아래로 떨어지는 사이 현주는 사내와 손을 잡고 천국을 향해 날았다. 세상은 물에 잠긴 채 태풍을 기다리고, 현주의 딸은 집에서 엄마를 기다렸다. 그 해 여름, 마지막 태풍이 오던 어느 날에.

주은은 떨리는 손으로 아파트 문을 열고 들어갔다. 다섯 개나 되는 잠금 장치를 간신히 채우고 돌아서자마자 그녀는 추운 듯 몸을 떨며 침실로 향했다. 주은은 옷을 입은 채로 침대 속으로 파고들어 갔다. 자꾸만 오한이 난다. 왜 이렇게 추운 걸까. 주은은 이를 딱딱 부딪치며 몸을 떨었다.

"진실을 말해. 넌 겁나는 거야. 사랑해 버릴까 봐 두려운 거야."

그의 목소리가 끝없이 되풀이된다. 주은은 시오의 눈빛과 목소리를 밀어내며 고개를 저었다.

"겁나지 않아. 두렵지 않아."

주은은 이를 갈며 중얼거렸다. 아주 잠깐이었지만 송시오에게 흔들렸었다. 그는 그 자신에게만 집중하게 해주는 매력이 있었다. 그가 주는 웃음과 편안함이 좋았다. 복잡한 머릿속이 그와 있으면 조용했다. 하지만 오늘 그는 선을 넘었다. 마음속에 존재하는 절대로 넘지 말아야 할 선. 주은이 정해놓은 한계선을 그는 단숨에 넘어버렸다. 더 이상 가면 위험하다는 것을 주은은 본능적으로 느꼈다. 보잘것없는 감정 따위에 자신을 망칠 수 없다. 여기까지 어떻게 왔는데 모든 것을 한순간에 날려 버릴 순 없다. 주은은 이제 그를 버리기로 했다.

'사랑 같은 거 믿지 않아. 사랑은 허깨비 같은 거야. 대상을 자기 마음대로 이상화한 것에 불과해.'

주은은 자신이 사랑을 믿지 않는 이유를 끝도 없이 생각해 내며 마음을 걸어 잠그고 빗장을 채웠다.

'사랑은 정신병 같은 거야. 사람의 마음을 추악하게 만들지. 나밖에는 아무것도 보이지 않아. 다른 사람이 얼마나 고통스러운지, 어떤 상처를 안고 갈지 생각하지 못해. 난 사랑이 얼마나 비참한 건지 눈으로 봤어. 사랑은 결코 아름다운 것도, 행복한 것도 아니야. 그것은 혼란이야. 난 그 지옥 속으로 날 밀어 넣지 않을 거야.'

비가 많이 내리던 어느 날이었다. 아버지를 비롯한 친척들이 심각한 표정으로 집 안팎을 드나들었다. 주은은 무슨 일이 벌어진 것이 분명하다고 생각했다. 주은은 불안할 때면 늘 그랬듯 엄마의 옷장으로 숨어들어 가 엄마의 체취와 흔적을 만지며 마음을 달랬다. 그때 방에 들어온 고모들의 목소리가 들렸다.

"차라리 죽지. 그놈의 목숨 질기기도 하다."

"이제 어떻게 얼굴을 들고 다녀. 망할 년."

"사내는 그 자리에서 죽었다고?"

"응. 얼마나 끔찍한지 형체도 알아보기 힘들다더라. 현주 그년도 간신히 목숨만 건졌다던데 그나마도 오늘내일한대."

"우리 하 교수 어떻게 하니. 이미 학교에 소문 다 났다며."

"이제 한국에서는 교수 생활 다 했지 뭐. 얼마나 화딱지가 나던지 그년 있는 병원에는 갈 생각도 말랬어. 죽거나 말거나 이제 우리 알 바 아니야."

"그래도 애 엄만데."

"애 엄마가 대수야? 우리 집안 다 말아먹어 놓고? 내가 그년이 한 짓을 생각하면 이가 갈려."

'결국 엄마는 죽으려고 했구나. 내 사랑은 엄마를 행복하게 해주지 못했구나.'

어린 주은은 엄마의 결정과 불행이 슬퍼서 숨죽여 울었다. 엄마를 향한 간절한 사랑은 보답받을 수 없어 슬펐고 또 외로웠다. 엄마의 사랑은 지독히도 무섭고 슬퍼 보였다. 무엇을 위한 사랑일까. 왜 사랑에 모든 걸 내던졌을까. 결국 불행해졌으면서.

주은은 저금통을 깨 지폐 몇 장을 추려서 주머니에 넣고 길을 나섰다. 택시를 타고 병원 이름을 말하자 기사가 흘끔 쳐다보았지만 그는 말없이 차를 몰았다. 병원에 도착했지만 엄마를 볼 순 없었다. 다만 중환자실 앞을 서성이는 아버지를 만났다. 하루 사이에 몇 년은 늙어 보이는 아버지는 괴로운 듯 머리칼을 쥐어뜯으며 앉아 있었다. 그는 주은을 발견하고는 화내지 않았다. 그저 끌어당겨 부드럽게 안아주었을 뿐이다. 몇 시간 후 주은은 엄마를 만날 수 있었다. 온몸이 조각조각 깨지고 찢겨져 죽어가던 그녀는 간신히 눈을 뜨고 어린 딸을 바라보았다.

"주은아, 그 사람이 죽었대. 나만 두고 먼저 죽었대."

주은은 엄마가 가여웠다. 그리고 그녀를 그렇게 몰아간 사랑이라는 것이 증오스러웠다.

"주은아, 넌 사랑하지 마. 사랑하지 마."

그녀는 온몸의 힘을 끌어 모아 필사적으로 중얼거렸다. 어린 딸은 눈물을 흘리며 힘차게 고개를 끄덕였다.

"내 딸. 내 불쌍한…… 딸."

사랑하는 사람의 눈에 빛이 꺼져 간다. 주은은 그녀의 손을 붙들고 소리쳤다.

"엄마 사랑해! 사랑해!"

그녀의 입가에 슬픈 미소가 스쳐 갔다. 주은은 죽어가는 엄마가 들을 수 있도록 더 크게 소리쳤다.

"엄마 사랑해! 사랑해!"

주은은 자신의 외침에 놀라 잠이 깼다. 뭐라고 소리쳤는지 기억나지 않는다. 뭐라고 소리 질렀던 거지? 주은은 이마에 맺힌 식은땀을 닦다가 자신이 울고 있었음을 깨달았다.

"이젠 꿈꾸다 울기까지 하는구나."

주은은 욕실로 가서 온통 눈물에 젖은 얼굴을 씻고 거울을 보았다. 충혈된 눈과 부은 얼굴을 보고 있자니 어릴 적 모습이 겹쳐 보인다. 눈물과 두려움이 많던 아이. 과거의 모습은 버렸다고 생각했는데 아직도 남아 있다. 주은은 자신의 얼굴을 힘껏 노려보았다. 촉촉했던 눈매가 어느 사이에 날카롭고 차갑게 변했다.

'넌 내 안에 들어올 수 없어. 아무도 들어올 수 없어.'

주은은 어금니를 깨문 채 낯익은 자신의 얼굴을 들여다보았다. 이제야 자신으로 돌아온 것 같아 불안한 마음이 한결 편안해졌다.

"송시오, 이제 끝이야."

주은은 욕실을 나오며 중얼거렸다.

매캐한 담배 연기, 호쾌한 웃음소리, 꽤나 위력적인 폭탄주, 정치인부터 시작해 만나고 있는 여자에 이르기까지 노골적이고 성적인 농담들. 사내들이 모인 술자리들이 그렇듯 적당히 난잡하고 유쾌한 술자리가 벌어졌다. 떠들썩한 웃음과 욕설이 오가는 가운데 유독 말없이 술만 들이키고 있던 시오를 보고 한 사내가 말했다.

"야 인마, 무슨 일 있냐? 왜 그리 술만 들입다 마시고 있어?"

시오는 대꾸없이 위스키 잔을 비웠다.

"형, 그냥 내버려 둬요. 무슨 일 있나 봐요."

"짜식, 안 어울리게 분위기 잡고 있어. 너 같은 놈도 고민이 있냐? 내가 너라면 세상만사 걱정이 없겠구만."

사내는 다소 시비조로 나왔지만 시오는 무시하고 자신의 생각 속에 빠져 있었다.

'이해할 수 없어. 아니, 이해하고 싶지 않아. 제멋대로인 고집불통. 평생 사랑 따윈 해보지도 못하고 늙어가라지.'

그는 이를 갈며 독한 술을 연거푸 들이켰다.

'그까짓 사랑, 뭐가 어려워. 도대체 뭐가 그리 두려운 거야. 무엇 때문에 도망 다니는 거냐고!'

시오의 머릿속은 복잡하게 얼크러졌다. 다시는 만나지 않겠다고 거듭 다짐하다가도 어느 순간엔 자신을 밀어내는 이유를 생각한다. 그녀 말대로 정말 싫증이 난 걸까? 아니면 어머니 때문인가? 어머니의 비극이 큰 상처로 남아 마음을 열 수 없는 걸까? 그렇다면 진짜 바보 같은 여자다. 당당한 얼굴 속에 그렇게 여린 마음을 숨기고 살다니. 이런 식으로 회피한다고 될 일이 아닌데 비겁하다.

시오는 주은이 자신에게 싫증났다고 믿고 싶지 않았다. 그저 마음을 여는 방법을 알지 못할 뿐이라고 믿고 싶었다. 만약 후자라면 그 마음을 어떻게 해야 하는 걸까. 다가설 수조차 없는데 어떻게 닫힌 마음을 열 수 있을까. 시오는 머릿속이 복잡해 미칠 것만 같았다.

"젠장, 나쁜 여자 같으니라고."

시오는 줄담배를 피우다가 난데없이 욕을 내뱉었다. 그러자 술자리에 있던 사내들이 일제히 그를 보며 웃었다.

"아니, 이 자식이 술 퍼먹다 말고 낫이 깄나. 왜 이래, 인마!"

"저 자식 여자한테 채인 기 아나? 야, 송시오. 너 정말 채였냐?"

"이야, 송시오가 여자한테 채여서 고민할 때도 있고. 하하하, 쌤통이다."

인상을 구긴 시오는 담배를 비벼 끄고 자리에서 일어섰다.

"저 먼저 갈게요."

"야 인마, 그렇게 가면 어떻게 해. 누구인지 얘기해 주고 가야지."

시오는 짓궂은 사내들을 뒤로하고 바를 나왔다. 꽤 많은 술을 들이부었는데도 좀처럼 취기가 오르지 않는다. 그는 지나가는 택시를 타고 집으로 오면서 주은의 표정을 몇 번이고 되새겼다. 어쩌면 그녀가 쉽게 곁을 허락하지 않을 걸 알고 더 집착했는지도 모르겠다. 하지만 열릴 거라 생각했다. 닫힌 마음을 열고 서로의 삶을 퍼즐 맞추듯 하나하나 맞추며 상처를 치유해 갈 수 있으리라 생각한 건 착각이었을까. 사람의 마음을 얻는다는 걸 너무도 만만히 본 걸까. 그녀는 영영 열리지 않을 문일까.

시오는 혼란스러웠다. 사랑의 시작은 서로를 아는 것인데 시작부터 막히니 어떻게 풀어가야 할지 알 수가 없었다.

'나는 이제 시작인데, 이대로 끝인가.'

그는 혼자 살고 있는 아파트로 쓸쓸히 걸어 들어갔다. 현관등이 들어오자마자 지나가 다가와 반긴다. 지나는 그가 몇 달 전에 길에서 주워온 암고양이다. 아직 어린 지나는 작은 귀를 쫑긋 세우고 시오의 발 아래를 맴돌았다. 시오는 지나의 등을 부드럽게 쓸어주며 중얼거렸다.

"지나야, 오빠가 좀 피곤하다. 다음에 놀자."

지나는 아쉬운 듯 야옹 하고 울더니 얌전하게 굴었다. 시오는 지친 다리를 끌고 작업실로 갔다. 집안일을 해주던 사람이 그만둬서 주위가 온통 엉망이다. 그는 불도 켜지 않고 걸어가 먼지 쌓인 책들을 치우고 소파에 앉았다. 소파에 등을 기대고 긴 숨을 내쉬던 시오는 옆 탁자에 놓인 슬라이드 전원을 켜고 유선 리모컨을 집어 들었다. 램프가 뿜어내는 불빛 속에 먼지들이 부유하고 달가닥거리며 트레이가 이동하는 소리가 들린다. 시오는 정면에 있는 스크린을 응시했다. 그 속에 주은이 있다. 잠든 주은의 얼굴은 무척이나 평화로워 보였다. 아름답고 맑은 얼굴. 늘 차갑고 딱딱했던 표정이 잠들었을 때는 천사처럼 예쁘다. 그래서 그녀 몰래 사진을 찍었다. 두고두고 몰래 보려고 말이다. 시오는 팔짱을 낀 채 주은의 얼굴을 들여다보았다. 사진을 보는 그의 눈가에 안타까움이 서렸다.

시오는 버튼을 눌러 다음 사진으로 넘겼다. 이번엔 얼굴을 클로즈업 한 것이 아닌 전신 사진이다. 희고 긴 목과 도드라진 쇄골, 어깨, 시트에 살짝 가려진 가슴이 아름답다. 그녀를 만졌을 때 느꼈던 촉감이 손끝에 되살아나자 가슴에 가벼운 통증이 지나간다. 시오는 다시 버튼을 눌렀다.

이번엔 잡지사에 갔다가 그녀 몰래 찍어온 사진이다. 사진 속에 주은은 심각한 표정으로 모니터를 응시하고 있다. 글이 잘 풀리지 않는 모양인지 이마에 주름이 잡혔다.

"고집쟁이."

시오는 자신도 모르게 중얼거리며 다음 사진으로 넘겼다. 시간은 단숨에 과거로 거슬러 올라갔다. 이번 사진은 지금까지 본 사진과 다르다. 현재의 하주은이 아닌 스물네 살의 하주은이다. 그녀가 지금보다 덜 견고하고 풋풋했던 시절. 소녀 같은 단발머리, 어쩐지 외로워 보이는 눈빛, 지지 않으려는 듯 단호한 표정, 그 속에 생기발랄함. 저때의 하주은은 표정이 참 풍부했다. 그리고 사랑스러웠다. 저 모습이 지금 그녀 안에 어딘가 숨어 있으리라. 그녀는 자신의 진짜 모습을 드러내는 것이 두려운 거다. 상처받는 것이 두려워서 두꺼운 껍질 속에 숨어 있는 것뿐이다.

다시 버튼을 누르자 시오의 눈은 점점 빛이 났다. 그는 몸을 앞으로 숙이고 스크린을 뚫어져라 응시했다. 자신이 가장 좋아하는 사진이다. 저 사진을 보고 하주은에게 반했다. 저 표정과 눈빛을 보고. 사진작가와 의견 충돌 후 스튜디오 구석진 곳에 앉아 구두를 벗고 휴식을 취하는 주은. 아무도 없다고 생각해서였는지 그녀의 진짜 얼굴이 살짝 드러났다. 무표정하지만 신비로웠던 표정과 깊은 외로움에 잠긴 눈빛. 찰나에 잡아낸 그녀의 눈빛에 시오의 마음은 촉촉이 젖었다.

"이때부터 난 너를 좋아한 것 같아. 넌 내가 찍은 사람들 중에 가장 빛나는 사람이었어."

시오는 사진 속 그녀를 보며 다짐했다. 그녀가 마음대로 숨게 내버려 두지 않겠다고. 꼭 저 빛을 되찾아주겠다고 스스로에게 약속했다.

'내게서 벗어나지 못하게 할 거야. 내가 너에게 벗어날 수 없듯이.'

시오는 그녀의 얼굴을 바라보며 소파에 등을 기댔다. 혼란스럽던 머리가 잠잠해지고 비로소 피곤이 밀려온다. 시오는 까무룩 잠들기 전까지 주은을 처음 봤던 날을 떠올렸다. 자신이 사진을 찍고 있다는 것과 남자로 태어난 것이 더없이 기쁘던 날이었다. 유달리 선명하게 눈에 들어왔던 여자 때문에 더없이 들떴던 그 순간이 바로 지금처럼 생생하다. 그때는 왜 느끼지 못한 걸까, 그런 감정이 사랑이었음을.

*

"나 말고 다른 사람 보내요."

"왜 이리 고집이야. 프로답게 굴어."

"하지만……."

주은은 더 말을 잇지 못하고 이마를 찡그렸다. 명희는 다 이

긴 게임이라는 듯 슬며시 웃었다.

"이 일 성사시키느라고 얼마나 많은 사람들이 고생했는지 알지? 조현준, 싱유니기 누구야. 대한민국에서 내로라하는 스타커플이야. 거기다 포토그래퍼, 메이크업, 스타일리스트 포함해 현재 최고의 드림팀이라고. 여기에 당연히 하주은도 동참해야지. 잔말 말고 가. 이번 기획에 다들 기대가 크다고."

이번 기획특집이 얼마나 중요한지는 주은도 잘 알고 있다. 언론에 잘 드러나지 않는 스타 커플을 잡았다는 것에서부터 얼마나 고무됐었는지 포토그래퍼가 정해지기 전까진 편집장만큼이나 들떴던 주은이었다. 하지만 왜 하필 송시오인가. 하고 많은 포토그래퍼 중에 왜 그인가. 게다가 해외촬영이다. 그와 3박 4일을 같이 움직인다니. 프로답지 못하다는 것을 알면서도 주은은 연거푸 반대했다.

"저 말고 미선이 보내요."

"그렇게 뻗대지 좀 말고 말 들어. 우리 상전들이 하주은이 가길 원한다잖아. 그럼 결정된 걸로 안다. 준비 기간이 짧으니까 부지런히 움직여."

명희는 웃음을 머금은 채 단호하게 말했다. 도무지 말이 통하지 않는 그녀다. 주은은 두통을 느끼며 자신의 자리로 돌아왔다. 정말 내키지 않는다. 불편하고 복잡해지는 거 딱 질색인데. 자신은 어쩔 수 없다치고 흔쾌히 허락한 송시오는 무슨 심보인가.

"골치 아프게 됐네. 이래서 같은 업계 사람이랑 얽히면 피곤하다는 거야."

주은은 자리에 앉아 관자놀이를 문지르며 중얼거렸다. 한편으로는 잘된 건지도 모른다는 생각이 스쳐 간다. 어차피 부딪쳐도 많이 부딪칠 사람들인데 매번 피해 다닐 수는 없는 노릇이다. 이번 기회에 끝났다는 것을 확실히 느끼게 하는 편이 좋을지도 몰라. 주은은 다부진 표정으로 입술을 굳게 다물었다.

이번 화보 촬영지는 발리로 결정됐다. 회의 끝에 '파파라치의 카메라에 잡힌 스타 커플'이라는 시안으로 결정되고 촬영팀과 몇 번의 미팅도 끝냈다. 주요 촬영지는 마야 우붓, 블루 포인트, 더 발레 리조트로 결정됐다.

미팅 때까지만 해도 시오의 눈빛에서는 별다른 감정을 찾아볼수 없었다. 다분히 공적인 태도에 눈빛이 진지했기 때문에 주은은 걱정한 것이 오히려 멋쩍을 지경이었다. 하지만 여전히 마음은 놓이지 않았고 그와 얼굴을 대면할 때마다 몹시 불편했다. 지금까지 많은 사람들과 만나고 헤어지면서 이처럼 의식되고 긴장이 되기는 처음이었다. 주은은 시오의 알 수 없는 표정을 보며 이 관계가 왜 이리 복잡하게 꼬인 건지에 대해 생각했다.

출국 당일은 침착한 주은조차 안절부절못할 정도로 일대 소동이 일어났다. 인천공항에 도착하자마자 수많은 취재진들이 따라붙었고 촬영 때 입을 옷 케이스가 두 개나 없어져서 에디터들을 기함하게 했다. 앙큼한 연인이 방송국 카메라 앞에서 근사한 포즈를 취하는 동안 진행 에디터와 스타일 에디터가 이리저리 뛰며 점점 사항을 체크했다. 그사이 촬영팀이 도착했다.

송시오는 여행을 가는 깃처럼 어유롭게 어슬렁거리며 이따금씩 조현준과 농담을 주고받았다. 어디에서든 단번에 눈에 띄는 외모여선지 그는 늘 주목받았고 주변인들의 선망의 눈빛을 받지만 그 자신은 아무것도 아닌 것처럼 태연하게 굴었다. 스스로가 그걸 알고 있기 때문에 나오는 여유다. 주은은 스태프들과 장난을 치는 그를 보며 저 잘난 사내가 왜 자신에게 집착하는 건지 생각해 보았다. 자신이 그보다 못하다는 생각은 해본 적 없지만 더 예쁘고 매력적인 여자들을 두고 굳이 자신을 선택했는지는 의문이다.

"이번 화보 촬영은 재미있을 것 같지 않아? 꼭 놀러가는 거 같다니까."

시오는 자연스레 다가와 말을 건넸다.

"즐기면서 일하는 게 좋지."

주은은 별다른 표정 변화 없이 담담히 말했다.

"할 수만 있다면 며칠 더 묵고 싶은데 말이지."

"저도요. 휴가 내서 이삼 일 푹 쉬었다가 오면 얼마나 좋아."

어느 틈에 다가왔는지 여자 스태프 하나가 얼른 끼어든다. 어린 그녀는 천진한 표정으로 시오의 관심을 끌어보려고 무진 애를 썼다. 깜찍하기도 하지. 주은은 시오에게 눈짓을 하며 그 자리를 벗어났다. 등 뒤에 와 닿는 그의 시선이 느껴지자 묘한 전율이 전신에 흘렀다. 찬 남자가 여전히 매력적일 때, 그가 아직도 미련을 두고 옆을 서성일 때, 자신 또한 완벽하게 떨쳐 내지 못했을 때의 기분이 썩 좋지는 않다. 주은은 씁쓸한 웃음을 머금은 채로 공항 커피숍에서 커피를 마셨다.

천신만고 끝에 빠진 짐을 찾아 인천을 출발해 발리 덴파사 공항에 도착했다. 어느새 어둠이 깔리고 더위는 한풀 꺾였지만 다소 습한 바람이 불어왔다. 힌두교 특유의 장식물로 장식된 공항을 보니 비로소 발리에 도착했다는 실감이 났다. 공항 앞에는 현지 가이드가 모는 미니버스와 리조트에서 보낸 리무진이 대기해 있었다. 당연히 리무진엔 스타 커플이, 미니버스에는 촬영 팀이 타고 첫 목적지인 마야 우붓 리조트로 향했다. 누사 두아나 꾸다 지역에서 차로 한 시간 반이 걸리는 마야 우붓은 인도네시아 건축협회가 최근 선정한 '최고의 상업용 건축물 디자인상'을 받았을 정도로 발리 문화와 유산을 디자인을 통해 잘 보여주는 리조트다. 리츠 칼튼 리조트처럼 최고급 풀빌라 리조트가 아닌 마야 우붓을 선택한 이유는 전통적인 발리 건축과 무성한 정글의 정취가 강하게 느껴진다는 점이다. 대부분의 리조트가 바닷가에 위치해 호화스럽고 탁 트인 느낌을 주는 반면 마야 우붓의 풀빌라는 계곡에 위치해 좀 더 신비스럽고 프라이빗한 느낌이 났다. 떠들썩한 사람들의 관심을 벗어나 단둘이서 은밀한 시간을 보내는 연인의 이미지에 가장 잘 맞는 장소다.

마야 우붓으로 가는 동안 비가 내리기 시작했다. 비에 젖은 정글이 내뿜는 향내는 무스크 향처럼 짙고 관능적이다. 주은은 창을 열고 손을 뻗어 비를 만져 보았다. 비릿한 비 냄새 속에 왠지 모를 열기 같은 것이 느껴진다. 주은은 눈을 감고 자연의 냄새를 들이마셨다.

리조트에 도착해 보니 그곳의 느낌은 사진 속 느낌과 크게 다르지 않았다. 춤추는 듯한 불빛 때문인지 원시적이고 장중한 느낌이 더 강조되어 보였고 금방이라도 야생동물의 포효가 들려올 것만 같아 흥미진진하기도 했다.

일행들이 호텔 리셉션 앞에서 객실을 배정받고 짐을 챙기는 동안 주은은 성유나와 함께 차를 마시며 낯선 곳이 주는 활기와 호기심을 즐겼다. 테이블 꽃병에 가득 색색의 꽃들에서 퍼져 나오는 은은한 향이 마음을 더욱 촉촉하게 해준다.

"여기 마음에 들어요."

유나는 예쁜 입술을 귀엽게 모으며 말했다. 남자들의 롤리타 콤플렉스를 자극하는 이 앳된 외모의 여배우는 발랄한 생김과 달리 이십대 중반에 정적인 눈빛을 가졌다. 몇 달 전 그녀가 조현준과 사귄다는 얘기가 돌면서 사람들은 하나같이 어울리지 않는다고 입을 모았다.

조현준은 그녀와는 전혀 다른 과였다. 그녀가 귀엽고 발랄한 인형 같은 이미지라면, 현준은 바닷사내처럼 거친 외모다. 아이돌 스타와 연극에서 시작해 영화판 밑바닥을 두루 거친 연기파 배우의 결합은 생뚱맞기조차 했다. 주은은 유나에게 가진 선입

견과 지금의 맑은 눈빛을 대입시켜 보며 조현준이 택한 여자가 단순히 보기에만 좋은 인형은 아닐 거라고 생각했다.

"조용하네요."

주은은 차를 홀짝이며 말했다. 유나는 꿈꾸는 듯한 표정으로 주위를 둘러보며 말했다.

"오빠와 외국에 나온 건 처음이에요. 막 떨려요."

그녀는 진심으로 떨린다는 듯 어깨를 움츠리며 얼굴을 붉혔다. 그 모습이 예뻐서 주은은 미소를 지었다.

"해외 촬영 많이 다녔잖아요. 그런데도 그래요?"

"사랑하는 사람과 같이 온 건 처음이에요."

"설마 첫사랑?"

"얼굴에 드러나나요? 아, 이건 비밀로 해주세요."

유나는 웃음을 터뜨리며 살짝 윙크를 했다.

사랑에 빠진 젊은 여자의 표정은 저런 거구나. 주은은 내심 감탄했다. 어찌 보면 직재의 표정과도 비슷하다. 꿈을 꾸는 듯한 눈빛, 열에 달뜬 듯 붉은 뺨과 생기, 전신에서 뿜어져 나오는 농염한 여성성. 나이를 떠나 사랑을 하면 몸이 가장 여성적이고 매혹적으로 탈바꿈하는 모양이다.

"진짜 사랑이라 믿어요?"

주은은 자신이 질문해 놓고 아차 싶었다. 이런 식의 질문은 예의에 어긋난다. 정식 인터뷰는 내일이고 이런 질문은 인터뷰 내용 안에 없다. 하지만 사랑에 흠뻑 빠진 표정을 짓고 있는 그녀를 보니 자신도 모르게 흘러나온 질문이었다. 실례라며 정색을 할 법도 한데 유나는 즐거운 듯 눈을 반짝이며 말했다.

"그 사람은 제 자신에게서 사유로워지는 법을 가르쳐 줬어요. 꿈꾸는 법과 마음껏 소리치는 법을 가르쳐 줬죠. 그런 사람을 어떻게 사랑하지 않을 수 있겠어요."

"낭만적인데요."

주은은 진심으로 감탄하며 말했다.

"이제 제가 질문할 차례예요. 사랑을 왜 안 믿으세요?"

의외의 질문에 주은은 눈을 치떴다. 유나는 귀여운 표정으로 싱긋 웃었다.

"조금 전 질문이 상당히 시니컬하게 들렸거든요. 사랑 같은 건 절대로 안 믿는다는 투였어요."

"많이 드러났나요? 이건 비밀인데."

두 여자는 소리 내어 웃었다.

"사랑, 있겠죠. 그런데 제 건 아니라고 생각해요."

"왜요?"

유나의 집요한 질문에 주은은 당황스러웠다. 그때 구세주 현준이 나타났다.

"무슨 얘기를 그렇게 재미있게 해요?"

현준의 등장에 유나는 발딱 일어나 그의 팔에 매달렸다. 강아지처럼 귀여운 그녀를 보며 현준과 주은은 미소를 지었다.

"사랑에 대해서 얘기 중이었어."

"우와, 벌써 인터뷰 시작한 거야?"

현준은 유나의 머리를 쓰다듬으며 말했다. 유나는 고개를 저으며 종알거렸다.

"인터뷰는 아니고, 하주은 씨 사랑 이야기를 막 들으려던 참이었어요."

현준과 주은이 당황하는 사이 성큼성큼 걸어온 시오가 큰 소리로 물었다.

"하주은 씨 연애담이요? 재미있겠는데요?"

"그냥 유나 씨가 우스갯소리 한 거예요."

주은은 시오의 눈을 똑바로 보며 말했다. 그의 눈이 장난스럽게 반짝였다.

"지금은 듣는 귀가 많아서 안 되고 나중에 단둘이 있을 때 얘기해 주세요. 현준 씨, 우리는 어디에서 머물러요? 피곤해."

"그래, 빨리 가서 쉬자."

현준은 저녁 인사를 하는 유나의 허리에 팔을 두르고 로비를 나갔다. 멀어지는 연인을 바라보던 주은은 백을 들고 일어섰다. 그때 시오가 말했다.

"저녁 같이 할래?"

"나는 에디터들과 같이 할 거야."

"에디터들은 흔쾌히 승낙하던걸."

"그럼, 내가 굳이 허락하지 않아도 오겠네."

"긴장 좀 풀어. 그렇게 쌀쌀맞게 굴 필요 없잖아."

"그런 식으로 쳐다보지 않으면 쌀쌀맞게 굴지도 않을 거야."

시오는 휘파람을 길게 불며 청바지 주머니에 손을 집어넣었다.

"꼭 지한 취급한다. 내가 소심한 인간이었다면 분명 상처받았을 거야. 여기까지 와서 칼날 세울 필요 없잖아. 즐겁게 일하다 가자고."

그는 어깨를 으쓱하고는 같은 방을 쓰는 일행 쪽으로 걸어갔다. 주은은 그의 뒷모습을 보며 심중에 무엇이 들었을지 추측해 보았다. 그는 아마도 낯선 환경이 필요했던 것일지도 모르겠다. 종종 전혀 다른 환경이 상대방을 보는 시각을 바꿔주기도 하니까. 만약 그걸 원한 거라면 그는 영리하긴 하지만 잘못 생각한 것이다. 낯선 환경에 던져진 하주은은 그 어느 때보다도 단단해진다. 자신을 방어하기 위해 더욱 단단한 벽을 쌓고 차갑고 객관적으로 모든 것을 바라보게 된다. 그는 최상의 장소라 생각한 모양이지만 최악의 장소에 오게 된 셈이었다.

사람들로 북적이지 않은 한가로운 리조트. 고급 풀빌라에서 단둘만의 은밀하고 평화로운 시간을 보내는 스타 커플과 그들의 일거수일투족을 쫓는 카메라 렌즈. 화보 촬영은 현실과 픽션의 경계를 넘나들며 흥미진진하게 흘러갔다. 침대에서 장난을 치고, 오붓하게 아침을 먹고, 개인 풀에서 한가로운 수영을 즐기는 모습들이 카메라에 찍혔다. 연인들은 촬영이 아니라 실제로 여행을 온 것처럼 거리낌없이 편하게 카메라 앞에 섰다. 특히 유나는 시간이 지날수록 더욱 반짝반짝 빛이 나서 보는 사람들이 연방 감탄을 내뱉었다. 붉은 히비스커스를 귀에 꽂고 음악에 맞춰 춤을 추는 폼이 열대 무희처럼 아름답다. 어느 순간은 더없이 청순하고 귀엽고, 어느 순간에는 뜨겁고 고혹적이다.

수영복을 입고 선베드에 길게 누워 선탠을 하는 모습을 재차 찍고 난 후 휴식 시간이 되자 유나는 생과일 주스를 마시며 쾌활하게 말했다.

"어제 하던 얘기 마저 해주셔야죠."

주은은 웃으며 말했다.

"제 사랑 이야기보다는 유나 씨 이야기가 더 재미있을 텐데요. 알려지기는 지인 소개로 만났다고 하던데 처음 느낌이 어땠어요?"

"처음엔 선입견이 좀 있었어요. 거칠고, 제멋대로라는 얘기를 많이 들어서 무섭기까지 했는걸요. 그런데 막상 얼굴을 보니까 갑자기 가슴이 콱 막히는 거예요. 첫눈에 반한다는 게 이런 거구나 생각했죠. 첫눈에 반해본 적 있어요?"

소탈한 미소를 짓던 유나는 어젯밤처럼 눈을 반짝이며 물었다. 그녀는 참 난감하고 귀여운 인터뷰이다. 주은이 고개를 저으며 웃자 유나는 깔깔깔 웃음을 터뜨리며 말했다.

"정말 첫눈에 반하기도 해요. 그런 게 있더라구요. 그런데 이상한 건요, 너무너무 좋은데 다가갈 수가 없는 거예요. 그때 오빠가 먼저 손을 내밀었어요. 무뚝뚝하고 거친 줄만 알았는데 다정하고 사려 깊더라구요. 그래서 더 좋아졌어요."

사랑에 흠뻑 빠진 얼굴에서 빛이 난다. 주은은 덩달아 미소를 지으며 물었다.

"주변에서 반대가 심했다고 하던데 마음고생 많았겠어요."

"고생 많았죠. 우리가 연애하는 사실이 알려지면 서로에게 마이너스가 될 거라고 반대가 심했어요. 오빠는 밑바닥에서 시작한 배우고 전 아이돌 그룹 출신에 얼굴만 예쁜 여배우로 이미지가 굳어졌잖아요. 누군가는 우릴 두고 귀족 영애와 평민 남자의 신분 상승 러브스토리라고 하던데, 그런 얘기 들으면 너무 속상해요. 한동안 그런 편견 때문에 고통 많이 받았어요. 그래도 이겨내고 여기까지 올 수 있었던 건 오빠가 옆에서 꿋꿋하게 이끌어준 덕이죠."

다른 이가 했다면 진부하게 들렸을 얘기인데 유나는 진심으로 느껴졌다. 그 빛을 보고 있자니 주은의 가슴도 들뜨는 것만 같았다.

"삼 년이면 꽤 오랜 연애 기간인데 그동안 언론에 노출되기를 꺼렸던 것도 그런 이유 때문인가요?"

"네. 그리고 서로에게 좀 더 당당해질 때까지 기다리고 싶기도 했어요. 그사이 오빠는 배우로서 입지를 다졌고 저 또한 편견에서 벗어나서 제 자리를 잡아가기 시작했어요. 그게 가장 기쁘고 행복해요."

유나는 연예인 특유의 과장되거나 전형적인 느낌 없이 솔직하고 이야기를 풀어나갔다. 그녀의 이런 솔직하고 쾌활한 점에 현준이 반했을 것이다. 주은은 이 맑은 아가씨와 이야기하는 것이 즐거웠다.

휴식 시간도 잠깐, 곧 다시 촬영이 시작됐다. 기존 화보들과 달리 사십 페이지에 달하는 매머드급 분량이기 때문에 촬영분이 꽤 많았다. 시오는 새로운 컷마다 폴라로이드 필름을 찍어 연인과 콘셉트를 상의했는데 부드럽고 재치있는 진행에 눈살 찌푸리는 일 없이 척척 진행됐다.

해가 뉘엿뉘엿 기울 무렵, 일행은 마야 우붓을 떠나 블루 포인트 리조트로 향했다. 도중에 일이 생겨 지체가 되었는데 도착하자마자 PR매니저가 나와 반갑게 맞이했다. 블루 포인트는 발리의 남쪽 해안 절벽에 위치하고 있는데 객실과 수영장에서 보이는 탁 트인 바다가 일품인 리조트였다.

전날 피로와 촬영 준비 때문에 일찍 객실로 들어갔던 사람들이 블루 포인트에 와서는 활기가 돌아 수영을 하고 술을 마시는 등 여행 기분을 냈다. 마야 우붓과 달리 블루 포인트에는 한국 관광객들이 많아 현준과 유나는 풀빌라에서 단둘이 오붓한 시간을 보냈다.

두 사람의 인터뷰 외에 리조트에 관한 기사도 쓰는 주은은 노트북으로 기사를 쓰다가 진행 에디터가 조르는 바람에 술자리로 불려 나왔다. 모두들 기분 좋게 취해 있는 가운데 시오의 모습이 보이지 않았다. 주은은 이런 자리에 그가 없는 게 이상했지만 그다지 관심 두지 않으려 노력하며 맥주를 마셨다. 자정 무렵이 되도록 사람들은 자리를 뜰 생각을 하지 않고 술을 마셨다. 주은은 피곤하다며 먼저 일어나 숙소로 향했다.

유난히 파도 소리와 풀벌레 소리가 선명하게 들리는 밤이었다. 자기 전 짧은 산책이라도 해볼까 싶어서 주은은 리조트 안을 거닐었다. 걸음은 메인 풀 쪽으로 향했고 그러다 수영하고 있는 사람을 발견했다. 시오였다. 주은은 걸음을 멈추고 수영하는 그를 지켜보았다. 멀리서 들려오는 파도 소리, 바다 속처럼 푸른 조명, 물살을 가르고 시원스레 자맥질해 들어가는 날렵한 몸. 꼭 영화 그랑 블루의 한 장면 같았다.

'저 남자는 왜 저리 생명력이 넘쳐흐르는 걸까.'

가끔은 그런 모습이 부담스러울 때도 있었는데 지금은 꽤 근사해서 보기 좋았다. 힘차게 수영장을 왕복하던 시오는 깊이 잠수했다가 올라왔다. 의자에 앉아 있는 주은을 발견한 그는 손을 흔들며 소리쳤다.

"보고만 있지 말고 너도 수영하지 그래."

주은은 말없이 고개를 저었다. 시오는 가볍게 웃으며 물 밖으로 나왔다. 그의 머리칼과 몸을 타고 물이 뚝뚝 흘러내린다. 185cm의 큰 키에 근사한 골격과 단단하고 멋지게 자리 잡은 근육들. 골반에 살짝 걸친 섹시한 수영 팬티, 그 아래로 쭉 뻗은 다리. 본능적으로 그의 몸을 훑어 내리던 주은은 전신에 가벼운 전율이 흐르는 것을 느꼈다. 시오는 주은의 은근한 시선을 즐기며 수건으로 흘러내리는 물을 닦았다.

"이제 좀 살 것 같다. 하루 종일 피곤했거든."

그는 주은의 옆 자리에 앉아 어깨 근육을 풀었다. 주은의 시선이 본능적으로 그의 젖은 머리칼과 단단한 쇄골에 머물렀다가 황급히 먼 바다로 향했다.

"이봐, 하주은. 내숭 좀 그만 떨지 그래."

"무슨 내숭?"

그의 은근한 목소리에 주은은 아무렇지도 않은 표정으로 물었다.

"아까부터 욕망에 이글거리는 눈빛으로 날 봤잖아. 내가 아무리 섹시하다고 해도 일하러 와서까지 이러는 건 곤란해."

주은은 어이없는 웃음을 흘렸다. 시오는 상체를 내밀며 주은의 귓가에 속삭였다.

"솔직히 말해봐. 그만 만나자고 한 거 후회했지? 아까웠지?"

"풀에서 나올 때 몇 초간은 아까웠는데 달려들고 싶을 만큼 매력적이진 않았어."

주은의 대담한 대답에 시오는 웃음을 터뜨렸다.

"하하하. 겨우 몇 초야? 이거 자존심 상하는데."

"자신이 굉장한 섹스심벌인 줄 아나 보지?"

"뭐, 어느 정도는 매력있다고 생각하고 있지. 그러니까 콧대 높은 하주은이 만나준 거 아니겠어?"

주은은 얼굴에서 웃음기를 거두고 밤하늘을 올려다보았다.

아무렇지도 않은 표정이지만 다시금 시오가 말을 꺼낼까 봐 경계하는 것이 보여서 시오는 입 안이 씁쓸했다. 그는 같이 밤하늘을 올려다보며 중얼거렸다.

"아, 별이 많기도 하다. 낯선 여행지에 오면 익히 보아온 것도 특별해지나 봐. 별도, 햇빛도, 공기도, 모든 게 다 새롭고 특별해."

'나도 너에게 특별하게 보였으면 좋겠다. 그게 내가 여기에 있는 이유야.'

시오는 내뱉고 싶은 말을 속으로 중얼거려 보았다. 마음속 열정을 감추는 것이 이렇게 힘들게 느껴지긴 처음이다. 속마음은 그녀를 껴안고 키스라도 퍼붓고 싶지만 그랬다간 영영 돌이킬 수 없을 것 같아 그만두었다. 시오는 여전히 무표정한 주은의 얼굴을 보며 그녀가 아득히도 멀게만 느껴졌다.

'가까워지고 싶다. 그녀의 삶에 접근하고 싶다. 도대체 어떻게 해야 그녀와의 거리를 좁힐 수 있을까.'

시오는 자신을 내보이는 것이 최선의 방법이라고 판단했다. 그녀가 하나를 내줄 때까지 자신은 열을 내보일 생각이다.

"인간은 이 낯설음을 위해 여행을 하나 봐. 새로운 환경, 낯선 사람들 속에서 살아 있다는 걸 재확인하지. 그걸 느끼는 게 좋아서 혼자 여행을 많이 다녔어. 많은 사람들을 만나고 새로운 것들을 보고 카메라에 담고, 그러면서 인간은 생각보다 약하다는 걸 깨달았어. 머릿속에는 늘 내가 돌아가야 할 곳과 지긋지

굿한 인연들을 생각하지. 그러면서 위안을 받아. 결국 혼자이고 싶지만 혼자일 순 없다는 결론을 가지고 돌아오지. 여행에서 돌아와 보면 좀 더 여유로워진 날 발견해."

시오의 말이 끝나자 주은은 길게 숨을 들이마셨다가 내뱉었다. 그리고 천천히 입을 열었다.

"난 낯선 게 싫어. 새로운 무언가에 적응해야 한다는 게 싫어. 난 낯선 곳에서 나만의 공간을 더 공고히 해. 낯선 것들이 파고들지 못하도록 단단히."

그녀의 말속에 슬픔이 깃들어 있다. 시오는 그런 그녀를 볼수록 마음이 한쪽이 묵직해졌다.

"넌 늘 많은 곳에 가고 많은 사람을 만나잖아."

"그건 바람둥이가 많은 여자를 만나면서 마음을 주지 않는 것과 같아. 진심으로 마음을 준 적은 없어."

"어디서 많이 듣던 멘트인데."

시오는 애써 능청스럽게 웃었지만 마음 한쪽이 쓸쓸했다. 영원히 열리지 않을 문 앞에 선 것처럼 암담하기도 했다. 그래도 포기하지 않을 것이다. 이 특별함이 쉽게 찾아오는 것이 아님을 안다. 그녀가 특별한지, 그녀를 대하는 자신의 마음이 특별한지 구분이 가지 않지만 이대로 포기해 버리면 두고두고 후회할 거란 건 확신할 수 있었다. 나중에 좌절한다고 해도 지금은 그녀를 붙들고 싶다. 시오의 마음은 주은을 열망하며 뜨거워졌다.

"네 마음은 바람 같아, 어디에도 머물 수 없는. 난 그 마음을 붙잡고 싶어."

속마음이 입 밖으로 흘러나왔다. 그 말이 너무나도 쓸쓸하게 들려 시오는 마음이 가라앉았다. 마법처럼 그녀의 마음이 열린다면, 저 바람 같은 마음이 자신 안에 머문다면 절대로 상처 주지 않을 자신이 있는데 그런 일은 쉽게 일어나 주지 않았다. 그녀가 진심으로 옆을 허락한다면 저런 슬픈 눈으로 밤하늘을 보게 하지 않을 텐데.

바다 내음과 꽃향기를 머금은 선선한 바람이 불어왔다. 가까이 들리는 파도 소리, 그윽한 별빛. 사랑하는 이들에게는 더없이 낭만적인 밤이었다.

주은은 아름다운 이곳에서 지독하게 고립된 느낌을 받았다. 모두가 사랑을 말한다. 사랑만이 이 삶을 아름답게 해준다고 믿고 있다. 하지만 그들은 보지 못했을 것이다, 그들이 믿고 있는 것이 얼마나 무섭고 잔인한 것인지. 주은이 생각에 잠겨 있는 사이 그가 말했다.

"우리가 같이 보낸 시간 어땠니?"

주은은 그를 보며 한참을 생각했다. 아무리 얘기해도 늘 같은 패턴으로 흐를 뿐인데 그는 끊임없이 묻는다. 무슨 말을 듣고 싶은 걸까. 주은은 전처럼 흥분하지 않겠다고 다짐하며 말했다.

"너와의 섹스는 좋아. 하지만 상대방과의 섹스가 좋다고 해서 그 사람을 사랑하는 건 아니지. 송시오, 넌 지금 착각하고 있어. 난 사랑이 두려워서 피하는 게 아니야. 그저 네게 섹스 이상의 감정을 느낄 수 없을 뿐이야."

흥분하는 쪽보다 차분한 쪽이 훨씬 더 잔인하게 들린다고 주은은 생각했다. 늘 이렇게 일방적으로 공격하는 자신의 모습에 조금은 화가 나기도 했다. 그는 왜 자신을 이런 식으로 내모는 걸까. 주은은 그의 표정이 굳어가는 것을 보며 마음 한쪽이 찌르르 울리는 것을 느꼈다. 하지만 그는 그저 스치는 많은 사람들 중에 하나일 뿐이다. 그들보다 조금 더 오래 머물렀다는 것 외에는 별다른 것이 없는 남자다. 그는 그걸 인정해야 한다.

"난 믿지 않아. 넌 차츰 변해갔어."

"믿고 싶지 않아하는 건 너야."

두 사람의 눈빛이 차갑게 얽혔다. 주은의 눈빛에는 조금의 흔들림도 없었다. 시오는 그녀의 담담한 표정이 더 싫었다. 그래서 의도와는 달리 감정이 격해지기 시작했다.

"넌 늘 그렇게 자신만만해? 모든 것에 확신해?"

"난 내가 느끼는 감정대로 살아왔고 결과는 늘 옳았어."

"알아? 넌 비뚤어졌어. 그런 생각으로는 제대로 된 관계를 맺지 못할 거야. 왜냐하면 네 스스로가 그걸 용납하지 않으니까!"

"인정해. 하지만 내가 아무렇지 않게 느낀다면 상관없는 거잖아."

주은은 제자리에서 일어나 걸음을 옮겼다. 시오가 소리쳤다.

"언제까지 그렇게 도망칠래? 언제까지 자신을 괴롭힐래? 넌 상처에 얽매여서 현실을 망치고 있어."

순간 주은의 가슴에 극심한 통증이 스쳐 지나갔다.

'도망치는 게 아니야. 난 ㄱ서 현실을 똑바로 알고 있는 것뿐이야, 그걸 망치려고 하는 사람은 너라고.'

주은은 입을 꾹 다물고 성큼성큼 걸음을 옮겼다.

"어머니는 어머니의 삶을 택한 거야. 넌 너라고. 이제 좀 벗어나!"

주은은 귀라도 막고 닥치라고, 아무것도 모르면서 함부로 말하지 말라고 소리치고 싶었다. 하지만 그녀가 한 것이라고는 이를 악물고 한발한발 걸음을 옮기는 것뿐이었다.

'넌 내게 그런 말을 할 자격이 없어. 아무도 그런 말 할 자격 없어. 이대로 내버려 둬. 혼자 있게 내버려 두라고.'

숙소로 가는 동안 그의 외침이 귓가를 떠나지 않고 머릿속을 울리고 속을 메스껍게 했다. 주은은 견딜 수 없을 정도로 분노가 치밀었다. 그는 너무 깊이 들어와 버렸다. 그리고 건드리지 말아야 할 것들을 건드렸다. 그런 그를 죽이고 싶다. 갈기갈기 찢어버리고 싶다. 그는 자신을 흔들고, 나약하게 만들고, 화나게 한다. 그동안 애써 쌓아놓은 얼음 담장을 무너뜨리고 그 안에 진짜 자신을 대면하게 만든다. 그리고 그 속에 도사리고 있는 아픔을 끄집어내 괴롭힌다.

'넌 날 흔들지 못해. 조금도 변화시키지 못해!'

순간 주은은 자신에게 속고 있었다는 걸 깨달았다. 그의 존재를 격렬하게 부정한다는 것은 그가 이미 자신의 삶 속에 많은 부분을 차지하고 있다는 뜻이다. 그걸 알기에 이토록 치열하게 그를 부정하는 것이다. 주은은 허탈함과 동시에 극심한 거부감을 느꼈다. 그는 인지하지 못하는 사이 조금씩 자신 안으로 파고들어 왔고 이제는 뿌리째 흔들려고 하고 있다. 그가 모든 걸 망칠 때까지 손을 놓고 있을 순 없다.

주은은 이를 악물고 주먹을 움켜쥐었다. 그동안 너무 안이하게 생각해 온 것이 이런 결과를 낳았다. 다신 휘둘리지 않는다. 그가 함부로 나선 대가를 톡톡히 치르게 해줄 것이다. 주은은 흔들리는 자신을 추스르며 굳게 다짐했다.

멀어지는 주은을 보며 시오는 몇 번이고 욕설을 내뱉었다. 화가 나 견딜 수가 없어서 공연히 의자를 내던지며 미친 사람처럼 서성였다. 그때 등 뒤로 한 사내의 목소리가 들렸다.

"주은 씨 많이 좋아해요?"

돌아보니 현준이 서 있었다. 시오는 얼굴을 일그러뜨리며 다시 한 번 욕설을 중얼거렸다.

"창피할 거 같아서 아는 척하고 싶지 않았는데 유나 말이 생각이 나서 도로 왔어요."

현준은 침착한 얼굴로 옆 테이블에 앉았다. 시오는 허공을 노려본 채로 가쁜 숨만 몰아쉬었다.

"오늘 유나가 그러더군요. 주은 씨는 사랑하고 있는 사람 같대요. 본인은 아니라고 하는데 혼란스러워 보이는 표정이 꼭 사랑하고 있는 사람 같다더군요."

시오는 현준을 응시하다 의자에 앉았다. 현준은 부드러운 미소를 지으며 말했다.

"누구나 사랑을 받아들일 수 있는 건 아닙니다. 특히나 주은 씨는 시간이 많이 필요해 보여요. 강요하지 말아요. 그러면 더 튕겨져 나가고 말 테니. 시간을 주되 믿음도 함께 보여줘야 해요. 그러면 곧 상대방이 마음을 열 겁니다."

시오는 복잡한 표정으로 머리를 쓸어 넘기다 물었다.

"현준 씨는 어떻게 그렇게 잘 압니까?"

"다 거쳐 온 과정입니다. 경험에서 나온 충고예요."

현준은 특유의 미소를 지으며 자리에서 일어났다. 시오는 그가 유유히 떠나는 것을 보며 남들도 이런 과정을 거친다는 말이 믿겨지지 않았다.

'사랑 한 번 하는데 뭐가 이리 복잡하고 피곤해. 젠장.'

시오는 제자리를 서성이다 주은이 머물고 있는 숙소 쪽을 바라보았다. 그녀가 내뱉은 말이 진실이 아니었으면 좋겠다. 자신을 방어하기 위해서 한 거짓말이라면 좋겠다. 시오는 주은의 차가운 눈빛을 곱씹어보며 자신이 어디까지 버틸 수 있을지 생각했다. 이대로 그녀가 변하지 않는다면 이 마음은 허공만 헤매다가 소멸해 버릴 것만 같다. 남녀가 사랑한다는 것이 얼마나 괴롭고 어려운 건지 시오는 뼛속 깊이 배우고 있는 중이었다.

시작과 끝이 너무나도 다르다. 이런 걸 원한 게 아니었는데. 이렇게 서로를 망가뜨리려고 만난 게 아니었는데
송시오, 날 왜 이렇게 괴롭히는 거야

7. 파괴하고 싶은 남자

하루 종일 찌는 듯 더운 날씨가 이어졌다. 피부에 닿는 햇살은 따갑고 습도가 높아 땀이 연방 흘러내렸다. 파란 바다, 하얀 모래사장을 배경으로 연인이 한가로운 한때를 보내는 장면을 찍는 동안 스태프들은 부채로 그늘을 만들어 얼굴을 식히느라 여념이 없었다. 이번 화보의 두 주인공과 포토그래퍼는 강한 햇살에 아랑곳 않고 촬영에 몰입했다. 현준과 유나의 몸짓은 지극히 다정하고 자연스러웠고 시오는 신들린 듯 셔터를 누르며 그들을 따랐다. 덕분에 괴로운 건 역시 스태프들이다. 시오는 다른 때보다 신경이 곤두서 있었고 스태프들은 땀을 뻘뻘 흘려가며 그가 요구하는 대로 메이크업과 헤어를 매만졌다. 유나는

예민한 그를 보며 못마땅한 듯 입을 내밀었지만 현준이 머리를 쓰다듬자 싱긋 미소를 지으며 그의 손을 잡았다.

촬영팀은 블루 포인트에서 늦은 점심식사를 하고 더 발레(The Bale) 리조트로 향했다. 누사두아에 위치한 더 발레는 건축가 안토니 리낙이 설계한 젠 스타일의 건축물로 세련된 건축미로 각광을 받는 곳이다. 고급스러운 대리석 질감과 세련된 디자인, 그리고 지극히 사적인 시간들을 보낼 수 있도록 완벽하게 꾸며진 풀빌라. 미니멀한 분위기 탓에 조금 단조롭게 느껴지지만 객실 수가 많지 않고 개인적인 공간 구성이 돋보여서 촬영팀은 썩 마음에 들었다.

더운 날씨와 빠듯한 진행으로 유나가 몹시 힘들어했기 때문에 시오는 날이 저물기 전에 촬영을 끝냈다. 그제야 들은 숨을 돌리고 유나는 객실로 뛰어들어 가 긴 목욕을 하고 일찍 잠들었다. 그사이 현준과 주은은 못다 한 인터뷰를 마무리 지었다. 주은은 그가 첫 주연을 한 영화에서 대단한 성공을 거두었을 무렵 인터뷰한 적이 있었다. 그때의 현준은 날카롭고 거칠었으며 건방져 보일 정도로 직선적이었다. 그런데 지금의 현준은 부드러운 눈매와 말투를 가진 사내로 변해 있었다.

"자신의 매력이 많이 깎였다는 생각 해본 적 없어요? 현준 씨는 날카롭고 오만해 보이는 눈빛이 매력이었잖아요."

현준은 흥미롭다는 눈빛으로 웃었다.

"질문이 상당히 날카롭네요. 생각하기 나름인 거죠. 매력이 깎였다고 생각할 수도 있고 많이 순화됐다고 생각할 수도 있지요. 사람은 누구나 변하고 또 변해야 한다고 생각하거든요."

"일각에선 과거에 비해서 요즘은 좀 주춤하다는 의견이 나오고 있어요. 그래서 유나 씨와의 열애와 이번 촬영을 이용해 그런 여론을 바꾸려고 한다는 말도 있고요. 어떻게 생각해요?"

주은은 날이 서 있었다. 원래 날카롭고 직선적인 인터뷰로 이름난 그녀였지만 지금은 상당히 공격적으로 변해 있었다. 현준은 주은의 질문에 잠시 생각하는 듯 입을 다물고 있다가 천천히 말문을 열었다.

"이번 촬영이 전략적이라는 건 인정합니다. 우리 두 사람이 몸담고 있는 곳은 쇼비지니스 세계고 그곳에서 살아남으려면 위기 상황에서 승부수를 던지는 법도 알아야 하죠. 이번엔 제 사생활을 걸었어요. 유나도 알면서 따라준 거고 거기에 대해 고맙게 생각하고 있어요. 그런데 말이죠, 사랑마저 전략이라고 생각하시면 곤란해요. 영혼까지 거래되는 곳이 이곳이지만 전 인기를 위해 사랑까지 파는 파렴치한은 아닙니다."

"나쁜 의도는 없었습니다. 무례했다면 사과할게요. 그리고 지금 한 말은 기사에 싣지 않겠습니다."

주은은 정중히 사과했다. 그녀는 유나에게 다정한 현준을 보고 가식일지도 모른다고 생각했다. 그는 훌륭한 배우니까 그럴듯한 연기를 하고 있을지도 모른다. 그 위선을 찾아내고 싶었다. 그것은 기사와는 상관이 없는 주은의 개인적인 생각이었다.

완벽한 사랑은 없다. 그래서 이 완벽해 보이는 커플에게 치명적인 결섬이 있을 거리는 생각을 내내 하고 있었다. 꾸밈없는 유니에게서는 찾을 수 없으니 현준에게 있다고 생각했다. 그러나 그의 눈빛에는 조금의 거짓도 보이지 않았다. 그는 뛰어난 배우이거나 진짜 사랑에 빠진 사내다.

주은 자신도 이 커플에게 왜 이리 집착하는지 알 수 없었다. 개인 감정을 이입했으니 자신은 지금 실패한 인터뷰어다. 점점 자제력을 잃고 흐트러지는 자신을 보며 주은은 빨리 시오와 끝내야겠다고 생각했다. 다시 예전으로 돌아가고 싶다. 안전하고 두려움없던 자신으로.

밤이 되자 스태프들 대부분이 중심가로 쇼핑을 가거나 클럽으로 놀러나갔다. 시오는 피곤하다는 핑계로 숙소에 머물면서 조용히 술을 마셨다. 일에 몰두해 있을 때는 몰랐는데 혼자 있으려니 머릿속이 더욱 복잡했다. 그때 현관 벨이 울렸다.

'찾아올 사람이 없을 텐데 누구지?'

시오는 자리에서 일어나 현관으로 갔다. 문을 여니 주은이 서 있었다. 내내 어두웠던 그의 얼굴이 돌연 밝아졌다.

"놀란 얼굴이네."

주은의 목소리는 부드럽고 밝았다. 독설들을 서슴없이 내뱉었던 그녀의 모습은 전혀 찾아볼 수 없었다. 시오는 조금 얼떨떨한 표정으로 고개를 끄덕였다.

"조금."

"같이 와인 마시고 싶어서."

주은은 가지고 온 와인을 들어 보였다. 그는 멍한 얼굴로 들어오도록 비켜주었다. 시오는 와인을 잔에 따르면서 주은의 표정을 면밀히 살폈다. 갑자기 변한 그녀의 태도를 어떻게 받아들여야 할지 종잡을 수가 없다. 이런 식으로 쉽게 마음의 문을 열여자가 아니란 걸 알기에 기쁘면서도 마음 한자락에는 의문을 떨칠 수가 없었다.

"사람들과 나가지 왜 남아 있었어?"

그녀가 물었다.

"내키지 않아서."

"혼자 술 마시면 심심하잖아."

"머릿속이 복잡해."

"나 때문에?"

"그럼 누구 때문이겠어."

시오는 쓸쓸하게 웃었다. 그런 그를 말없이 바라보던 주은이 일어나 창가를 서성였다.

"여기 참 좋다. 딸린 개인 풀도 멋지고. 나 수영하고 싶은데 같이 할래?"

그녀는 시오가 대답을 하기도 전에 테라스 문을 열고 나가 풀 앞에 섰다. 주은은 시오에게 등을 보인 채 입고 있던 옷을 벗었다. 하늘빛 원피스를 벗자 브래지어와 팬티가 드러났다. 그녀는 조금의 망설임도 없이 브래지어와 팬티를 벗고 알몸으로 풀에 들어갔다. 느리게 물속을 헤엄치는 주은을 보며 시오는 천천히 와인을 마셨다. 지금 그의 머릿속은 온갖 의문들로 가득했다.

그는 한참 만에야 와인을 다 마시고 테라스 밖으로 나갔다. 그녀는 물고기처럼 매끈하고 예쁜 알몸으로 날렵하게 유영을 했다. 몸짓, 표정 하나하나가 유혹을 하는 것처럼 보일 지경이다. 입고 있던 옷을 천천히 벗은 시오는 세이렌에 홀린 뱃사공처럼 물속으로 뛰어들었다.

그의 뜨거운 몸이 알맞게 식었을 때 그녀가 다가왔다. 목에 팔을 두르고 부드럽게 감겨오는 몸. 몸에 닿는 그녀의 차가운 피부 감촉에 시오의 중심이 금세 단단해졌다. 그가 주은의 행동을 분석하려고 애쓰는 사이 몸이 먼저 움직였다. 시오는 주은의 뺨을 감싸고 키스를 했다. 촉촉한 입술이 벌어지고 따뜻한 혀가 감겨온다. 오랫동안 서로를 기다려 온 연인처럼 격정적인 키스에 온몸의 피가 뜨거워진다. 갑자기 달라진 주은을 보며 시오는 그녀가 드디어 문을 열었다고 생각했다. 그러자 견딜 수 없이 뜨거운 기쁨이 온몸을 타고 흘러 주체할 수가 없었다.

키스는 점점 깊어지고 서로를 더듬는 손길도, 숨결도 거칠어졌다. 그는 주은의 엉덩이를 움켜쥐고 자신 쪽으로 끌어당겼다. 견딜 수가 없다. 당장이라도 그녀를 침대로 데려가고 싶다. 하지만 그전에 확인할 게 있다. 시오는 간신히 입술을 떼고 잠긴 목소리로 중얼거렸다.

"내 옆에 있을 거니? 이제 마음을 연 거야?"

주은은 대답이 없었다. 대신 시오의 목과 쇄골에 입을 맞추다 그의 단단한 정점을 입에 머금고 부드럽게 빨았다. 시오는 낮은 신음을 흘리며 그녀의 머리칼을 움켜쥐었다. 욕망이 빨리 그녀를 안으라고 소리친다. 시오는 자신의 남은 인내심을 끌어 모아 말했다.

"주은아, 대답해."

주은은 단단해진 시오의 중심을 부드럽게 움켜쥐었다. 그의 뜨거움에 닿는 그녀의 차가움에 시오는 자신도 모르게 몸을 떨었다. 그때 주은이 물속으로 들어가 시오의 중심을 입에 머금고 부드럽게 움직였다. 순간 숨 끝이 조여오고 머리부터 발끝까지 전율이 흐른다. 주은이 물 위로 올라와 숨을 터뜨리자 시오는 그녀를 풀 밖으로 이끌었다. 대리석 바닥에 그녀를 눕히고 다시금 긴 키스를 했다. 이런 뜨거운 격정이 그녀의 어디에 숨어 있었던 걸까. 시오는 그녀가 새삼 경이로웠다. 시오는 주은의 젖은 머리칼을 쓸어 넘기며 말했다.

"주은아, 대답해."

주은은 감았던 눈을 떴다. 열정에 달뜬 표정과 반대로 차가워 보이는 눈동자가 시오를 응시했다. 순간 시오는 뭔가 잘못됐다는 예감을 받았다.

"아직도 그 소리야? 난 지금 네 몸이 필요해. 서둘러."

그녀의 말에 뜨겁던 피가 일순간 차갑게 식었다. 시오는 믿을 수 없다는 표정으로 주은을 내려다보았다.

"뭐라고?"

"난 지금 섹스가 필요해."

그녀는 질릴 정도로 떳떳하게 말했다. 일말의 미안함도, 죄책감도 없었다. 너무나도 잔인하고 냉정한 그녀의 표정에 시오의 감정은 갈기갈기 찢겼다. 시오는 굳은 표정으로 천천히 일어섰다. 주은은 그런 그의 손을 잡아당기며 말했다.

"왜 그래? 사람 잔뜩 흥분하게 해놓고."

시오는 자신의 몸에 더러운 것이라도 닿은 것처럼 진저리를 치며 뿌리쳤다. 그가 질린 표정으로 침실로 향하자 주은도 일어서서 그를 따라갔다.

"너도 섹스 하고 싶었던 거 아니었어? 갑자기 왜 그래?"

시오가 걸음을 멈추고 차갑게 돌아섰다. 그의 표정은 무서울 만큼 싸늘했다.

"지금 내 마음이 어떤지 알아? 따귀라도 한 대 올려붙이고 싶어."

"왜? 자존심이라도 상했어?"

주은의 입가에 옅은 냉소가 흘렀다.

"넌 내 감정을 짓밟았어."

"난 내 감정에 충실했을 뿐이야. 너 나랑 섹스 하는 거 좋아하잖아."

"……."

"감정? 도대체 네가 말하는 감정이 뭔데? 나한테 뭘 원해? 다른 얼빠진 기집애들처럼 따라다니며 실없이 웃을까? 행복해 죽겠다는 표정으로 사랑한다 조잘거려 주길 바라? 너 없으면 못살겠다 펑펑 울어줘? 그런 게 뭐가 그리 중요해? 시간이 흐르면 그런 건 아무것도 아니야. 그런 질척한 것보다는 섹스가 나아. 적어도 섹스는 솔직하잖아."

"……."

"너 복잡한 거 싫어한다며? 질척하게 구는 거 싫어한다며? 안 어울리게 왜 이래. 이제 와서 사랑이 왜 하고 싶은데? 네 많은 여성 편력 중에 특이한 케이스라도 만들어보고 싶은 거야? 너랑 안 어울려. 입 닥치고 섹스나 해."

그녀의 말이 끝남과 동시에 엄청난 굉음이 고막을 찢었다. 시오가 던진 와인 병에 유리창이 박살이 난 것이다. 깨진 유리 조각들이 온 방 안으로 쏟아져 들어왔다. 주은이 멍해 있는 사이 시오는 문 쪽으로 걸음을 옮겼다. 유리 파편을 밟아 발이 찢어져 피가 흘렀지만 그는 아무것도 느낄 수 없는 것처럼 무표정했다.

"조심해! 피가 흐르잖아."

주은의 외침에 시오가 멈춰 섰다. 그는 돌아서서 주은의 얼굴을 차갑게 노려보며 말했다.

"넌 비웃겠지만 난 진심이었어. 네가 내게 아무런 감정이 없었다고 해도 그 마음은 존중해 줬어야 했어. 원하는 대로 무참히 부숴놓았으니 좋겠구나?"

주은은 낯설게 변해 버린 그의 표정을 보며 나직이 말했다.

"넌 너무 감정적이야. 감정적인 건 악한 거야. 약한 게 내 탓은 아니지."

"잔인하구나."

"난 분명 네게 섹스 이상의 감정은 없다고 했어. 네 멋대로 기대하고 실망한 걸 내 탓으로 돌리지 마."

"널 죽이고 싶다."

시오는 이를 갈았다. 그의 얼굴에 보이는 분노가 너무나도 확고해 보여서 주은은 마음이 놓였다. 이제 정말 끝이다. 그는 더 이상 괴롭히지 않을 테고 자신도 흔들리지 않을 것이다.

"그거 알아? 넌 지금 모습이 훨씬 어울려. 지금까지 네 모습은 네가 아닌 것 같았어."

주은은 희미한 웃음을 머금고 말했다. 시오는 필사적으로 분노를 참느라 얼굴이 경직되어 있었다.

"꺼져."

무서운 표정과 어조. 더 이상 주은이 보아온 송시오가 아니었다. 주은은 마음이라는 건 쉽게 변할 수 있는 거라고, 함부로 자신의 감정을 확신해선 안 된다고 속으로 되뇌었다. 주은은 쓸쓸한 미소를 지었다.

"믿지 않겠지만 이런 식으로 끝나 유감이야."

주은은 테라스로 나가 옷을 갈아입었다. 그리고 여전히 제자리에 서서 자신을 노려보는 시오를 지나쳐 문 밖으로 걸어갔다. 주은이 나오자마자 문은 쾅 소리를 내며 닫혔다. 주은은 그 소리를 들으며 그와의 관계가 끝났음을 다시금 실감했다.

유리창이 깨지는 엄청난 꿍음에 리조트 관계자가 뛰어왔을 때 시오는 문 앞에 서서 허공을 응시하고 서 있었다. 바닥에 핏자국을 보고 까무러칠 듯이 놀란 직원은 그를 병원으로 데려가려고 했지만 시오는 거부했다. 직원은 화보 촬영 책임자에게 알렸고 책임 에디터는 시오를 강제로 가까운 병원으로 데려갔다.

"별로 취해 보이지도 않는데 왜 이랬어요?"

에디터의 말에 시오는 묵묵부답이었다. 그는 상처를 소독하고 꿰매는 동안 입을 닫고 있다가 병원을 나올 즈음에야 말을 꺼냈다.

"내일 오후 비행기라고 했나요?"

"네."

"저 먼저 서울에 가봐야겠습니다."

"갑자기 왜요? 티켓도 없을 텐데."

"제가 알아서 하겠습니다. 다른 분들께는 대신 말해줘요."

시오는 리조트에 돌아오자마자 짐을 챙겨 가지고 떠났다. 에디터들은 말려보고 싶었지만 그의 얼굴이 워낙 차갑게 돌변해 선뜻 말을 꺼낼 수가 없었다. 예전에 서글서글하게 웃던 송시오가 아니었다. 말조차 붙이기 힘들 만큼 그의 얼굴은 차갑게 경직되어 있었고 눈빛은 날카롭게 변해 있었다.

서울에 돌아온 시오는 집에 가지 않고 바로 스튜디오로 향했다. 그는 며칠을 밤새워 밀린 일을 끝내놓고 기준에게 전화해 동물병원에 맡겨둔 지나를 부탁했다. 그리고 그날로 시오는 말 한마디 없이 잠적해 버렸다. 발리에 갔다 온 지 닷새 만에 벌어진 일이었다.

*

누군가를 상처 입힌 게 이번뿐만은 아니었다. 감정적으로 얽혀서 안 좋게 끝내지 않으려고 노력해 왔지만 몇 번의 쓰라린 경험이 있었다. 그때마다 주은은 더 냉정하고 잔인하게 몰아쳤다. 상대방이 일말의 기대와 미련을 갖지 못하도록 차갑게 선을 그었다. 그 편이 상대방을 위해서도 좋은 거라고 생각했다. 상대에게 미련이 남아 질질 끄는 것만큼 추한 것이 없다. 단번에 끊지 못하고 끌었다간 관계만 더 악화될 뿐이다. 그녀는 자신의 결정에 한 번도 후회한 적 없었다. 죄책감을 갖는다고 변하는 건 없기에 미안한 마음조차 품지 않았다. 그저 서로가 원하는 게 다를 뿐이라고 생각했다. 그녀에게 이별은 늘 쉬웠다.

하지만…….

이번은 다른 때와 달랐다. 마음이 아프다. 명치끝부터 아프기 시작해 심장 언저리가 뻐근하도록 아팠다. 처음엔 이 아픔이 피로 때문이라고 생각했다. 발리에서 돌아와 쉴 겨를도 없이 바쁜 일상에 휘말려 정신없이 일했다. 일에 파묻혀 살다 보니 눈 깜짝할 사이에 일주일이 가고 한 달이 갔다. 전과 달리 하루 종일 몸이 무겁고 밤에는 불면에 시달렸다. 모든 것이 일 때문이라고, 휴가를 내어 푹 쉬면 괜찮을 거라고 주은은 자신을 위로했다

"갑자기 사라져? 왜?"

"모르죠. 그 때문에 모비에서 난리가 났다잖아요. 때문에 다음 달 촬영 포토그래퍼 교체됐어요. 송시오랑 일한다고 좋아했는데 이게 뭔 일이람."

"최 선배 말로는 발리에서 한바탕 소동이 났다더라. 술 먹고 유리창 깨부수고 난리도 아니었대. 무슨 일 있나?"

휴게실을 지나다 에디터들이 하는 얘기를 들은 주은은 심장이 묵직하게 내려앉는 기분이었다. 애써 잊으려고 했는데 생각나는 그의 얼굴. 주은은 그제야 자신을 괴롭히던 고통의 대부분이 송시오 때문임을 깨달았다. 끝난 줄만 알았던 송시오와의 관계가 아직도 자신을 괴롭히고 있음을 그녀는 씁쓸하게 인정해야만 했다. 경멸하는 눈빛으로 자신을 노려보던 그의 눈동자. 그 눈빛에 왜 마음이 움츠러들었던 것일까. 관계가 끝나고 보니 몰랐던 것들이 많이 보였다. 의외로 죄책감에 시달리는 자신과 강한 줄만 알았던 그의 생각지 못한 행동. 그는 늘 주은을 혼란스럽게 하고 당황하게 만들었다.

시오의 잠적 소식을 들은 날부터 주은의 마음속에는 늘 그가 따라다녔다. 처음 만나던 날, 농담을 하며 웃는 모습, 뜨거웠던 첫키스와 손길이 떠올라 머릿속을 헤집었다.

"난 연애 같은 거 재미없어."

"연애가 싫다. 그럼 너 같은 여자와 만나려면 어떻게 해야 하는 거야?"

"연애 말고 섹스."

"쿨하다고 해야 하는 거야, 아니면 대담하다고 해야 하는 거야. 솔직해서 좋다. 우리 섹스 하자. 연애 말고 섹스."

주은은 그와 처음 잔 날 침대에서 나누었던 대화를 생각했다. 시작과 끝이 너무나도 다르다. 이런 걸 원한 게 아니었는데. 이렇게 서로를 망가뜨리려고 만난 게 아니었는데. 주은은 머리가 깨질 듯이 아파서 두통약을 찾기 위해 책상 서랍을 뒤졌다. 약이 없자 주은은 관자놀이를 지그시 누르며 낮은 신음을 흘렸다. 뭔가 단단히 잘못됐다. 그와 끝내면 다시 예전으로 되돌아갈 수 있을 거라고 생각했는데, 전처럼 명료하고 확신에 찰 거라고 생각했는데 상황은 전보다 더 악화됐다.

'송시오, 왜 이렇게 날 괴롭히는 거야.'

극심한 두통과 함께 찾아온 구토감. 동시에 밀려오는 후회. 주은은 잔인했던 자신의 행동을 떠올리며 그렇게까지 했어야 했나 회의했다. 두려움에 급급해 결과를 생각하지 않고 행동한 자신에게 처음으로 화가 났다.

"널 죽이고 싶다."

주은은 눈을 질끈 감고 거듭 재생되는 그의 목소리를 되새겼다.

밝고 보드라운 햇살이 마당의 수돗가 타일 위로 하얗게 쏟아졌다. 수도꼭지에선 물이 콸콸 쏟아져 빨간 고무 대야를 가득 채우고도 모자라 넘쳐흘렀고 배처럼 그 위를 떠다니던 바가지는 사내의 손에 붙들려 허공 위로 들렸다. 바가지를 반쯤 채웠던 물은 고개를 최대한 숙이고 사내의 손에 머리를 맡기도 있던 여인의 뒤통수 위로 시원스레 쏟아졌다.

"앗, 차가워!"

여인은 외마디 비명을 질렀다. 고통에 내지른 비명이라기엔 너무나도 즐거운 어조다.

"차갑긴, 시원하지."

"차갑다니까요."

"뜨거운 물이라도 섞어줘?"

"아니요, 그건 아니구요."

여인은 여전히 고개를 숙인 채로 소리 내어 웃었다. 사내는 기분 좋은 표정으로 여인의 머리에 있는 흰 거품을 헹구어냈다.

"이제 얼굴 씻어."

여인은 말 잘 듣는 아이처럼 세숫대야에 있는 물을 두 손 가득 떠서 얼굴에 끼얹었다. 몇 번이고 얼굴을 씻은 그녀가 대야에 담긴 물을 버리자 사내는 빨랫줄에 걸쳐 놓은 수건으로 젖은 얼굴을 닦은 다음 머리칼을 감싸 마사지하듯 꾹꾹 눌렀다. 그리곤 수건으로 여인의 머리칼을 감아 뒤로 넘겼다. 하얀 수건을 머리에 감싼 채로 햇살 아래서 투명하게 웃고 있는 여인은 세상 누구보다도 아름다웠다. 시오는 그런 어머니를 보고 있는 것만으로도 가슴 한쪽이 뿌듯하게 아렸다.

영화 '티파니에서 아침을'에서 기타를 치며 문 리버를 부르던 오드리 헵번처럼 어머니는 머리를 감고 나면 젖은 머리칼을 수건으로 멋스럽게 감아 뒤로 넘기고 화장대 위에서 오랜 시간을 보냈다. 그녀는 늘 말하곤 했다. 씻고 난 후 아름다운 여자가 진짜 아름다운 거라고. 세월이 흘러도 여전히 아름다운 어머니. 시오는 어머니의 손을 이끌어 대청마루에 앉히고 이모가 내다놓은 화장품들 중에서 스킨 병을 들었다. 그는 화장수를 덜어 어머니의 얼굴에 발라주면서 다정하게 물었다.

"어때, 기분 좋지?"

"네. 당신이 발라주니까 더 좋아요."

어머니의 뺨을 톡톡 어루만지던 시오의 손이 잠깐 멈췄다가 다시 움직였다. 그는 아무렇지도 않은 표정으로 로션을 발라주었다.

"그 나이에 이렇게 피부가 고와도 되는 거야? 시집 안 간 처녀라고 해도 믿겠네."

"설마요."

아들의 넉살에 진희는 얼굴을 붉히며 수줍게 웃었다. 그럴수록 시오의 마음은 더욱 무거워졌다. 그 속을 모르고 어머니는 명랑하게 말했다.

"시오는 오늘 축구 연습 있어서 늦어요. 우리끼리 점심 먹어야 되는데 뭐 해먹을까요? 시원하게 콩국수 해먹을까? 아님 비빔국수?"

"콩국수는 손이 많이 가니까 비빔국수 먹어."

"그래요. 그럼 비빔국수."

진희는 햇살이 무색할 만큼 방긋 웃으며 부엌으로 들어갔다. 부엌에선 이미 그녀의 동생이자 시오의 이모가 국수를 삶아내 찬물에 헹구고 있었다. 진희는 부엌 한쪽에 앉아서 자신의 동생에게 남편이 여행지에서 사 온 원피스를 자랑했다. 세월이 흘러도 여전히 아름다운 여자. 늘 행복한 여자. 그 행복 때문에 가슴 아픈 주변 사람들.

시오는 점심을 먹고 나서 어머니와 건넛방 TV 앞에 앉아서 드라마 재방송을 보았다. 무슨 내용인지도 모르는 드라마를 진희는 무척이나 재미있다는 표정으로 열심히 들여다보았다. 그러다 까무룩 잠이 든 어머니를 이불 위에 눕히고 햇살이 눈부시지 않도록 발을 내려놓은 후 시오는 조심스런 걸음으로 방을 나왔다. 마루에는 이모인 수희가 노란 참외를 깎고 있었다.

"네 엄마는?"

"자요."

"참외 먹을래?"

시오는 고개를 저으며 마루 끄트머리에 걸터앉았다. 그는 마당에 붓꽃과 해바라기를 응시하다가 물었다.

"어머니 돌보는 거 지치지 않아요?"

"지치긴, 네 엄마가 나한테 어떻게 했는데. 다만 안쓰럽지."

"그래도 많이 힘들 거예요. 제가 저번에 말한 거 생각해 보셨어요?"

순간 수희의 낯빛이 어두워졌다.

"요양원 얘기라면 꺼내지도 마. 절대로 그런 곳엔 안 보낼 거야."

"이모는 그렇다 치고 다른 가족들은요."

"네 이모부 품성 하나는 착하잖아. 상현이는 참견 안 해도 제 공부 잘하고. 그러니까 걱정하지 말고 네 일 잘해. 이번엔 꽤 오래 있는 거 같은데 무슨 걱정거리 있어서 내려온 건 아니니?"

"아니에요. 그냥 어머니가 보고 싶어서."

시오의 눈동자는 햇살 아래서도 어둡게 그늘져 보였다.

"아버지는 종종 찾아뵙니?"

시오는 고개를 저었다.

"그래도 가끔 찾아가 뵈어라. 아버지지 않니. 그 양반도 이젠 많이 늙었을 테지."

수희는 긴 한숨을 쉬며 말끝을 흐렸다. 시오가 아버지를 만난 건 삼 년 전 어느 호텔 레스토랑 입구에서였다. 우연히 마주친 아버지와 그의 가족들. 그들은 연속극에 등장하는 단란한 가족처럼 지극히 행복해 보였다. 한 여인의 삶을 무참히 내버리고 얻은 행복이라는 생각에 시오는 욕지기가 치밀어서 자신의 이름을 부르는 아버지를 무시한 채 뒤돌아섰다. 시오는 아버지의 얼굴에 스쳐 간 비통함이 가증스러웠다. 그렇게 안타깝고 죄스럽다면 어머니를 버리지 말았어야 했다. 오직 자신만을 바라보는 여인을, 그런 어머니를 버리지 말아달라고 울며 매달리는 아들을 외면하지 말았어야 했다.

"이모."

"응."

"어머니는 지금 행복하겠죠? 자신이 배신당한 걸 모르니까."

"……."

"영영 몰랐으면 좋겠어요. 죽을 때까지. 내가 생각해도 난 나쁜 놈이야."

수희는 시오 옆에 다가앉아 머리를 쓰다듬었다. 시오는 씁쓸하게 웃으며 마당 화단 쪽을 응시했다.

며칠 후, 시오는 왔을 때처럼 배낭 하나만 짊어지고 집을 나섰다. 대문을 나서는 그를 진희는 잔뜩 풀이 죽은 얼굴로 따라

왔다.

"여보, 이번 출장은 길어요?"

"아니, 길지 않을 거야. 곧 돌아와."

곧 돌아온다는 말에 그녀의 표정은 조금 밝아졌다.

"시오 생일 전까진 올 거죠? 당신이 축구장에 데려간다고 약
속해 놓는 바람에 잔뜩 들떠 버렸어요."

"그때까지 돌아올게. 아프지 말고, 약 잘 챙겨 먹고 기다리고
있어."

시오는 그가 안 보일 때까지 손을 흔드는 어머니를 뒤로하고
골목길을 걸어나왔다. 괴로움이 목구멍까지 밀고 올라왔다가
서서히 누그러졌다. 이제 어디로 가야 할지 그로선 알 수가 없
었다. 자신이 무엇을 찾기 위해 돌아다니는지도 모르겠다.

처음 카메라를 손에 잡고부터 지금까지 숨도 쉬지 않고 뛰어
왔다. 젊은 나이에 인정받고 빠른 성공의 길에 오르면서 그는
강한 자신감으로 충만했고 그것은 도를 넘어 오만으로 이어졌
다. 실패 따윈 다른 이들의 이야기였다. 아무도 시오를 멈춰 서
게 할 수 없었다. 그는 자신의 분야에서 최고가 되길 원했고 공
격적인 방법으로 그걸 얻어냈다. 그리고 자신의 성공이 알려져
질투 어린 시선을 받거나 오만하다 질타받는 걸 두려워하지 않
았다. 신문 가십란이든 케이블 TV 연애란이든 자신이 세상에
드러날 때마다 빼놓지 않고 볼 누군가가 있다는 것을 알기 때문
이었다.

망할 아버지. 자신을 이해해 달라던 뻔뻔스런 아버지. 괴로운 표정으로 어머니 앞에서 눈물을 흘리다 다른 여자에게 가버린 아버지.

시오는 멈출 수 없었다. 멈추기 싫었다. 그는 거칠고 이기적이고 제멋대로였지만 사진에 대한 감각만은 최고였기에 일은 언제나 넘치도록 많았고 결과가 좋을수록 명성은 쌓여갔다. 뭐든 원하기만 하면 얻을 수 있었고 얻을 수 없다고 해도 다른 매력적인 것들이 늘 주변에 넘쳤다. 여자들과의 관계가 진지해지지 못하고 겉돌수록 마음의 허기가 깊어졌지만 그 이상의 것을 알지도, 믿지도 않기에 내버려 두었다. 하주은을 만나기 전까지는.

그녀를 만나기 전까지 시오의 삶은 목표없이 전력 질주하는 스포츠카 같았다. 화려하지만 위험한 그 무엇이 그를 앞만 보며 달리게 만들었다.

그녀가 마음속에 서늘한 울림을 준 것은 삶이 변하리란 예감 그 이상으로 특별했다. 그것이 위험하다는 것을 알면서도 그것만이 자신을 변하게 하리라고 그는 믿었다.

결론적으로 보면 주은은 그를 변화시켰다. 탐욕스럽게 내달리던 그를 멈춰 서게 하고 세상을 다시 보게 만들었지만 그만큼 끔찍한 아픔도 주었다. 간신히 멈춰 서서 바라본 세상은 쓸쓸하고 삭막해 보였다. 삶은 A가 아니면 B를 선택하는 것이 아니란 걸 시오는 깨달았다. 오직 한 길로 통하는, 그 길은 모든 것을 포함하고 있어서 모두를 행복하게 할 수도 있고 불행하게 할 수도 있다는 것을 알았다. 유기적으로 연결된 삶에서 결정적인 그 하나가 빠져 버린 느낌. 그 허전함을 시오는 견딜 수가 없었다.

그는 길 위를 헤매며 자신의 삶을 되찾으려고 노력했다. 예전의 그 당당하고 자신감 넘쳤던 자신으로 돌아가고 싶었다. 하지만 그 방법을 찾는 것은 요원하기만 했다. 시오는 발길 닿는 대로 흐르며 자신이 정말로 원하는 것이 무엇인지 찾아 헤맸다. 그것은 손쉽게 잡히지 않고 늘 막연하게 시오의 주위를 맴돌았다. 시오는 자신이 생각했던 것보다 더 많은 시간이 필요함을 예감하며 쓸쓸한 걸음을 옮겼다.

애월(涯月) 방파제. 시오는 물고기가 잘 잡힌다는 말보다 애월이라는 단어가 마음에 들어서 이곳으로 왔다. 커다란 낚시 가방을 메고 긴 방파제를 걸어 끝에 오자 막혔던 가슴이 탁 트였다. 시오는 앉아서 천천히 담배를 피웠다. 바닷바람과 파도 소리가 가슴을 시원하게 쓸어내린다. 제주도에 오고 처음으로 느껴보는 후련함이다. 아침에 와서 해가 뉘엿뉘엿 지도록 시오는 바다만 바라보며 시간을 보냈다.

'사랑 같은 건 믿을 수가 없었어. 나 자신조차 믿을 수가 없었거든. 내가 그렇게 많은 여자를 만났다는 건 그만큼 내 자신을 믿지 못했다는 의미겠지.'

습기를 머금은 바닷바람이 불어왔다. 곧 비가 올 것 같다. 시오는 어둑어둑해지는 하늘을 올려다보다가 자리에서 일어나 낚시 가방을 둘러멨다.

'원하면 얻을 수 있다고 생각했어. 늘 그래 왔으니까. 그녀 말이 맞아. 난 그녀를 가질 수 없다고 생각했기 때문에 더욱 집착했어. 얻고 싶었던 거야, 그 제멋대로인 마음을.'

하주은은 잡히지 않는다. 화나지만 인정해야 한다. 얻지 못하는 것도 있다. 송시오가 패배할 때도 있는 것이다. 받아들여야 한다. 하지만 그 모든 것을 승부욕으로 치부하기엔 그의 가슴은 뜨거웠고 그녀의 상처가 자신의 것처럼 마음 아팠다. 처음 카메라를 잡았을 때처럼 그녀를 본 순간 삶이 좀 더 특별하게 느껴졌다. 그런 느낌들을 서투른 소유욕으로 매도하기엔 억울하다.

'이미 끝난 일이야. 더 이상 미련 두지 마. 지금 내 모습이 얼마나 우스운 줄 알아?'

시오는 자신을 비웃었다. 힘센 척, 날쌘 척 깝치다가 한 방에 나가떨어진 복서처럼 모양새가 우스꽝스럽기 그지없어 보였다. 한 여자에게 진심을 주지 못했던 건 이렇게 비참해질까 봐 두려워서인지도 모른다. 그러다 제풀에 제가 넘어진 꼴이 되어버렸다. 사는 건 참 재미있다.

그는 담배를 입에 문 채로 방파제를 걸었다. 멀리 한 무더기의 사람들과 함께 조명과 카메라가 보였다. 어디서 촬영이라도 온 모양이라며 무심하게 보아 넘긴 시오는 차를 세워둔 곳으로 걸어갔다. 자신이 렌트한 차 옆에 밴 한 대가 서 있는 게 보였다. 막 차에 다가가려는데 밴 문이 열리고 낯익은 여자가 내렸다.

"어머, 시오 씨!"

수진은 놀란 얼굴로 시오를 바라보았다. 시오 역시 놀란 얼굴로 인사를 했다.

"이런 곳에서 다 뵙는군요. 촬영 오셨나 봐요."

"네, 드라마 촬영 왔어요. 말없이 사라지셨다더니 제주도에 계셨네요."

"소문이 거기까지 갔나요? 사람들 하고는."

시오는 뒤통수를 긁적이고는 꾸벅 인사를 하고 운전석 문을 열었다. 그러자 수진이 다급하게 말했다.

"어디에 머물고 있어요? 저 금방이면 끝나거든요. 이따가 저녁 함께해요."

"죄송하지만 혼자 있고 싶은데요."

저쪽에서 누군가가 수진을 불렀다. 수진은 다급한 표정으로 뒤편을 응시하다가 시오에게 말했다.

"지금 친구 필요하잖아요. 딱 그런 얼굴인데요. 내가 친구 해 줄 테니까 조금만 기다려 줘요. 그냥 가버리면 두고두고 원망할 거예요. 알았죠?"

수진은 대답도 듣지 않고 바쁘게 뛰어갔다. 시오는 그녀가 뛰어간 곳을 응시하다가 차에 올라탔다. 시동을 걸고 출발하려던 그는 수진의 밴을 보고 잠시 고민하다 메모지를 꺼내 머물고 있는 펜션과 연락처를 적어서 차창에 끼워놓았다.

촬영이 끝나자마자 바쁘게 밴으로 돌아온 수진은 그의 차가 없는 걸 확인하고 잔뜩 실망해 버렸다. 그러다 차창에 있는 메모지를 보고 금세 흐뭇한 미소를 지었다.

시오는 펜션에 돌아오자마자 뜨거운 물에 샤워를 하고 냉장고에서 맥주를 꺼내 마셨다. 최근 며칠간 폭음을 한 데다 제때에 먹지 않아 속이 쓰렸다. 소파에 길게 누워 TV를 보다가 까무룩 잠이 들었을 때였다. 벨이 울렸다. 시오는 휴대전화 벨소리인 줄 알고 찾다가 현관 벨이라는 알고 비척비척 현관으로 향했다. 문을 여니 양손에 먹을거리가 가득 담긴 비닐봉지를 든 수진이 서 있었다.

"잤어요? 저녁 아직 안 먹었죠?"

수진은 가만히 서 있는 시오를 보며 싱긋 웃고는 안으로 밀고 들어왔다. 그녀가 테이블에 사 온 것들을 풀어놓는 동안 시오는 얼떨떨한 표정으로 그녀의 행동을 바라보았다.

"세상에, 내내 술만 먹었던 거예요? 냉장고에 먹을 게 아무것도 없네. 배고프지도 않아요?"

"전화할 줄 알았는데."

"이럴 것 같아서 장 봐가지고 부리나케 왔죠."

"보기보다 자상하군요."

"남들도 그래요, 보기보단 자상하다고. 저녁은 매운탕인데 좋죠?"

"음식도 할 줄 알아요? 의외인데요."

"도대체 절 어떻게 본 거예요? 오만하고 할 줄 아는 게 아무 것도 없는 여배우?"

"빙고."

두 사람은 마주 보며 피식 웃었다.

수진이 쌀을 씻고 밥하는 동안 시오는 그녀가 사 온 야채와 해물을 다듬었다. 수진은 시종일관 쾌활했고, 시오는 이따금씩 웃었다. 그녀에게 가졌던 선입견이 차차 벗겨지는 동안 매운탕이 다 끓어서 두 사람은 테이블에 마주 앉았다. 시오는 매운탕을 한번 맛보고 놀라운 표정을 짓고는 엄지손가락을 추켜올렸다.

"빈말이라도 기분 좋은데요."

"빈말이 아니라 진짜 맛있어요."

시오가 게걸스럽게 음식을 먹어치우는 동안 수진은 그런 그를 물끄러미 바라보았다. 그의 얼굴빛이 전처럼 밝지 않아서 수진의 마음도 어두웠다.

"언제까지 여기 있을 거예요?"

그녀의 물음에 시오의 수저질이 점점 느려졌다.

"곧 올라가려고 생각은 하고 있습니다. 별다른 얘기도 없이 내려와서 지금쯤 난리가 났을 거예요."

"무슨 안 좋은 일 있었어요?"

"하주은한테 채였어요. 어디 가서 소문내지 말아요. 쪽팔리니까."

"실연 때문에 잠적할 사람처럼 보이진 않는데."

"뭐, 좋게 바람 쐬러 내려왔다고 표현하죠. 잠적까지야."

시오는 헛웃음을 터뜨렸다. 주은은 웃음 대신 작은 한숨을 내쉬었다.

"주은 언니 힘든 사람이죠. 누구도 가까이 오게 하지 않아요."

"이럴 줄 알고 있었어요?"

"대충은."

"고소하겠네요."

"그럴 줄 알았는데 안 그러네요. 착한 역할을 많이 해서 그런지 착해졌나 봐요."

시오는 웃었지만 웃음 끝이 왠지 씁쓸해 보였다.

"혹시 언니 엄마 얘기 아세요?"

"어느 정도는요."

"아버지끼리 절친한 친구 사이였어요. 그래서 잘 알아요. 언니는 아픔이 너무 많아요. 엄마한테도, 아빠한테도 버려졌죠. 자라면서 매 순간이 지옥이었을 거예요. 그런 사람은 자신의 상처에 묶여 다른 사람은 돌볼 줄 몰라요. 자신에게도, 남에게도 너그럽지 못하죠. 주은 언니 포기해요. 그 편이 시오 씨한테 좋을 거예요. 아, 이건 질투 때문에 나온 말이 아니라 진심 어린 조언이에요."

수진의 말에 시오는 애써 웃어 보였다.

두 사람은 저녁을 치우고 테라스에서 커피를 마셨다. 바다는 조용했고, 습기를 머금은 바람은 왠지 마음 한 귀퉁이를 묵직하게 했다. 시오는 먼 바다를 바라보다 혼잣말처럼 중얼거렸다.

"주은이에게, 내 자신에게 화가 나요."

수진은 그런 그를 보며 나직이 말했다.

"화가 난다는 건 아직 미련이 남았다는 거죠."

시오는 미칠 듯한 표정으로 허공을 노려보았다. 그런 그를 조용히 응시하던 수진은 이 남자에게 단순한 호기심을 넘어선 호감을 느꼈다. 다른 여자에게 마음이 있는 남자는 재미없지만 그녀 때문에 이토록 괴로워하고 있는 남자를 보고 있자니 가슴이 뛰었다.

'이런 상황에 휘말리는 거 딱 질색인데 이 사람은 자꾸만 끌려. 이 남자, 날 사랑한다면 내게도 진심으로 대해줄까?'

한순간 수진의 눈빛이 깊어졌다. 진심이 있는 사람을 만난 것이 오랜만이라선지 자신답지 않은 생각이 자꾸 떠올랐다. 수진은 바다 쪽을 물끄러미 바라보고 있는 시오를 한참 동안 응시하다 말했다.

"시오 씨, 나랑 만나지 않을래요? 시오 씨가 미워하는 사람, 그러면서도 보고 싶은 사람, 잊게 해줄게요."

시오는 속마음을 알 수 없는 복잡한 표정으로 수진을 보았다.

수진은 금방이라도 숨이 멎을 것 같은 긴장 속에서 그의 대답을 기다렸다.

"난 나쁜 놈이 아닙니다."

시오는 나직이 말했다.

"나쁜 남자 되지 않도록 하면 되잖아요. 나 자신있어요. 내가 여자로서 매력이 없다면 모르지만 아니라면 우리 만나요."

"……."

그는 말없이 수진을 보았다. 얼굴에 수많은 감정이 흘러가는 것이 수진의 눈에 보였다. 수진은 이상하게 자존심이 상하지도, 불안하지도 않았다. 왠지 모를 확신이 들었다. 이 남자를 자신 옆에 묶어둘 수 있을 것 같은 확신이. 수진은 망설이는 그에게 쐐기를 박았다.

"나 이용해요. 시작과 끝은 다른 법이잖아요. 당신 죄책감 들지 않게 해줄 자신 있어요."

시오와 수진의 눈빛이 얽혔다. 잠시 후 시오가 나직이 말했다.

"사람의 감정이란 것이 자신의 생각대로 움직이지 않는다는 걸 이번에 배웠습니다. 수진 씨 호의는 고맙지만……."

"결과가 어찌 됐든 제가 책임질게요. 두고 봐요, 후회하지 않을 테니까."

수진은 그에게서 거절의 말을 들을까 봐 두려웠다. 그래서 그가 말을 꺼내기 전에 먼저 자신있게 말했다. 그녀는 시오가 거절한다 해도 자존심 따윈 접고 대시해 볼 생각이었다. 그는 그럴 만한 가치가 있어 보였기 때문이다.

수진의 눈빛이 반짝반짝 빛나는 동안 시오의 눈빛은 점점 더 어두워져 갔다. 그는 알 수 없는 표정으로 바다를 응시하며 조용히 입을 다물었다.

8. 나쁜 여자 🌿

주은은 오늘 두 가지 소식을 들었다. 하나는 송시오가 돌아왔다는 소식이고, 다른 하나는 그가 한수진과 사귄다는 이야기였다.

두 소식을 동시에 들은 건 아니다. 오전에 같은 층에 있는 잡지사 편집자에게 송시오가 돌아와 캔슬하려던 일을 진행하기로 했다는 얘길 들었을 때만 해도 주은은 내내 구겨진 마음이 갑자기 팽팽하게 펴지는 느낌이었다. 전날까지도 죄책감과 복잡한 회의 속에 사로잡혔던 마음이 일순간 후련하게 느껴지기까지 했다. 그리고 오후에 송시오가 잠시 들르기로 했다는 말에 가슴이 주체할 수 없이 뛰기 시작했다. 주은은 사춘기 소녀처럼 불안한 눈빛으로 복도를 서성였고 잠시 볼일이 생겼다가 틈이 생기면 그가 왔나 싶어 맞은편 잡지사 유리문을 흘끔거렸다. 주은은 자신의 행동을 못마땅하게 여기면서도 시선이 가는 것을 막을 수가 없었다. 마음 한편으로는 그에게 미련이 있는 건가 하는 생각이 들었지만 자신은 이기적인 인간이니까 마음속 죄책감을 덜기 위한 것뿐이라고 합리화시켰다.

시간은 무척이나 더디게 흘러갔다. 주은은 일에 대한 집중력을 완전히 잃고 이것저것을 하다가 인터넷 포털 사이트를 열었다. 그저 메일을 확인해 보려던 것뿐이었는데 메인 뉴스에 뜬 기사 제목이 그녀의 시선을 잡아끌었다.

〈한수진, 사진작가 송시오와 열애.〉

자신도 모르게 손이 움직였다. 주은은 기사를 클릭하고 정신없이 읽어 내려갔다.

〈탤런트 한수진과 CF모델이자 사진작가인 송시오가 연인 관계임이 밝혀져 화제가 되고 있다. 한수진의 소속사 측에 의하면 최근 두 사람은 화보 촬영에서 호감을 가졌고 지인의 소개로 다시 만나 좋은 만남을 이어오고 있다고…….〉

빠르게 문장을 읽어 내려가는 동안 누가 목을 조르는 것처럼 숨이 막혔다. 기사 말미까지 단숨에 읽어 내린 주은은 냉소적인 미소를 흘렸다.

"연애를 한단 말이지, 한수진이랑."

주은은 낮에 중얼거리고는 신경적인 손놀림으로 컴퓨터를 꺼 버렸다. 갑자기 온몸의 피가 차갑게 식어버린 듯한 느낌이 든 다. 손이 뻣뻣하게 저려오고 속이 답답하다. 후련하게 큰 소리 라도 치고 싶지만 나오는 건 실소뿐이었다. 주은은 주먹을 움켜 쥐고 작게 심호흡을 하고는 자리에서 일어났다.

"편집장님이 나 찾으면 취재 갔다고 전해줘."

주은은 피처 에디터에게 지시하고는 잡지사를 나왔다. 빨리 이 답답한 건물을 벗어나고 싶을 뿐이었다.

복도를 걸어 막 엘리베이터 앞에 섰을 무렵이었다. 문이 열리 고 익숙한 얼굴이 보였다. 약간은 마른 듯한 얼굴 때문인지 전 체적인 그의 이미지는 한결 날카롭게 보였다. 하지만 속마음을 알 수 없는 복잡한 표정과 세련되고 예의 바른 몸짓은 여전했 다. 시오는 엘리베이터를 탄 사람들이 내리는 것을 한 걸음 물 러서서 보다가 마지막에서야 내렸다. 송시오의 표정과 행동을 마주한 순간 주은의 머릿속이 갑자기 하얗게 비워졌다. 지금의 단정한 표정 위에 발리에서 와인 병을 집어 던지던 표정이 오버 랩되자 마음속이 일순간에 헝클어지는 느낌이었다. 하지만 주 은은 애써 침착한 얼굴을 유지했다. 그런 그녀를 빤히 쳐다보던 시오는 예의 바르게 인사를 하며 다가왔다.

"오랜만입니다, 하주은 씨."

뻔뻔하다 못해 기분 나쁠 정도로 환한 그의 미소에 주은은 속이 뒤틀렸다.

"그럼 전 이만."

그는 주은의 반응을 기다리지 않고 고개를 까딱한 후에 여유로운 걸음으로 곁을 지나쳐 복도를 걸어갔다. 주은은 굳은 표정으로 그의 뒷모습을 응시했다. 아무 일도 없었다는 듯 뻔뻔스런 눈빛과 형식적인 표정. 주은은 그의 태도와 그것을 불쾌해하는 자신 때문에 더욱 화가 치밀었다. 그녀는 시오의 뒤통수를 힘껏 노려보고는 엘리베이터에 탔다.

주은은 손 관절이 하얗게 드러나도록 운전대를 힘주어 잡고 거칠게 차를 몰았다. 스스로도 이해할 수 없는 반응에 감정이 격해져서 내내 숨이 가빴다. 담담하고도 차가웠던 눈빛, 그 속에 담긴 무언가가 몇 번이고 재생되었다. 그 눈빛은 주은을 비웃고 경멸하다가 비참하게 만들었다. 주은은 입술을 잘근잘근 깨물며 노란 불에서 빨간 불로 바뀌는 신호기를 노려보았다.

"결국 너도 똑같아."

자신도 모르게 속이 쓰린 비웃음이 새어나온다. 그에게 보내는 건지 자신에게 보내는 건지 알 수가 없었다.

'하주은, 감정에 휩쓸리지 마! 동요하지 마. 그런 건 믿을 게 못 돼.'

주은은 동요하는 자신에게 몇 번이고 주의를 줬다. 그가 너무나도 태연하기 때문에 자존심이 상하고, 자신이 갖고 있던 걸 다른 여자가 가졌기 때문에 질투하는 것뿐이다. 그가 말하는 것을 들으려고 하지도 않았으면서 쉽게 돌아섰다고 흥분하는 것이 얼마나 우습단 말인가. 이런 감정은 시간이 흐르면 언제 그랬냐는 듯 쉽게 잊혀진다. 아마 며칠 못 가 그도, 자신도 다른 사람들과 같은 사람이었음을 인정하게 되겠지.

'이건 그저 우스운 감정 놀음에 지나지 않아. 다시 예전의 생활로 돌아가면 더 이상 흔들리지 않고 모든 것은 평온해질 거야.'

주은은 흥분을 내리누르며 천천히 숨을 내쉬었다. 중독됐던 약을 끊으면 금단 현상이 오는 것처럼 지금 이 감정도 그것과 다를 바 없다. 그는 아주 달콤하고 자극적인 흥분제였으니 무리도 아닐 것이다. 달고 자극적이라고 해서 언제까지 맘껏 먹을 수는 없는 일이다. 욕심을 부리면 결국 모든 걸 망치고 만다. 지금은 끝내야 할 때다.

주은은 아랫입술을 지그시 깨물었다. 마음은 점차 단단해져 가지만 그의 마지막 눈빛은 뇌리에서 떠나질 않고 자꾸만 그녀를 건드렸다.

시오는 주은의 차가운 눈빛이 뇌리에서 떠나질 않았다. 그녀의 표정을 곱씹어보던 시오는 무의식중에 쓸쓸한 미소를 지었다. 그녀는 여전히 얼음처럼 차갑고 침착하다. 그 무엇도 그녀를 흔들지 못할 것 같다. 바람 부는 벌판에서도 조금의 흐트러짐도 없을 것만 같은 여자. 완벽한 담으로 둘러싸인 견고한 탑에 숨어 사는 여자. 지극히 불행한데도 스스로는 깨닫지 못하는 여자.

시오는 닫힌 엘리베이터 문을 응시하다가 다시 걸음을 옮겼다. 이곳에 오면서 어쩌면 볼 수 있을지도 모른다고 생각했다. 만나면 어떤 표정을 지어야 할지, 어떻게 행동해야 할지 오는 내내 머릿속으로 그려보았다. 그렇게 수십 번 머릿속으로 연습하면서 왔는데 막상 그녀와 마주치자 잠깐이지만 머릿속이 멍해졌다. 그리고 비참할 정도로 가슴이 뛰었다. 그녀를 그토록 저주했으면서 심장은 제 짝을 발견한 것처럼 뛰었다.

'망할. 그녀가 네게 한 짓을 떠올려 봐.'

시오는 자신에게 조소했다. 자신이 언제부터 이렇게 순정적인 사내였는지 개탄하고 싶을 뿐이다.

'그녀는 널 거절했어. 인정해야 해. 더 이상은 없어. 끝이야.'

끝. 머릿속은 끝이라고 몇 번을 강조하지만 가슴은 받아들이지 않는다. 그의 의지와 상관없이 머릿속에는 하루에도 몇 번씩 주은의 얼굴이 떠올랐다 사라졌다. 같이 보냈던 시간들이 불쑥불쑥 튀어나와 마음을 어지럽히고 실컷 조롱하다 사라졌다. 여전히 생생한 그녀의 표정, 머리칼의 감촉, 귓불에서 맡았던 근사한 향수 냄새, 속삭이는 듯한 웃음소리. 시오는 지금 당장이라도 달려가 그녀의 붙잡고 소리치고 싶었다. 같이 보냈던 시간들이 정말로 의미가 없었던 거냐고, 그런 식으로 무참히 뭉갤 만큼 가치없는 것이었냐고, 왜 그렇게까지 했냐고 묻고 싶었다. 하지만 시오는 아무것도 묻지 못했다. 당황한 표정을 순식간에 지우고 차갑고 뻔뻔한 표정으로 그녀를 지나쳤다. 남자니까, 송시오니까 그래야 한다고 생각했지만 막상 그녀를 보내고 나니 후회가 밀려왔다.

시오는 잡지사에 들어가는 대신 휴게실 한쪽에 있는 금연실로 가서 담배를 피웠다. 그래도 어느 정도는 담담할 자신이 있다고 생각했는데 지금 자신은 발리에서와 별반 달라진 것이 없었다. 시오는 미련이라는 것이 얼마나 사람을 비참하게 하는 것인지 새삼 실감했다. 그때 휴대전화 벨이 울렸다. 꺼내서 보니 수진의 번호다.

[어디예요?]

늘 그렇듯 수진의 목소리는 밝고 천진하기까지 했다.

"푸르덴셜 타워."

시오는 들끓는 감정을 억누르고 애써 담담하게 말했다.

[아, M 편집장 만나러 간다고 했죠. 잘하면 주은 언니랑 마주치겠다.]

그녀는 아무렇지도 않은 것처럼 툭 내뱉었다. 그녀는 다른 여자들과 달리 이따금씩 전 여자를 상기시켜 준다. 그럴 때마다 시오는 기분이 묘했다.

"벌써 마주쳤어."

[어떻든가요?]

그녀답지 않게 목소리가 사뭇 조심스럽다. 시오는 창밖 하늘을 응시하며 말했다.

"여전하지."

[시오 씨는요?]

"난…… 담담했어."

그는 자신도 모르게 거짓말을 내뱉고는 이마를 찌푸렸다. 그렇게 믿고 싶을 뿐이지. 여전히 괴로운 주제에. 시오는 뭔가 꼬여간다는 생각이 들어서 마음이 언짢았다. 수진은 그가 잠시 침묵하자 재빨리 화제를 바꿨다.

[오늘 저녁 약속 기억하고 있어요?]

"응."

[늦지 않게 와요. 즐거운 파티가 될 테니까.]

"그럼 저녁에 보자."

시오는 전화를 끊으며 자신의 혼란이 상황을 더 복잡하게 만들었다는 것에 짜증이 치밀었다. 수진은 괜찮은 여자다. 하지만 그뿐이었다. 감정도 없으면서 그녀를 받아들이는 것은 경솔한 짓이다. 술 취한 것도 아니고, 섹스가 필요해서도 아니다. 시오는 그녀가 주은을 떨치게 해주기를 막연히 바랐다. 그 막연한, 어쩌면 절실한 기대가 일을 복잡하게 만들어가고 있다. 자신은 왜 일을 복잡하게 만드는 걸까. 이 복잡함은 언제쯤이나 끝이 날까. 시간이 흐를수록 시오가 깨닫는 것은 자신도 별다를 바

없이 어리석은 인간이라는 것뿐이었다.

홍대에 있는 한 클럽 입구에 들어서자 차갑고 기계적인 사운드가 흘러나왔다. 끝없이 이어질 듯한 반복적인 음, 환각 상태 속에 빠질 것 같은 몽환적인 분위기. 중독성이 강한 일렉트로닉 음악은 지하 클럽으로 이어진 계단에 내려서기도 전에 심장을 두들겨 댔다. 이 파티에 오는 것이 썩 내키지 않았던 주은은 마음에 드는 음악 때문에 하루 종일 언짢았던 마음을 풀었다.

이번 클럽 파티는 정확하게 말해 출판기념회라고 할 수 있다. 젊은 예술가 넷이서 세계 곳곳을 여행하면서 겪은 여행담을 사진과 묶어 낸 책인데 작가들이 독특한 이력을 가진 만큼 출판기념회도 독특했다. 사진작가, 영화감독, 소설가, 만화가 등 전혀 다른 장르의 사람들이 바라보는 세계. 다소 거창한 느낌이 들긴 하지만 흥미로웠다.

주은은 클럽 입구에 늘어선 홍보 자료들을 응시하다가 초대권을 확인받고 클럽 안으로 들어섰다. 안에는 젊은 남녀들이 뒤엉켜 춤추고 환호하는 등 클럽에서 흔히 볼 수 있는 풍경이 펼쳐졌다. 초대권 뒷면에 있는 프로그램 순서를 보니 저자들의 인사와 슬라이드 필름, 다큐멘터리 감상이 끝난 후였다.

"너무 늦게 왔나."

주은은 주변을 돌아보다가 저자 중 한 사람을 발견했다. 반갑게 다가가니 그쪽도 주은을 알아보고 손짓을 했다. 영화감독인

박희준이었다.

"주은아, 왜 이렇게 늦게 왔어?"

"오다가 일이 생겨서요. 휴, 손님이 많네요. 이런 출판기념회도 멋진데요."

"순 애들 취향이지 뭐. 뱁새가 황새 따라가려니까 힘들어."

두 사람은 마주 보며 웃었다. 주은은 저자들과 차례로 인사를 하고 술을 마시며 주위를 돌아보았다. 그러다 눈에 익은 사람들이 보였다. 모비 에이전시 쪽 포토그래퍼들이 떠들썩하게 소리를 지르며 춤을 추고 있었다.

'혹시 송시오도 왔을까?'

주은은 시선은 사람들을 헤치고 시오를 찾았다. 하지만 현란한 조명과 많은 사람들 때문에 그의 얼굴을 발견할 수가 없다.

그때 한 여자가 눈에 들어왔다. 화려하게 화장을 하고서 눈에 확 띌 만큼 섹시한 옷을 입은 수진이었다. 그녀는 사람들의 환호를 받으며 유혹적인 춤을 추고 있었다. 그녀가 유혹하는 상대는 옆에서 춤을 추고 있는 송시오다.

시오를 발견한 주은의 눈매가 순식간에 가늘어졌다. 그녀는 둘에게서 시선을 떼지 못하고 응시했다. 그를 만지는 수진의 손길과 시오의 눈빛에 주은은 차츰 동요했다. 주변 모든 사람들은 지워지고 오직 두 사람만 보였다. 음악에 따라 몸과 몸이 스칠 때마다, 뜨거운 눈빛으로 서로를 더듬을 때마다 자꾸만 숨이 가빠졌다. 수진의 스킨십은 음악이 절정을 향해 갈수록 노골적이고 대담해졌다. 주은은 시오의 얼굴을 노려보며 거친 숨을 지그시 내리눌렀다.

"와, 한수진 대담하네. 사람들 시선 따윈 신경 안 쓰나 봐."

주은의 시선을 따라가던 희준이 나지막이 휘파람을 불며 중얼거렸다. 주은은 목이 말라 맥주 한 병을 순식간에 비우고 양이 안 차 위스키를 주문했다. 빈속에 술을 거듭 들이부으니 금방 취기가 올라왔다. 시오 일행은 그녀의 맞은편에서 사람들과 술을 마시고 춤을 췄다. 그들은 주은을 발견하지 못한 듯 이쪽에는 시선도 주지 않았다. 스스로 느끼기에도 위험하다 싶을 정도로 단시간에 취한 주은은 간신히 스툴에서 일어섰다.

"선배, 나 먼저 갈게요."

"벌써 가려고? 이제 한창 재미날 땐데."

"난 재미없네요. 갈게요."

갑자기 현란한 조명과 음악, 사람들이 끔찍해졌다. 자꾸만 감정을 끄집어내려고 하는 이 상황들이 몸서리쳐지도록 싫다. 모든 사물을 싸늘한 시선으로 바라보며 냉정하기만 했던 하주은인데 이 상황은 그녀를 가만 내버려 두지 않았다.

'나 좀 내버려 둬. 자극하지 말란 말이야.'

시간이 흐를수록 위험 수위는 올라갔다. 황급히 클럽을 나가려던 주은은 속이 메스꺼워 견딜 수가 없어 화장실로 달려갔다. 어찌나 술을 마셨는지 먹은 술을 모조리 쏟아내고 나서도 주은은 한동안 몸을 일으킬 수가 없었다. 머릿속은 어지럽고 시야는 뿌옇기만 했다. 자꾸만 화가 나서 무엇이든 손에 잡히는 대로 부수고 싶은 충동이 일었다.

'웃시오. 제길, 죽어버려.'

주은은 크게 소리치고 싶었지만 애써 삭이며 몸을 일으켰다. 그녀는 입 안을 헹구고 손을 씻으며 클럽 한쪽에서 춤을 추고 술을 마시고 있을 시오를 떠올렸다.

그는 왜 자꾸 시야에 나타나 괴롭히는 걸까? 유치한 복수심일까? 그렇다면 성공한 거다. 지금 자신은 충분히 화나고 괴로우니까.

고개를 드니 거울에 비친 자신의 모습이 참으로 가관이다. 주은은 흐트러진 자신의 모습이 낯설었다.

'꼴좋다, 하주은.'

주은은 심호흡을 몇 번 하고 화장실을 나왔다. 복도를 걸어가는데 한쪽 벽에 기대 담배를 피우고 있는 시오가 보였다. 주은은 그를 무시하며 앞으로 걸어갔다. 그를 지나치려는 순간, 시오가 주은의 팔을 잡았다.

"자주 보네."

주은의 시선이 자신을 붙잡은 손에서 그 손의 주인에게로 옮겨갔다. 주은을 바라보는 시오의 눈빛은 지극히 건조했다.

"인사하는 건 좋지만 이 팔은 놔. 아파."

"아는 체도 안 하고 갈 참이었어?"

"굳이 할 필요를 못 느끼겠던걸."

"찬바람 도는 건 여전하네."

"여전한 거 확인시켜 주려고 잡은 거야? 확인했으면 놔. 당신이랑 노닥거릴 기운 없어."

시오는 마지못해 주은의 팔을 놔주었다. 주은이 막 걸음을 옮기려는데 시오가 말했다.

"수진이가 날 원해."

주은은 입가에 조소를 머금은 채 말했다.

"그건 예전부터 알았어."

"그녀를 볼 때마다 그런 생각이 들어. 왜 너랑은 연애를 할 수 없었던 걸까. 왜 우리는 섹스밖에 하지 못했던 걸까."

"원하는 게 그것뿐이었기 때문이지."

"너였지, 난 아니었어."

두 사람의 눈빛이 차갑게 얽혔다. 서로를 노려보는 시선에서 격렬한 감정이 그대로 느껴진다. 그때 어린 여자애들이 깔깔거리며 복도로 들어섰다. 그녀들은 시오와 주은을 보고 무엇이라도 아는 사람처럼 킥킥거리며 화장실로 들어갔다. 그들 때문에 잠시 대화가 끊기자 시오는 담배 연기를 깊이 들이마셨다가 내뱉었고, 주은은 어지러운 듯 벽에 기대섰다. 그녀들이 들어가고 복도가 조용해지자 시오가 다시 입을 열었다.

"네게 익숙해졌나 봐. 아직 수진이를 받아들일 수가 없어."

"난 전 섹스 파트너에게 연애 상담까지 받을 정도로 한가한 사람이 아니야."

"널 안았던 것처럼 누군가를 안을 수 있을까?"

어쩌면 센티하게 들렸을 수도 있을 말인데 그가 내뱉으니 에스프레소처럼 진하고 독하게 느껴졌다. 주은은 자신의 반응을 애써 무시한 채 냉랭하게 말했다.

"그런 말 어디 가서 하지 마. 잠자리 문제 떠들고 다니는 남자, 시시해."

"넌 모든 남자가 시시하잖아."

"그건 맞는 말이야."

"나도 시시했니? 그래서 그런 식으로 떼어낸 거야?"

냉소가 흐르던 그의 눈빛이 잠시잠깐 다른 빛을 띠었다.

'저 눈빛은 뭘까. 원망이라도 하는 건가?'

주은은 그의 미묘한 표정을 보고 있자니 또다시 머릿속이 복잡해졌다. 그녀는 한껏 신경질적인 어조로 말했다.

"날 나쁜 년으로 만들어서 당신 속이 편해지면 그렇게 해. 어떻게 생각하든 어차피 끝난 관계잖아. 편할 대로 해석해."

"넌 참 편리하게 세상을 사는구나. 그런데 너의 편리함이 타인에게는 잔인함이라는 걸 알고는 있는 거야?"

"타인 따윈 신경 안 써. 내게 중요한 건 오직 나뿐이야."

날카로운 시선이 서로의 동공 속에 깊숙이 박혔다. 주은은 그의 얼굴을 노려보며 마음속에 들끓던 복잡한 감정들이 서서히 차분해지는 것을 느꼈다. 고장난 자신이 제기능을 회복했는지 원하는 대로 표정과 감정이 컨트롤되기 시작했다. 안으론 서슴

없이 흔들리지만 밖으로 보여지는 하주은은 완벽하다 싶을 정도로 침착하다. 주은은 그런 자신이 가끔은 괴물처럼 느껴졌다. 뻔뻔한 겉모습과 달리 속으로는 끔찍하게 일그러진 괴물. 자신도 모르는 사이에 서서히 괴물로 변해가고 있을지도 모르겠다. 하지만 지금 이 순간, 주은은 자신의 괴물이 반갑기 그지없었다.

"우리는 너무나도 달라. 송시오, 이제 그만 네 세계로 돌아가."

주은은 조금의 흔들림 없이 차분하게 말했다. 무조건적인 거부와 방어가 아닌 침착한 조언이었다. 주은은 여전히 알 수 없는 표정으로 서 있는 그를 뒤로하고 걸음을 옮겼다. 클럽을 나오자 차가운 밤공기가 몸을 휘감았다. 후련함 대신 뼛속까지 시린 한기가 몰려왔다. 주은은 어깨를 움츠린 채 걸음을 옮겼다. 이제 자신만의 세계로 돌아갈 시간이다. 영원히 빠져나오지 못할 감옥. 자신이 만든 견고한 감옥 속으로 그녀는 천천히 걸어 들어갔다.

＊

지독한 두통과 목마름. 시오는 낮은 신음을 흘리며 눈을 떴다. 사물이 뚜렷이 보이지 않아 눈을 몇 번이고 감았다가 뜬 그는 낯익은 공간에 와 있는 것을 깨닫고 몸을 일으켰다.

"젠장, 여긴 언제 온 거야."

시오는 자신의 침실을 낯선 곳처럼 휘위 둘러보고는 연방 욕설을 중얼거렸다. 밤새 얼마나 마셨는지 아직까지 취기가 가시지 않았다. 그는 침대를 빠져나와 주방 욕실로 걸어갔다. 냉장고에서 새 생수병을 꺼내 한참을 들이킨 시오는 그제야 정신이 들어 집 안을 어슬렁거렸다. 제주에서 올라와서도 한참 동안 집에 오지 않았다. 지나는 기준에게 맡겨놓고 가끔 보러 갔지만 이곳엔 정말 오고 싶지 않았다. 보고 싶지 않은 것들이 너무 많기 때문이다.

시오는 작업실 문을 뚫어져라 쳐다보다 마지못해 걸음을 옮겼다. 문을 여니 오래 묵은 공기 냄새와 함께 작업대 위에 너저분하게 흩어져 있는 사진과 필름통들이 눈에 들어왔다. 그중에는 주은의 사진이 섞여 있다. 시오는 이마를 찡그리며 돌아서려다 보드에 자석으로 고정해 놓은 사진을 보았다. 그는 제자리에서 움직이지 못하고 한참 동안 주은의 얼굴만 들여다보았다.

"이제 그만 네 세계로 돌아가."

그녀의 얘기를 듣는 순간 시오는 그녀를 처음 보고 느꼈던 생경함과 경이로움의 원인이 무엇이었는지 어렴풋이 느꼈다. 그 감정은 다른 세계에 속해 있는 사람에 대한 설렘과 동경이었을까. 시오는 살아온 환경과 가치관은 다르다지만 본질적으로 주은과 자신이 같다고 느끼고 있었다. 주은과 자신은 두려울 만큼 비슷한 구석이 있었다. 자세히 알지는 못하지만 그간 겪어온 상처와 아픔이 쌍둥이처럼 닮아 있는 걸 본능적으로 느낄 수 있었다. 그런데 주은의 말을 듣는 순간 그녀와 자신의 세계가 너무나도 다름을, 그녀의 세계는 너무나도 두텁고 높아서 자신은 절대 어찌할 수 없을 거라는 생각이 스쳐 갔다.

"넌 네 세계에서 나오기가 싫은 거야. 이젠 상처들과 한 몸처럼 생각되어서 버릴 수가 없는 거야."

시오는 사진을 내려다보며 중얼거렸다. 사진 속 주은의 얼굴은 여전히 눈부셨다. 그녀는 저 순간 자신의 세계에서 빠져나와 자유로움을 맛보고 있었다. 무의식중에 그 어떤 상처도, 아픔도 없는 순수한 자기 자신이 드러난 것이고 시오는 그 짧을 순간을 잡아낸 것이다. 그 순간의 인연이 여기까지 왔다. 잔인한 고통을 남기며 끝장나 버린 관계에 여전히 집착하는 자신과 자신만의 세계에 갇혀 나오지 않는 그녀.

'넌 네 자신을 몰라. 네가 보고 싶은 것만 보고 믿고 싶은 것만 믿어. 이제 넌 진실을 보려고 해도 볼 수가 없어. 네 눈과 귀는 닫혔어. 난 그런 널 보고 있으면 마음이 아파.'

시오는 주은의 사진을 가지고 작업실을 나왔다. 그녀에 대한 생각들이 꼬리에 꼬리를 물고 이어져 도저히 떨쳐 낼 수가 없다. 그는 창가를 서성이며 오랫동안 담배를 피웠다.

'난 널 잊으려고 했던 게 아니야. 다만 화가 났을 뿐이지. 그

런데 네게 화를 낼 때마다 내 마음은 조금씩 부서져.'

괴기에는 사랑 같은 건 히고 싶지 않았다. 사랑을 믿기엔 시오는 지나치게 냉소적이었고 이기적이었다. 긴 방황 끝에 이제 비로소 누군가를 마음으로 받아들일 준비가 되었는데, 비극적이게도 상대방은 과거의 자신과 너무나도 닮아 있어서 하염없이 밀어내기만 한다. 삶이라는 것은 얼마나 불공평하면서도 평등한지, 그저 씁쓸한 미소만 흘러나올 뿐이다.

'내가 너무 오만했던 벌인가 봐. 내 마음이 자꾸만 널 붙잡으라고 소리쳐. 날 상처 입히기만 하는 너인데도 이대로 놓치면 안 된다고 외쳐. 문득 정신을 차려보면 네게 화를 내는 대신 이해하려고 안간힘 쓰는 날 발견하곤 해. 내 몸이, 마음이 내 것이 아닌 것 같아. 낯설어.'

시오는 손에 들고 있던 사진을 다시 한 번 내려다보았다.

'이 여자를 이대로 놓아버릴까, 아니면 붙잡을까.'

그의 눈은 주은의 눈빛 속에 빨려 들어갈 듯이 고정되었다. 그는 주은의 이 표정에 한눈에 반해 버렸다. 예쁜 여자들에게서 느낄 수 있는 매력과는 다른 감정이었다. 뭔가 더 각별하고 마음을 잡아끄는 매력. 그 낯선 감정을 알기 위해 선뜻 다가가지 않고 오랫동안 거리를 두었다. 왠지 그녀와는 쉽게 만나서 쉽게 헤어지고 싶지 않았다. 그녀와의 관계는 뭔가 다를 거라는 기대감이 들었다. 자신의 예상은 맞았지만 이런 식의 결말은 시오도 미처 예측해 내지 못했다.

주은의 사진을 응시하던 시오의 표정이 차츰 변하기 시작했다. 구름을 뚫고 빛이 새어나오는 것처럼 그의 눈동자에 빛이 번져 갔다.

"한 번만 더 노력해 보자. 우리에게 마지막으로 기회를 줘보는 거야. 제대로 된 사랑을 할 수 있도록, 제대로 된 삶을 살 수 있도록."

어쩌면 살면서 마지막으로 올 기회일지도 모른다. 이대로 보내 버리면 평생을 두고 후회할지도 모르겠다. 철저하게 깨지더라도 좋다. 후회하면서 사느니 지독하게 좌절해 보고 끝내는 것이 낫다. 마음을 결정하자 무겁던 몸이 조금은 가벼워졌다. 시오는 주은의 사진을 보며 힘주어 말했다.

"하주은, 이번엔 내 손을 잡아. 이번이 아니면 안 돼. 이번이 아니면 넌 영영 나를 놓치게 되는 거야."

그는 시간이 지나 이 마음이 식어버리면 또다시 용기를 내지 못할 것 같아 급히 전화를 걸었다. 신호음이 간 지 얼마 되지 않아 주은의 목소리가 들렸다.

"나야."

말하기도 전에 누군지 알았을 테지만 시오는 침착하게 말했다. 그리고 그녀가 끊기 전에 곧바로 본론을 말했다.

"오늘 저녁에 오피스텔에서 기다릴게. 하고 싶은 말이 있어."

[우리 끝났잖아. 무슨 말이 더 남았어?]

피곤이 느껴지는 그녀의 목소리는 냉정했다. 하지만 시오의 뜨거운 가슴을 식힐 정도로 차갑지는 않았다.

"난 하고 싶은 말이 많아. 늦어도 괜찮아. 올 때까지 기다릴게."

시오는 주은의 대답을 기다리지 않고 전화를 끊었다. 그녀가 올까? 시오는 전화를 끊으며 자신에게 되물었다. 지난밤에 본 표정이라면 오지 않을지도 모른다. 시오는 싸늘하기만 하던 눈빛 속에 자신에 대한 감정의 불씨가 남아 있기만을 바랄 뿐이다.

문을 열고 들어가자 익숙한 냄새가 먼저 맞이한다. 시오는 현관 앞에 서서 오피스텔을 천천히 훑어보았다. 모든 게 아직 그대로다. 사람이 살고 있는 것처럼 깔끔한 실내를 보고 있자니 지난 시간들에 대한 기억이 새록새록 떠올랐다. 금방이라도 욕실 문을 열고 주은이 나올 것 같다. 젖은 머리칼을 수건으로 우아하게 감아 올리고 샤워 가운을 입고 서 있는 그녀를 안아 침대로 데려가고 싶다. 도망가지 못하게 꼭 안고서 입 맞추고 싶다. 시오는 침실 쪽을 쓸쓸하게 바라보다가 소파에 앉았다.

해가 지려면 좀 더 시간이 지나야 한다. 평생 가장 지루하고 두근거리는 시간이 되겠지. 시오는 들뜬 표정으로 그녀에게 고백할 말들을 떠올렸다. 그녀가 아무리 들으려 하지 않아도 마음속에 있는 말을 모두 꺼내놓을 생각이다. 시오는 전장을 나가는 군인처럼 결연한 심정으로 단단하게 마음을 무장했다.

'네가 어떤 말로 날 밀어내도 속지 않을 거야. 난 알아, 우리는 서로가 아니면 안 되는 사람들이란 걸.'

시오는 가지고 온 봉투를 꺼내 사진 한 장을 꺼냈다. 그 속에 스물네 살의 하주은이 있었다. 시오는 지금의 자신이 유치할 정도로 열정적이라는 생각이 들었지만 이대로 들뜨도록 내버려두었다. 사랑은 제정신으로 하는 것이 아닐 테니까. 지금 그의 머릿속에 오직 하주은으로 가득 차 있었다.

얼마나 지났을까. 소파에서 까무룩 잠들었다가 깬 시오는 어두운 실내를 보며 몸을 일으켰다. 일어나서 불을 켜고 시계를 보니 열두 시가 다 되어간다.

"이런, 정말 안 올 참인가."

시오는 휴대전화를 들고 전화를 걸어보려다가 도로 내려놓았다. 잠을 잤어도 온몸이 납덩이처럼 무거웠다. 그는 냉장고에 있는 맥주 캔을 꺼내 마셨다. 정신이 차츰 깨어나면서 이런저런 생각들이 머리를 어지럽힌다. 그는 음악을 들으려고 리모컨에 손을 뻗다가 그마저도 그만두었다. 머릿속은 터질 듯 복잡하고 온몸의 신경이 현관 쪽으로 향해 있다. 그녀가 있는 곳을 알면 당장이라도 달려가 납치라도 해오고 싶은 심정이다. 시오는 자꾸만 조급해지려는 마음을 억누르며 심호흡을 했다.

"넌 올 거야. 냉정한 표정으로 저 문을 열고 들어와 내 앞에 설 거야. 오기만 해. 오기만 하면……."

그가 나직이 중얼거리는 사이 현관 앞 복도에서 여자의 웃음 소리가 들렸다. 시오는 의아한 표정을 지으며 현관 앞으로 걸어 갔다. 곧 디지털 도어록에 번호를 입력하는 소리가 들렸다. 방 금 웃은 여자가 주은인가? 심장이 어찌나 크게 뛰는지 가슴이 다 뻐근할 지경이다. 시오는 문이 열리는 순간이 무척이나 길고 지루하게 느껴졌다.

경쾌한 소리와 함께 문이 열리고 주은의 옆모습이 보였다. 대 번 얼굴이 밝아진 시오는 그녀의 이름을 부르려다 열린 문틈으 로 보이는 한 사내를 보고는 입을 다물었다.

"들어와서 한 잔 해요."

그녀는 하주은답지 않게 과장되고 들뜬 목소리로 말했다. 그 녀는 취한 기색이 완연했고 같이 온 사내도 취해서 비틀거렸다. 시오는 굳은 얼굴로 어금니를 지그시 깨물었다. 주은은 문을 활 짝 열고 취한 사내를 안으로 들였다. 그리고는 현관 앞에 서 있 는 시오를 발견하고 놀란 얼굴로 말했다.

"어머, 있었네."

그녀의 다분히 연극적인 목소리에 시오의 눈빛이 가늘어졌 다.

"전화 걸어볼 걸 그랬나. 당연히 갔을 줄 알았어."

술 냄새가 확 풍겨오자 시오는 미간을 찌푸렸다. 어정쩡한 걸 음으로 들어오던 사내는 시오를 보고는 멍한 표정으로 잠시 멈 춰 섰다. 주은은 그를 돌아보며 쾌활하게 말했다.

"괜찮아요. 금방 갈 사람이니까. 신경 쓰지 말고 한 잔……."

그녀의 말을 듣는 순간 시오의 숨이 거칠어졌다. 말을 다 끝맺기도 전에 시오의 손이 날아가고 주은은 비틀거리며 벽에 손을 짚었다. 그리고는 화끈거리는 뺨에 손을 갖다 대고 피식 웃었다. 그녀는 자신을 노려보는 시오를 보며 시니컬하게 말했다.

"여자는 안 때리는 줄 알았는데. 그것도 아니었나 봐."

시오는 다시 한 번 팔을 들어올렸다가 주먹을 움켜쥐고 천천히 내렸다. 그의 눈빛은 분노와 모멸감으로 일렁거렸고 표정은 지독히도 차가웠다.

"이곳에 다른 놈을 데려와? 내가 있는 줄 알면서?"

시오는 낮게 으르렁거렸다. 그의 물음에 주은은 아무런 대답도 없이 씨익 웃었다. 한 대 갈겨주고 싶을 정도로 잔인한 비웃음이다. 시오는 자신이 보고 있는 여자가 하주은이 맞는지 회의했다. 부정하고 싶다. 이 여자는 다른 사람이라고, 자신이 사랑한 여자는 다른 곳에 있다고 믿고 싶었다.

"날 화나게 하려고 저 자식을 데려온 거라면 목적은 이뤘으니까 그만 보내."

시오는 짐승처럼 날뛰고 싶은 것을 참으며 최대한 침착하게 말했다. 반대로 주은은 흥분한 얼굴로 소리쳤다.

"웃기지 마. 가려면 네가 나가!"

"하주은, 너와 할 말이 있다고 했잖아."

"난 할 말 없다고 했잖아. 우린 끝났어."

"난 안 끝났어! 난. 아직. 안 끝났다고."

그는 말끝마다 힘을 주어 강조했다. 그러나 주은은 차갑게 비웃을 뿐이었다.

"너 머리 나쁜 남자였어? 왜 이렇게 못 알아먹어. 이 상황을 봐. 아직도 안 끝난 거 같아?"

"넌 지금 날 상처 주고 싶은 거야. 겁에 질려서 도망가려는 거잖아. 인정해. 날 사랑하잖아."

"하! 단단히 착각하고 있구나. 겁에 질린 여자가 낯선 사내를 끌어들여 섹스를 해? 그것도 사랑한다는 남자와 함께 지냈던 곳에서? 지금 네 눈엔 내가 사랑에 빠진 년으로 보여?"

"하주은!"

"왜 모든 사람이 널 사랑할 거라고 생각해? 정신 차려! 넌 내가 널 밀어내는 유일한 여자이기 때문에 집착하는 것뿐이야."

"하주은!"

주은은 시오에게 차갑게 웃어 보인 후에 돌아섰다. 조금 전까지 현관 앞에 서 있던 남자는 이미 사라지고 없었다. 그녀는 아쉬운 표정으로 어깨를 으쓱해 보였다.

"네 덕분에 남자가 도망가 버렸어. 재미없군. 여기 계속 있을 거면 난 집으로 돌아갈래."

주은이 걸음을 내디디려는 순간 시오가 성큼 다가와 주은의 어깨를 붙잡았다.

"하주은, 난 널 알아. 지금의 넌 진짜가 아니야. 넌 나쁜 여자가 되고 싶은 거야. 아무도 사랑하지 못하도록 네 자신을 가두는 것뿐이야."

"이해한다는 듯이 말하지 마. 역겨워."

시오는 차디찬 음성에도 꿋꿋하게 말을 이어나갔다.

"네 두려움을 떨쳐 내. 네 진짜 모습을 보여도 괜찮아. 다른 사람들처럼 상처 주지 않을게. 네 부모님처럼 널 떠나지 않을게."

주은은 몸을 획 돌려 시오를 노려보았다. 그리곤 그의 뺨을 후려쳤다. 시오의 고개가 돌아가고 주은의 호흡은 가빠졌다.

"나쁜 새끼. 네가 뭘 안다고 그따위 말을 해."

"네가 사랑을 못하는 건 다 네 어머니 때문……."

다시 한 번 주은의 손이 날아갔다. 시오는 주은의 손목을 잡을 수 있었지만 가만히 서서 뺨을 맞았다. 주은의 눈에는 불꽃이 일렁이고 시오의 눈은 지독한 슬픔에 젖어 있었다.

"내 과거 짜맞추고 분석하면서 재미있었니? 그래서 내린 결론이 그거야? 내가 가여웠어? 그래서 보살펴 주고 싶기라도 했어? 네 멋대로 소설 쓰지 마."

"사실이잖아."

"개소리 마. 뭘 근거로 내가 널 사랑하고 있다고 철석같이 믿고 있는지 모르겠지만 똑바로 알아둬. 난 너처럼 이년 저년 하고 붙어먹는 걸레 같은 자식 재수없어. 몇 번 같이 자고 말려고 했는데 생각보다 괜찮아서 여기까지 온 것뿐이야. 그러니까 그 착각에서 좀 헤어나오지 그래. 너란 자식이 늘어놓는 헛소리, 신물이 난다."

숨 가쁘게 쏘아붙인 주은은 굳어버린 시오의 얼굴을 노려보며 숨을 가다듬었다. 두 사람 사이에 침묵이 흘렀다. 두 사람 다 상처받고, 분노하고, 절망하고, 경멸하는 눈으로 상대방을 응시했다.

시오는 한참 만에야 간신히 입을 열었다.

"넌 쓰레기야."

"나도 알아."

잠시 후 쾅 소리와 함께 문이 닫혔다. 시오는 그제야 훅 하고 숨을 내뱉으며 벽에 등을 기댔다.

모든 것이 끝났다. 철저하게, 잔인하리만치 단호하게 끝이 났다. 시오는 긴 싸움을 끝낸 것처럼 지쳐 버렸고 주은에 대한 감정과 기대를 버리기로 결심했다. 그는 주은에게 모든 열정을 소진해 버린 듯한 느낌에 공허해졌고 그 빈틈을 메워줄 무언가를 절실히 원하게 되었다. 그는 낯선 환경과 낯선 사람들이 간절해졌다. 낯선 것에 적응해지기 위해 모든 신경을 쏟아 부으면 하주은을 잊어버릴 것만 같았다. 그때 낯설고 예전부터 그가 원해왔던 세계에서 손짓을 보내왔다. 시오는 거부할 이유가 없었다.

그가 하주은을 잊기로 다짐한 그날부터 정확히 세 달 후 시오는 뉴욕으로 떠났다. 그렇게 떠나면 모든 것이 정리될 줄만 알았다. 하지만 그가 깨달은 것처럼 삶은 생각처럼 되지 않았다.

9. 뒤늦게 찾아오는 것들

〈순결한 여신이여, 당신은 은빛으로 물들입니다.

이 신성하고 아주 오래된 나무들을.

우리에게 보여주소서, 당신의 아름다운 모습을.

구름도 없고 베일도 쓰지 않은······.

진정시켜 주소서. 오, 여신이여.

진정시켜 주소서, 당신께서 타오르는 마음을.

진정시켜 주소서, 도전적인 열정을.

뿌려주소서, 땅 위에 평화를.

당신께서 하늘에서 그렇게 한 것처럼.

　　　　　—벨리니(Bellini)의 오페라 《노르마(Norma)》제1막 中

노르마가 부르는 아리아 '카스타 디바(Casta diva)'.)

햇볕이 살랑이는 바람처럼 포근한 오후. 거실 소파에 두 모녀가 나란히 누웠다. 현주는 딸을 품에 안고 눈을 지그시 감은 채 마리아 칼라스의 아리아를 들었다.

"엄마, 이 노래를 부른 사람은 슬펐나 봐."

"왜?"

"목소리가 슬퍼."

삶을 모르는 어린아이의 입에서 흘러나온 말치곤 그늘이 느껴져서 현주는 딸의 뺨을 부드럽게 어루만졌다.

"노르마는 슬펐어. 사랑하는 사람이 자기를 떠나려고 하거든."

"이 여자 이름이 노르마야?"

"응. 노르마에게는 사랑하는 사람이 있었는데 그는 다른 여자를 사랑해. 그의 마음이 떠났기 때문에 노르마는 마음이 아픈 거야."

"노르마가 사랑한 사람은 떠나?"

"응. 그녀가 아무리 잡으려고 해도 떠난 마음은 잡을 수가 없었어."

"그래서 어떻게 되는데?"

"결국 그 사랑 때문에 죽게 되지."

아이는 한참 동안 망설이다 간신히 물었다.

"엄마…… 아직도 불행해? 엄마도 죽을 거야?"

이런 말은 안방 침대에서 엄마의 끌어안고 있던 남자를 떠올렸다. 엄마는 그를 끌어안으며 사랑한다고 몇 번이고 말했다. 엄마는 늘 슬퍼 보였지만 그 사람과 함께 있을 때만은 눈부시게 아름다웠다. 그 사랑이 끝남과 동시에 엄마의 아름다움이 사라진다는 생각을 하면 아이는 마음이 아팠다.

"죽는 게 무서워?"

현주는 두려움에 떠는 딸을 꼭 안으며 물었다.

"응."

"엄마는 죽는 게 무섭지 않아. 그런데 사랑이 변하는 건 무서워. 노르마도 그랬을 거야. 그녀는 죽는 것보다 사랑이 끝나는 게 더 두려웠을 거야."

아이는 갑자기 훌쩍거리며 울기 시작했다. 현주는 딸의 뺨을 쓰다듬으며 말했다.

"주은아, 왜 울어?"

"엄마도 노르마처럼 죽을 거 같아서. 엄마 죽지 마."

"주은아, 엄마는 누구를 위해 산 적이 없어. 늘 엄마만을 위해 살아왔어. 이제 와서 다른 사람을 위해 살진 못할 거 같아. 나쁘다 생각하겠지만 어쩔 수가 없어. 이게 삶인 걸. 너도 언제나 너만을 위해서 살아야 해."

주은은 무엇에 놀란 것처럼 몸을 떨며 잠에서 깼다. 순간 자신이 있는 곳이 어딘지 몰라서 그녀는 잠깐 멍해졌다. 눈에 들어오는 익숙한 풍경들과 냄새. 그녀는 자신의 집 거실 소파에 누워 있었다. 라디오에서 마리아 칼라스의 카스타 디바가 흘러나온다.

'저 음악 때문에 그런 꿈을 꾼 걸까.'

주은은 지친 표정으로 머리를 쓸어 넘기고는 라디오를 껐다.

조용한 일요일 오후다. 쫓기는 일도, 사람들과의 일상적인 약속도 없이 혼자서 일요일을 보내는 것은 오랜만이었다. 전엔 하루만이라도 푹 쉬어보고 싶었는데 막상 집에 혼자 있으려니 견딜 수 없이 지루했다. 늦은 점심을 먹고 집안 청소에 밀린 빨래까지 끝냈는데도 하루 종일 아무것도 안 한 것처럼 마음이 헛헛했다.

"오랜만에 들러볼까?"

주은은 창밖으로 보이는 가을 하늘을 보며 나직이 중얼거렸다.

오랜만에 엄마 꿈을 꿔서만은 아니었다. 그저 들러본 지 오래돼서 궁금할 뿐이다. 주은은 가벼운 차림에 지갑과 자동차 키를 들고서 아파트를 나왔다. 정말 오랜만이다, 엄마 집에 가는 것은. 주은은 운전하는 내내 오늘 꾼 꿈을 되새겨 보았다.

주은이 어린 시절을 보낸 집은 높은 담과 넓은 정원을 가진 이층집이었다. 유명한 건축가가 공들여 만들었다는 집은 한눈에도 부유하고 화려해 보여서 지나는 이들의 눈길을 잡아끌곤 했다. 타인들은 이 아름다운 집에 살고 있는 사람들을 부러워했지만 정작 그곳에 사는 사람들은 지독히도 외롭고 불행한 삶을 살았다.

세련된 외관, 담쟁이 넝쿨로 뒤덮인 붉은 담과 그 위로 긴 가지를 늘어뜨리고 있는 나무를 조용히 응시하던 주은은 한참 동안 주변을 서성인 후에야 현관을 열고 들어갔다. 반질반질한 돌이 깔린 길에는 나뭇가지가 수북이 뒤덮여 있었다. 들어가는 입구만 보아도 한동안 사람이 드나들지 않은 집이라는 걸 알 수있을 정도다. 주은은 사람을 시켜 청소해야겠다고 생각하며 안채로 향했다.

문을 열고 안으로 들어가니 오래 묵은 공기가 훅 끼쳐 왔다. 그리 싫지만은 않은 향이다. 어린 시절 맡아왔던 특유의 집 냄새는 왠지 모를 향수를 불러일으켜서 마음 한쪽이 눅진해진다. 주은은 과거로 거슬러 올라간 듯한 착각이 들어서 기분이 묘했다.

"오랜만이에요, 엄마."

주은은 아무도 없는 집을 향해 조용히 중얼거렸다. 가장 행복했던 기억과 가장 고통스러웠던 기억이 얽혀 있는 곳. 엄마의 체취가 오랜 시간이 흐른 지금도 여전히 느껴지는 곳. 그래서 차마 팔 수 없었던 곳.

아버지는 새 여자와 그 사이에서 난 아들을 데리고 이민 가면서 이 집과 주식, 약간의 현금을 주었다.

"미리 유산 받는다 생각해라. 이 정도면 아비 노릇은 했다고 생각한다."

유산을 두둑이 주면 아버지로서의 책임을 다 하는 걸까. 열다섯 살 주은은 심각한 표정을 짓고 있는 아버지 앞에서 피식 웃었다. 아무래도 좋았다. 주은은 행복한 기억이 가득한 집을 가질 수 있어서 좋았다. 당시엔 집을 얻는다는 생각에 아버지가 자신을 버린 것이라는 생각조차 하지 못했다. 어차피 처음부터 부정(父情) 같은 건 모르고 자라온 주은이었다. 아버지는 늘 집을 비웠고 이따금 집에 있을 때마다 엄마와 무섭게 싸우곤 했다. 주은에게 아버지는 엄마를 괴롭히는 타인들 중 하나일 뿐이었다. 삶의 중심이고 모든 것이었던 엄마가 죽자마자 주은은 알코올 중독 때문에 이혼당하고 혼자 사는 고모 집으로 보내졌다. 그리고 몇 년 후에 아버지는 미국으로 이민을 갔고 오랜 세월 동안 연락없이 각자의 삶을 살았다.

"엄마, 집도 늙나 봐. 작년보다 더 쓸쓸하고 나이 들어 보여."

주은은 벽과 계단 난간을 조심스레 쓸어보며 이층으로 올라갔다. 엄마의 침실로 한 걸음 한 걸음 다가갈수록 주은의 나이는 조금씩 줄어든다.

서른 살, 스물세 살, 열다섯 살, 아홉 살, 여덟 살, 여섯 살.

침실 문 앞에 서자 여섯 살 주은이 안을 들여다본다. 하얀 슬립을 입고 화장대 앞에 앉아 있는 엄마가 보인다. 아름다운 엄마는 꼼꼼하게 눈썹을 그리고 하얀 분첩에 파우더를 묻혀 뺨을 두드렸다. 엄마의 파우더 냄새와 향수 냄새는 어린 주은을 황홀하게 했다.

침실 안으로 걸음을 내디디자 어느덧 여덟 살이 된 주은이 말한다.

"엄마, 울지 마. 엄마가 울면 난 너무 슬퍼."

눈물 때문에 마스카라가 번져서 얼굴이 엉망이 된 엄마는 하얀 이를 드러내며 웃었다. 흑백 영화의 여주인공처럼 처연하게, 하얀 이를 드러내며 웃었다.

아홉 살의 주은은 침대로 걸어가 가장자리에 가만히 앉아보았다. 그녀 옆에 멍한 눈으로 창밖을 응시하고 있는 엄마가 앉아 있다. 지독하고 외롭고 공허해 보이는 눈동자. 그 무엇으로 채울 수 없는 외로움. 사랑에 모든 것을 바친 슬픔.

그녀는 정말 행복했을까.

서른 살의 주은은 커튼을 치고 침실 창을 활짝 열었다. 깨끗한 공기가 오랜 기억들과 묵은 공기로 가득한 침실 안으로 밀려들어 온다. 주은은 창밖으로 고개를 내밀어 심호흡을 하고는 화장대 거울을 손끝으로 쓸어보았다. 그리곤 침실 안쪽으로 들어가 옷장 문을 열었다. 과거와 달리 지금은 텅 비어버린 옷장.

엄마가 숨을 거두던 날 밤. 고모들은 엄마의 옷장에 있는 옷과 구두, 백을 모조리 꺼내 불태워 버렸다. 엄마의 모든 소지품들이 그날 밤 불탔다. 사진 한 장 남은 것이 없다. 주은이 건진 거라곤 아픈 기억들이 전부였다.

주은은 텅 빈 옷장 속으로 걸어 들어갔다. 어릴 땐 까마득할 정도로 높고 넓게 보였던 안이 지금은 적당히 아늑하다. 주은은 옷장 속에 앉아 침대 쪽을 응시했다. 엄마의 절망 어린 외침이 들린다.

"사랑해. 사랑해."

주은은 새삼스레 과거의 기억들을 모조리 꺼내 되새기는 자신을 이해할 수가 없었다.

주은은 침실을 나오며 나지막이 중얼거렸다.

"엄마, 난 잘살고 있어. 엄마가 말했던 것처럼 언제나 나만을 위해서 살고 있어."

'그런데 난 여전히 불행한 것 같아.'

주은은 입 밖으로 나오려던 말을 삼키며 자신의 침실이었던 곳으로 걸어갔다. 그곳 또한 다른 방과 별 다를 바 없이 모든 것들은 치워지고 빈 가구들만 남았다. 벌거벗은 것처럼 마음이 춥다.

주은은 응접실 바닥에 앉아 땅거미가 내려앉은 것을 보았다. 사방은 고요하고 싸늘하다. 그 싸늘함이 가뜩이나 시린 주은의 마음을 더욱 시리게 했다.

그날 오피스텔을 나올 때도 이렇게 마음이 시렸다. 찬바람이 가슴을 뚫고 들어와 몸 밖으로 빠져나가는 느낌. 돌덩이가 내리누르는 듯한 무거움은 가셨지만 마음은 가볍다 못해 허허롭고 시렸다. 나무 한 그루 없는 벌판에 옷을 벗고 서 있는 것처럼 자신이 부끄럽고 추웠다. 너무 많이 벗어버려 텅 비어버린 듯한 마음. 원한 게 이것인데, 이러려고 그토록 모진 말들을 내뱉으며 그를 몰아낸 것인데 막상 벗어버리고 나니 아팠다. 몸이, 마음이, 머릿속이 말을 듣지 않고 자꾸 아팠다.

"엄마, 난 그 사람을 버리면 모든 것이 편안해질 줄 알았어. 다시 예전으로 돌아갈 줄 알았어. 그런데 돌아갈 수가 없어. 난 변했어."

변했다는 것만을 느낄 뿐 무엇이 어떻게 변했는지 알 수 없다. 전과 다름없이 똑같이 반복되는 일상의 연속이었다. 새로운 문화를 접하고 낯선 사람들을 만날 때마다 느꼈던 호기심이 이젠 다르게 다가온다. 주은의 주변부에만 머물렀던 그것들이 이젠 삶을 비집고 들어오기 시작했다. 메말랐던 마음이, 딱딱한 돌 같던 마음이 젖은 흙처럼 부드러워졌다. 보는 대로 느끼는 대로 자국이 남는다. 마음의 자국은 시간이 흐를수록 선명해지고 피를 흘리듯 감정이 새어나온다.

슬프다. 아프다. 외롭다. 울고 싶다. 화가 난다. 실컷 떠들고 싶다. 죽도록 싸우고 싶다.

하루에도 몇 번씩 생각한다. 이토록 내가 느끼는 것에 솔직해본 적이 있었던가. 왜 갑자기 모든 것이 변해 버렸을까. 자신도 설명할 수 없는 이 마음을 어찌해야 할지 주은은 종잡을 수가 없다. 그저 변해 버린 자신에 당혹스럽고 두려울 뿐.

'엄마, 내 마음이 내 것이 아닌 것 같아. 끄트머리부터 껍질이 깨지는 것처럼 조금씩 금이 가. 이러다간 조각조각 부서질 것만 같아.'

어둠이 서서히 밀려가 온몸을 에워싸는 것만 같다. 두렵고 춥고 괴로웠다.

'엄마, 행복해? 난 불행해. 예전의 내가 아니라서 두려워. 돌아가고 싶어. 예전으로 돌아가고 싶어.'

어두운 하늘을 응시하던 주은은 제 몸을 끌어안고 바닥에 누웠다. 차가운 기운이 심장 속으로 스며들어 와 피를 따라 온몸을 돈다. 춥다. 주은은 몸을 떨며 지그시 눈을 감았다.

"어머, 언니!"

쾌활한 음성이 호텔 커피숍을 나오는 주은의 걸음을 붙들었다. 돌아보니 수진이 유치원 아이처럼 손을 흔들며 다가오는 것이 보였다. 주은은 청탁을 부탁한 기고가를 보내고 수진과 마주 섰다.

"오랜만이네."

"그러게, 정말 오랜만이다. 잘 지냈어?"

"응."

"언제 연락해서 밥이라도 한번 먹으려고 했었는데 바빠서 그럴 짬이 안 났어. 아, 만남 김에 차라도 한 잔 마실래? 시간 돼?"

주은이 고개를 끄덕이자 수진은 활짝 웃으며 옆에 서 있는 매니저를 보내고 커피숍 안으로 이끌었다.

"언니, 시오 씨 뉴욕으로 간 건 알고 있지?"

수진은 커피를 주문하자마자 시오 얘기를 꺼냈다.

시오는 지금 뉴욕에서 활동하고 있다. 몇 달 전 보그 차이나와 작업한 화보가 보그 편집장의 눈에 띄어 뉴욕으로까지 진출한 일은 이쪽 업계를 흥분의 도가니로 몰고 간 일대 사건이었다. 해외 유학파도 아닌 국내파가 해외로 진출한다는 것은 불가능하게 느껴질 만큼 어려운 일이었기 때문이다. 그는 이미 마이클 코어스와 질 스튜어트와 일했고 곧 스텔라 매카트니와 작업을 하기로 되어 있어 주변의 관심은 더욱 높았다.

"응, 알고 있어."

주은은 담담하게 고개를 끄덕였다. 수진의 눈빛은 그가 자랑스럽다는 듯이 반짝반짝 빛났다. 주은 또한 그의 성공이 기뻤다. 그는 늘 뉴욕에서 일하고 싶어했고 드디어 꿈을 이뤘으니 축하할 일이다. 하지만 그렇다고 해서 그와의 일을 떠올리는 것이 괴롭지 않은 건 아니었다. 주은은 그의 소식이 들려올 때마다 마음 한쪽이 몹시도 아팠다.

"우리가 헤어진 것도 알고 있어?"

고개를 들어 수진의 얼굴을 보니 아무것도 아닌 것처럼 웃고 있었지만 눈빛은 아직 정리가 안 된 듯 복잡해 보였다. 주은은 고개를 가로저었다.

"사실 헤어졌다 말하기도 웃기지. 내가 좋아서 따라다닌 것뿐이니까. 아무튼 시오 씨와는 뉴욕에 가기 전에 정리했어. 그 사람, 좀 변했어. 우리가 알았던 송시오가 아니야. 이게 다 언니 때문이지?"

수진의 눈빛에 원망이나 비난은 없었다. 진심으로 궁금해서 물어보는 것뿐이다. 주은은 아무런 대답도 못한 채 창밖으로 시선을 돌렸다.

"그는 내내 화를 냈어. 자신에게 말이야. 무서울 정도로 차갑고 냉정했어. 그 사람을 좋아하지만 내가 해줄 수 있는 부분은 없었어. 결국 감당이 안 돼서 포기했지. 난 정말 이해가 안 가. 왜 그렇게까지 해야 했어? 언니, 그 사람 좋아했잖아."

"나는……."

주은은 말을 꺼내려다 이내 입을 다물었다. 무슨 말이든 하고 싶었지만 머릿속이 하얗게 탈색되어 아무 말도 떠오르지 않았다.

"그 사람은 진심으로 언닐 좋아했어. 그래서 많이 괴로워했고. 내가 도와주고 싶었지만 그럴 수가 없었어. 나라면 그런 식으로 상처 주지 않았을 텐데."

'난 상처 주고 싶었어. 망가뜨리고 싶었어. 다신 내게 다가오지 못하도록 파괴해 버리고 싶었어.'

왜 그토록 격한 감정에 휩싸였던 것일까. 왜 그런 말을 쏟아냈던 걸까. 주은은 대답하지 못할 질문을 자신에게 몇 번이고 되물었다.

"난 시오 씨를 만나면서 이 세상에 진심이라는 것이 있을지도 모른다는 희망을 품었어. 그래서 앞으로는 믿어보려고 해."

수신은 진과는 조금 달라져 있었다. 지금의 그녀는 예전보다 한결 더 아름답고 빛나 보였다. 사람의 진심 타인을 바꿔놓을 수 있을까. 현재를, 미래를 바꿔놓을 수 있을까. 심지어 과거의 기억까지도. 주은은 알 수가 없었다.

"그 남자를 보고 있으면…… 난 어둠이 된 것 같았어. 그가 빛날수록 난 어둠이 되고 멀어져야겠다는 생각만이 가득했어."

자신도 모르게 입 밖으로 새어나온 말이다. 주은은 말하고 나서야 '아, 그랬구나. 그래서 그토록 그에게서 멀어지고 싶었던 거구나' 하고 생각했다.

"두려웠던 거야, 사랑에 빠질까 봐?"

"글쎄."

"언니는 솔직하지 못해. 잔뜩 상처받은 얼굴로 주위 사람들을 상처 내지. 그게 얼마나 잔인한 건지 알아?"

"맞아, 난 잔인해."

목으로 넘어가는 커피가 지독히도 쓰다. 주은은 마지막으로 한 말을 몇 번이고 속으로 되뇌었다.

"언니를 보면 안쓰러워. 그 사람을 볼 때도 안쓰러웠어. 두 사람 정말 어리석고 불쌍한 사람들이야. 이 말을 해주고 싶었어. 나 먼저 일어난다. 계산은 내가 할게."

수진은 자리에서 일어나 총총히 커피숍을 나갔다. 주은은 멀어지는 그녀를 보며 느리게 커피를 홀짝였다. 몸속으로 흘러들어 가는 커피가, 그녀가 내뱉은 말이 독처럼 치명적으로 느껴졌다.

✻

가을이 깊어가던 어느 날. 잡지사로 한 통의 전화가 걸려왔다.

"네, 하주은입니다."

[나야.]

특유의 걸걸한 목소리. 직재였다. 주은은 생각지 못한 전화에 놀라 소리쳤다.

"선생님!"

[웬 선생님? 언니라고 해. 닭살스럽게 선생은 왜 갖다 붙여?]

"웬일이세요, 전화를 다 주시고?"

[나 서울 왔어. 여기 종로인데 나와. 얼굴 보고 싶어.]

"금방 갈게요. 종로 어디에 계신데요?"

주은은 들뜬 마음으로 약속 장소를 정하고 잡지사를 나왔다. 약속한 커피숍에 도착하니 창가에 앉아 담배를 피우고 있는 직재가 눈에 들어왔다. 작가 특유의 사색적인 분위기가 물씬 느껴진다.

"서울 나들이를 다 하시고, 무슨 바람이 분 거예요?"

주은이 다가가 불쑥 말을 꺼내자 직재가 돌아보며 말했다.

"난 서울 바람 쐬면 안 되니? 서울 멀어 아니더라. 사는 건 어디나 다 똑같아."

"왜 혼자 올라오셨어요?"

"내 애인? 그 자식이 멀미를 좀 해. 어떻게 되어먹은 게 기차를 타도 멀미를 하더라고. 그래서 나 혼자 왔어. 난 먼저 커피 시켰어. 너도 마시고 싶은 거 시켜."

주은이 주문을 하는 사이 직재는 팔짱을 끼고 얼굴을 꼼꼼히 살폈다. 숙제 검사를 하는 엄마처럼 유심히. 주은은 멋쩍어서 살짝 웃어 보였다.

"오늘 저녁에 바쁘니?"

"아니요, 특별한 일 없어요."

"그럼 너 나랑 술 마셔야겠다. 네 얼굴 보니 술 좀 마셔줘야겠어."

"제 얼굴이 어떤데요?"

"몰라서 묻니? 빨리 차 마시고 일어나자. 어디 잘하는 삼겹살집 알아?"

"벌써요? 아직 해도 안 졌는데."

"너도 재미없게 밤낮 가려가면서 술 마시는 과야? 술은 낮부터 빨아줘야 밤엔 얼큰해서 더 잘 들어가는 거야. 가자. 여기, 주문한 거 빨리 안 갖다 주고 뭐 해요? 우리 급하다구요."

직재는 테이블을 탕탕 치며 소리쳤다.

그들이 커피숍을 나와 종로 3가에 있는 작은 삼겹살집을 찾아들어 갔다. 직재는 자리에 앉자마자 삼겹살 삼 인분과 소주 한 병을 시켰다. 마주 앉은 두 여자는 고기를 굽고 첫 잔을 마시며 그간 있었던 이야기를 나누었다.

직재의 첫 작은 여전히 잘 팔리고 독자층도 다양해졌다. 패션지에 실린 독특한 형식의 인터뷰 기사가 항간에 회자되면서 직재에 대한 인기가 한층 높아진 터라 출판사는 이때를 놓치지 않고 차기작을 계약하자고 졸라댔다. 좀처럼 대전 밖을 벗어나는 일이 없는 직재지만 이번만큼은 몸소 서울로 올라와서 편집자와 같이 사는 애인을 놀라게 했다. 물론 주은도 놀랐고.

"너 보고 싶어서 올라온 거야."

직재의 말에 주은은 의외라는 얼굴을 했다.

"몰랐어? 내가 너 좋아하잖아."

그녀는 장난꾸러기 소년처럼 웃어 보이며 말을 이었다.

"술 한번 사야지 했어. 기사가 아주 마음에 들었거든. 억지로 미화하지 않고 있는 그대로 써줘서 말이야. 왜, 글깨나 쓴다는 년들은 어렵게 꾸미고 치장하려고 하잖아. 넌 그런 게 없어. 솔직하고 날카롭지. 글은 그런데 현실은 왜 그 모양이야?"

담담하기만 했던 주은의 표정이 조금씩 무너졌다. 직설적이고 당당한 직재 앞에 있으면 주은은 자신을 숨길 수가 없었다. 무심하게 툭툭 내던지는 말 한 마디 한 마디가 가슴 깊숙한 곳에 숨겨진 진심을 건드렸다.

"항상 모든 것을 다 알고 있는 것처럼 말씀하시네요."

주은이 씁쓸하게 말했다. 그녀는 들고 있던 산을 마시시 않고 그저 들여나볼 뿐이있다.

"내 눈엔 다 보이는 걸. 말해봐, 뭐가 문제인지."

"문제라……."

주은은 누군가에게 자신의 문제를 털어놓은 적이 없었다. 자존심 때문이기도 했지만 그런 것은 자신을 나약하게 만드는 거라고 여겼다. 기댈 사람조차 없었으니 어쩔 수 없이 터득해 온 삶의 방식인지도 모르겠다. 자신의 얘기를 한다는 건 주은에게 너무나도 어려운 일이다. 하지만 이제는 누구에게라도 해보고 싶었다. 그러지 않으면 견뎌내질 못할 것 같았다. 주은은 신부 앞에서 고해성사를 하듯 자신의 마음 일부를 천천히 내보이기 시작했다.

"난 솔직하지 않아요. 한 번도 날 내보여준 적이 없어요. 사람들이 보는 건 꾸며진 하주은이에요."

"두려워하고 있구나, 진짜 자신을 들킬까 봐."

주은은 시선을 들어 직재의 얼굴을 보았다. 몸속 깊숙이 투시하는 듯한 눈빛에 몸이 떨려왔다. 왜 이 사람 앞에서는 이렇게 모든 것을 내보일 수 있는 걸까. 두려움도, 경계심도 없다. 왜 다른 사람에게는 그러지 못했을까. 주은은 쓰디쓴 소주와 삶을 안으로 삼켰다.

"난 약하니까. 진짜 나는 약하니까. 그럴수록 더 아닌 척해야 해요."

주은은 자신이 내뱉는 말들에 내심 놀라고 있었다. 머릿속으로 생각만 하고 있던 것이 막상 입으로 내뱉으니 낯설고도 깊숙하게 마음에 닿았다.

"아무도 건드리지 못하게. 상처받기 싫어서."

직재는 잔 속을 들여다보며 혼잣말처럼 중얼거렸다. 주은은 고개를 끄덕였다.

"두려워서, 상처받기 싫어서 다른 사람을 상처 냈어요. 죄책감 같은 건 없었어요. 공격하지 않으면 당하니까 그러기 싫어서 내가 먼저 상처를 줬어요. 그런데 이번은 다른 때와 달랐어요. 자꾸만 마음이 쓰였어요. 문득 문득 그 사람을 떠올릴 때마다 그가 보여준 미소가, 웃음이 떠올랐어요. 그래서 더 잔인하게 굴었어요. 다신 이어붙일 수 없게 철저하게 부숴 버렸어요. 그런데……. 이 마음이…… 이 마음이 너무나도 쓰라리고 아파요."

실제로 심장에 통증이 오는 것처럼 주은의 얼굴이 일그러졌다. 직재의 눈빛에 안쓰러움이 스쳐 갔다.

"끝내고 보니 알겠어요. 내가 얼마나 나쁘고 잔인했는지. 이따금씩 후회해요. 아, 그런 행동은 하지 말 걸. 그렇게 말하지 말걸."

"넌 두려웠던 거야. 두려움은 사람을 어리석게 만들지."

직재는 한심하다는 듯 혀를 차며 술을 마셨다.

"내 감정이 시키는 대로 하면 된다고 생각했는데. 나한테 속은 기분이에요. 내게 화가 나요."

"화가 나면 화를 내야지. 욕해. 손으로 쥐어뜯고 발로 차고 자빠뜨려. 왜 억누르고 있는 거야?"

주은은 그동안 쌓여 있던 감정을 풀어내기 시작했고 직재는 그것이 자신의 것인 것처럼 흥분하고 분노했다.

"벗어날 수가 없어요. 내 자신에게서, 엄마에게서 벗어날 수 없어요."

"엄마는 엄마고 넌 너야. 별개의 삶이고 사랑이란 말이야. 넌 그걸 인정해야 해."

"난 아무도 사랑할 수 없을 것 같아요."

술잔을 테이블에 소리 나게 내려놓은 직재는 술에 풀린 눈으로 주은을 노려보며 말했다.

"하주은, 내 생각을 말해볼까? 넌 사랑을 못하는 게 아니야. 사랑을 모르는 거지. 방법을 모르니까 무턱대고 밀어내기만 한 거야. 왜냐, 한 번도 사랑받지 못했으니까. 넌 늘 엄마가 사랑해주길 기다렸지만 네가 원하는 만큼의 보답을 받지 못했어. 버려졌다는 두려움과 결핍이 지금의 널 만든 거야. 그러다 정작 사랑하는 사람을 만나자 덜컥 겁이 난 거야. 다시 버려질지도 모른다는 두려움, 네가 사랑한 만큼 보답받지 못할 거란 두려움이 엄습해 온 거지."

직재의 거침없는 목소리가 식당 안에 쩌렁쩌렁 울렸다. 순간

술을 마시던 사내들 몇 명이 이 큰 목소리의 주인공이 누구인지 고개를 빼고 쳐다보았다. 자신의 목소리가 지나치게 높은 걸 알았는지 직재는 목소리 톤을 낮추고 말했다.

"다른 허섭스레기 같은 생각은 네 머릿속에 지워 버려. 그깟 것들에 사로잡혀 있으면 평생 헤어나오지 못해. 사랑한다면 사랑해. 복잡하게 머리 굴리지 말고 느끼는 대로, 마음이 가는 대로 사랑해."

직재는 이 어리석고 불쌍한 여자의 몸속에 도사리고 있는 뜨거운 감정들을 끄집어내고 싶었다. 꼭꼭 닫힌 마음을 열고 자신이 느끼는 대로 사는 것이 얼마나 행복한 일인지 가르쳐 주고 싶었다. 주은은 자신과 닮은 구석이 많았다. 사랑을 두려워했고 사람을 두려워했다. 두려움은 사람을 폐쇄적으로 만들고 제멋대로 일그러지게 한다. 벗어나야 한다. 그런 자신에게 벗어나야 사랑을 할 수 있고 삶을 살 수 있다. 직재는 주은이 곧 허물을 벗어버리고 진짜 자신으로 설 수 있을 거라 확신했다. 그녀 안에 뜨겁고 순수한 열정이 만져질 듯 가깝고 분명하게 느껴졌다. 그러면 지금의 자신처럼 그녀도 솔직하게 세상을 살 수 있을 것이다. 자유. 직재는 주은이 자유로워지길 바랐다.

직재는 주은의 손을 지그시 잡고 눈을 들여다보며 말했다.

"그 누구도 사랑이 온통 핑크빛이라고 말한 적 없어. 사랑이 모든 것을 용서하고 이해하고 포용할 수 있는 거라고 믿는 건 지극히 바보들이야. 사랑은 절대로 아름답거나 숭고한 게 아니야. 사랑은 욕망이고 모순이고 아픔이고 슬픔이야. 세상의 모든 감정을 한데 모아놓은 단어가 있다면 그게 바로 사랑일 서아. 사랑을 믿지 않는다고 말하는 사람은 사랑의 가치를 높이 생각하는 사람이야. 그런 사람들은 진실한 사랑 운운하며 환상 속에 젖어 사는 사람이지. 사랑은 있어. 언제나 우리 주변을 맴돌고 있지. 사람들은 그걸 인정하기가 싫은 거야. 사랑이 이토록 가깝게 있다는 사실을, 자신은 이미 사랑하고 있다는 사실을, 평생 이렇게 사랑하며 살게 될 거란 걸 인정하기 싫은 거야. 영화나 소설 속에 나오는 달콤한 사랑? 좋지. 행복하지. 하지만 모든 사랑이 다 행복할 수는 없어. 완전한 사람이 없는데 어떻게 완전한 사랑이 있겠어. 우리는 인정해야 해, 사랑이 삶을 완성해주는 것이 아니란 걸. 사랑은 고통과 슬픔의 다른 이름이라는 걸 이해하고 받아들였을 때 자유로워질 수 있어. 주은아, 네 두려움을 하나씩 걷어내. 네가 받을 아픔과 슬픔을 인정해. 하지만 고통만 있을 거라는 생각은 버려. 네가 사랑을 하는 동안 어느 순간엔 세상에서 가장 행복한 여자가 될 때가 있을 거야. 어느 순간엔 살아 있길 잘했다는 생각이 들 거야. 그런 게 사랑이고 삶이야. 어때? 사랑이라는 거, 해볼 만한 가치가 있을 거 같지 않아?"

주은은 직재의 말들이 가슴을 건드려 아득했다.

'내가 두려워했던 상처라는 게 어쩌면 아무것도 아닐지 몰라. 그저 막연히 두려워서 도망 다닌 것뿐일지도.'

주은은 복잡한 표정으로 술잔을 들이켰다. 그녀는 지독히도 혼란스러워 보였다.

'삶도, 사랑도 아무것도 몰랐다는 생각이 들어. 난 어느 곳을 방황하며 다녔던 걸까.'

주은의 혼란은 점점 더 걷잡을 수 없이 온 마음을 헤집었다. 사랑. 사랑이라는 단어가 너무나도 가깝고 혼란스럽게 느껴졌다.

"모셔다 드리지 않아도 괜찮겠어요?"

"괜찮아, 괜찮아. 겨우 소주 다섯 병에 맛이 갈 내가 아니지."

"친구 분께는 전화 드렸어요. 골목이 어두워서 입구에 나와 계시겠대요."

"알았으니까 그만 가. 내려가기 전에 전화할게."

자정이 가까워져서 술자리가 끝났다. 제법 취한 직재는 간신히 택시에 올라타고는 창밖으로 손을 내저으며 연방 그만 가보라며 손짓을 했다. 주은이 막 발걸음을 옮기려는데 직재가 소리쳤다.

"하주은, 후회한다는 건 다시 시작할 수 있다는 뜻이기도 해. 다시 시작하는 걸 두려워하지 마!"

택시는 떠나고 직재의 마지막 외침만이 밤공기에 아스라이 떠다녔다. 주은은 곧바로 택시를 잡지 않고 종로 거리를 한참 동안 걸었다. 직재만큼은 아니지만 제법 취했는데 이상하게도 머릿속은 점점 분명해졌다. 지금 이 순간만큼은 복잡하고 알 수 없게 느껴졌던 자신의 감정이 쉽게 읽혔다. 주은은 몇 번이고 그저 두려웠던 거라고 자신에게 되뇌었다. 하지만 두려움이 자신을 먹어버려 어쩔 줄 몰라 했던 것뿐이라고 스스로를 납득시킨다 해도 변하는 건 없다. 주은은 시오의 마지막 눈빛을 떠올리며 자신도 모르게 몸을 떨었다. 그 눈빛을 보며 정말 끝이라고 생각했다. 그리고 처음으로 무언가가 잘못됐다는 생각을 했다. 자신이, 자신의 삶이 왜 이렇게 일그러져 버린 걸까. 왜 그를 마음속에서 파괴하고 밀어냈던 걸까.

주은은 종로 5가에서 택시를 잡아타고 기사가 재차 행선지를 물을 때까지 잠자코 앉아 있었다. 그녀는 까맣게 잊고 있다가 갑자기 떠오른 듯 다소 얼떨떨한 얼굴로 행선지를 말했다. 하주은과 송시오가 만났던 오피스텔. 차마 정리할 수 없어 그대로 둔 곳으로 주은은 향했다.

현관 불이 들어왔다가 사람의 움직임이 없자 곧 꺼졌다. 주은의 눈길은 어두운 오피스텔 안을 흔들리는 눈빛으로 응시했다. 그녀는 가라앉은 침묵과 냄새, 공간 자체에서 흘러나오는 익숙함을 온몸으로 느끼며 기억 속으로 휩쓸렸다.

주은은 자신이 느끼고 생각하는 대로 살아왔지만 자신을 온전히 믿지 못했다. 감정이라는 것이 얼마나 유약하고 가벼운 것인지 알기에 의식 이면에서는 항상 경계하고 두려워해 왔다. 자신이 느끼는 것을 온전히 받아들이지 못하고 늘 회의하고 의심해 왔는데, 그것만이 최선의 방어라고 생각해 왔는데 그것이 아니었다. 최선의 방어가 최악 상황으로 바뀌었다. 이 공간과 이곳에서 같이 시간을 보낸 남자 때문에.

방어막이 걷힌 지금, 주은은 자신이 느끼는 것을 여과없이 받아들이며 거침없이 흔들렸다. 자신이 무엇 때문에 이토록 아픈지 알기에 두려웠다. 어디로 휩쓸려 가는지 알 수 없는 막연한 두려움.

주은은 간신히 걸음을 옮겼다. 현관 등이 켜지고 동시에 기억들이 차례차례 스위치를 올린 것처럼 떠올랐다. 웃을 때마다 반짝이던 눈빛, 이따금씩 무뚝뚝하게 보이던 표정, 귓전을 간질이던 뜨거운 숨결, 허리를 감싸던 단단한 근육의 감촉. 감각들은 주은의 온몸을 순환하며 체온을 덥혔다. 기억이 감각들과 바로 연결된다는 것만큼 고통스러운 것이 없다. 주은은 그가 남기고 간 기억과 감각들에 아파하고 또 그리워했다.

'진작 이렇게 아팠어야 했어. 내 심장이 그땐 너무나도 무뎠어. 그래서 아플 틈이 없었어.'

지난 시간에 대한 그리움과 혼란, 뒤늦은 후회가 차례차례 밀려왔다.

주은은 거실을 지나 침실로 걸음을 옮겼다. 벽을 더듬어 침실 불을 켜자 어둠 속에 익숙했던 눈이 시렸다. 주은은 눈을 살짝 찌푸리다가 욕실 문에 시선을 두었다. 금방이라도 욕실 문이 열리고 전라의 시오가 머리에 물기를 털며 걸어나올 것만 같다. 그는 늘 그랬다. 거침없이 벗고 거침없이 자신을 드러냈다. 그런데 자신은 과거 속에 숨어 있었다.

주은은 침대 위에 앉아 긴 숨을 토해냈다. 이제야 술기운이 밀려오는지 온몸이 묵직하고 머리가 아프다. 몹시도 피곤해서 이대로 잠들고 싶을 뿐이다. 주은은 힘겨운 손길로 재킷을 벗다가 협탁 위에 놓인 무언가를 발견했다. 그녀는 손을 뻗어 스탠드를 켰다. 낯선 그 무언가를 발견한 주은의 눈빛이 크게 흔들리기 시작했다.

사진 속에는 낯선 여자가 있었다. 과거의 하주은. 자신이 아닌 남처럼 느껴지는 얼굴이었다. 그녀의 얼굴에는 뭐랄까…… 자유 같은 것이 느껴졌다. 주은은 과거의 자신을 한참 동안 들여다보다 무심결에 뒷장을 보았다.

〈난 네가 마음을 열어주길 바라면서도 정작 내 감정은 솔직하게 말하지 못했어. 그래서 더 이상 돌이킬 수 없기 전에 이 말을 꼭 하고 싶다.〉

다음 문장을 읽던 주은은 순간 숨을 멈추고 돌덩이처럼 딱딱하게 굳어버렸다.

〈사랑한다. 사랑한다, 하주은.〉

주은은 사진을 손에서 놓치고 억눌린 숨을 흘렸다. 그를 마지막으로 본 날 밤 자신이 쏟아낸 많은 말들이, 그의 눈빛이 생생히 떠올라 숨을 조여왔다.

'이 사진을 주기 위해서, 이 말을 하기 위해 왔던 거구나.'

주은은 자신을 놓치고 멍하니 허공을 응시했다. 가슴을 꽉 메운 무언가에 심장이 뜨거워지고 동시에 견딜 수 없이 욱신거렸다.

사람들은 무언가를 잃고 나서야 그것의 가치를 깨닫게 된다고 한다. 뒤늦게 찾아오는 많은 것들은 후회와 아픔을 남긴다. 주은은 그가 남겨놓고 간 사진을 보며 자신이 미처 알지 못했던, 아니, 알고 싶지 않아 외면했던 존재를 깨달았다.

사랑. 그것이 사랑이었구나.

주은은 자신의 마음속에 웅크리고 있던 진실과 대면한 순간, 그동안 자신이 얼마나 많은 거짓말을 하고 살아왔는지 깨달았다.

그를 사랑해.

순간 커다란 파도가 밀려와 주은을 휩쓸어 버렸다. 주은은 세상이 거꾸로 뒤집히는 혼란 속에 정신을 놓아버릴 것만 같았다.

그를 사랑해.

사랑이라는 말은 늘 비현실적으로 들렸다. 막연한 환상 같았다. 모순적으로 보이기도 했고 환상처럼 허무맹랑해 보이기도 했다. 하지만 지금 이 순간, 사랑은 현실이었다. 너무나도 뚜렷하고 분명한 현실. 자신을 통째로 휘감아 버린 파도는 점점 가라앉고 진실 하나가 주은의 마음 한복판에 뚜렷하게 각인됐다.

그를 사랑한다. 그리고 나는 살아 있다.

주은은 심장에서 지펴진 열기가 온몸으로 퍼지는 것을 느꼈다.

10. 그를 만나다 🌿

"**W**ow, shes gorgeous!"

"Gorgeous Scarlett!"

메이크업과 화장을 완벽하게 마치고 스튜디오에 들어온 스칼렛 요한슨을 보자마자 스태프들은 일제히 찬사를 내뱉었다.

금발과 초록색 눈, 도자기처럼 하얀 피부와 남자들의 혼을 빼 놓는 풍만한 가슴. 그녀는 163㎝의 작은 키에도 불구하고 할리 우드 최고의 섹시 아이콘으로 떠오르고 있는 여배우다. 어딜 가 나 육감적이고 매력적인 모델들이 넘치는 이곳에서 그녀는 독 특한 보석처럼 반짝거렸다. 특유의 침착하고 조용한 눈빛은 신 비스러웠고 사람들을 똑바로 바라보는 그 당당하고 도도해 보이는 표정은 그녀의 가치를 높였다. 스칼렛은 자신을 향해 쏟아지는 찬사에 기분 좋게 웃으며 스튜디오를 가로질렀다. 폴리로이드 카메라를 매만지던 시오는 다소 무뚝뚝한 표정으로 자신이 찍을 아름다운 피사체를 응시했다.

스칼렛이 전날 화끈한 파티에 참석해 밤늦도록 즐겼다는 소문이 이른 아침부터 LA에 파다한지라 스태프들은 그녀의 컨디션을 걱정했다. 하지만 이 금발의 미녀는 특유의 톤 낮은 목소리로 크게 웃음을 터뜨리며 스타일리스트와 수다를 떨었다. 그녀의 컨디션은 좋아 보였고 새침을 떨거나 까다롭게 굴지 않고 주위 분위기를 즐겁게 이끌었다.

얼루어에서 커버 컷 제의가 들어왔을 때, 그것도 모델이 스칼렛 요한슨이라는 소식을 들었을 때 시오를 제외한 주위 사람들은 모두 흥분에 들떴다. 처음 마이클 코어스와 광고 작업을 할 때까지만 해도 누구도 송시오가 이렇게 빠르게 성공하리라고는 예상하지 못했다. 남 말하기 좋아하는 이들은 시오의 뉴욕 진출에 대해 상당히 회의적이었는데, 시오가 여배우와의 스캔들로 이름을 알렸을 뿐 실력으로 승부하기엔 역부족이라고 공공연히 떠들고 다녔다.

언론의 관심을 받는 것이 그를 알리는데 공헌을 하긴 했지만 능력 대신 스캔들만 강조해 부담된 건 사실이었다. 그래서인지 시오는 처음부터 다시 시작하는 것이나 마찬가지인 뉴욕 생활이 마음에 들었다.

한국과 달리 분화되고 정밀한 시스템과 자신이 원하는 스케줄대로 마음껏 찍을 수 있다는 것도 뉴욕의 매력이었다. 시오는 자신의 기량을 마음껏 내보이며 사람들의 우려를 종식시키고 더 나아가 그들을 매혹시켰다.

　그의 파격과 창조성은 시간이 지날수록 진화되어 갔고 송시오는 하이 패션업계에서 탐을 내는 사진작가로 급부상했다. 송시오와 작업한 스태프들과 디자이너, 모델들은 하나같이 사진은 표현할 수 없이 굉장하지만 함께한 작업은 곤혹스러웠다고 입을 모았다. 그는 무뚝뚝하고 자존심이 강하며 지나치게 완벽주의자여서 따라가느라 쩔쩔매게 된다는 것이었다.

　사람들은 그가 잠은 언제 자는지 휴식이라는 단어를 알고는 있는지 궁금해했다. 그는 뉴욕, LA, 런던, 파리를 종횡무진하며 엄청난 양의 일을 거침없이 소화해 냈다. 사람들에게 그는 대단한 야심가, 깐깐한 포토그래퍼, 지독한 일 중독자로 비춰졌다. 스칼렛도 그런 그의 소문을 들었는지 휴식 시간을 틈타 호기심 어린 눈을 반짝이며 시오에게 말을 걸었다.

　『모델들한테 불친절한 포토그래퍼라고 소문났던데 정말 그래요?』

　스칼렛이 옆 자리에 앉자 의자에 비스듬히 기대 있던 시오는 몸을 일으켰다. 그는 뉴욕에 도착했을 때보다 조금 더 말랐고 눈빛은 한층 더 날카로워져 있었다.

　『모델들과 농담이나 하고 기분을 맞춰주기 위해 포토그래퍼가 있는 건 아니죠.』

시오는 무덤덤하게 대답했다. 무례하디 싶이 기분 니쁠 법도 한데 스칼렛은 기분 좋게 웃음을 터뜨렸다.

『당신, 마음에 들어요.』

그녀는 여전히 웃음을 머금은 채 백에서 담배를 꺼내 입에 물었다. 그녀가 시오에게 담배 케이스를 내밀자 그는 고개를 저으며 말했다.

『끊었습니다.』

스칼렛은 어깨를 으쓱하며 담배 케이스를 백에 넣었다. 그녀는 차가우면서도 신비한 분위기를 가지고 있는 동양인 남자의 실체가 궁금했다. 그는 주위 사람들과 다른 무언가를 품고 절대로 보여주지 않을 것처럼 고집스러워 보였지만 그 남다른 점이 마음에 들었다.

『지난번 W와 작업한 스태프에게서 들은 건데 당신은 사물을 보는 시선이 독특하다고 했어요. 특별한 걸 발견해 내는 재주가 있다던데 내게선 무얼 발견했나요?』

스칼렛은 초록빛 눈동자를 반짝이며 물었다. 그걸 본 시오의 딱딱한 표정이 조금 느슨해졌다. 그는 부드러운 톤으로 말했다.

『그건 말로 설명하기 힘듭니다. 순간의 느낌이거든요. 어디까지나 운이 좋은 것뿐입니다.』

『그 운이 능력인 거죠. 기대되네요. 어떤 사진이 나올지.』

스칼렛과 시오는 비록 잠깐 동안 대화를 나눈 게 전부지만 서로에게 호감을 느꼈다. 스칼렛은 자기가 원하는 것이 분명했고 그만큼 자유로웠다. 시오는 그녀의 아름다움과 자유로움을 끌어내려고 노력했다. 서로를 존중해 주는 두 사람 사이의 유대감 덕분에 현장 분위기는 좋았고 서로가 원하는 것을 맘껏 보여주고 찍을 수 있었다.

촬영이 끝나자 스칼렛은 시오에게 씩씩하게 악수를 청하며 말했다.

『오늘 근사한 파티가 있는데 초대하고 싶어요. 올래요?』

『초대는 고맙지만 일이 많아서요.』

『당신, 내 초대를 거절한 최초의 남자인거 알아요?』

시오는 팔짱을 낀 채 희미하게 웃어 보였다. 그러자 스칼렛은 새침한 미소를 지었다.

『섭섭하네요. 나중에라도 마음이 바뀌면 연락해요.』

스칼렛은 시오의 뺨에 살짝 입을 맞추고는 손을 흔들며 사라졌다. 시오는 스태프들의 질투 어린 시선을 뒤로하며 카메라들을 챙겼다.

머무는 호텔로 돌아온 시오는 한 시간 동안 수영을 하고 객실로 올라왔다. 스칼렛에겐 일이 많다고 했지만 그는 오랜만에 방해없이 푹 쉴 계획을 세워놓은 터였다. 룸서비스로 저녁을 때우고 침대 위에서 질리도록 스포츠 중계를 본 뒤 푹 자는 것. 점점 체력에 한계를 느낀 그에게 혼자만의 휴식이 얼마나 간절했는지 모른다.

낯선 환경과 언어, 일과 사람들 때문에 겪는 스트레스에 시오는 지금 녹초가 되어 있었나. 처음엔 잡념이 생기지 않도록 스스로를 몰아붙였지만 이젠 줄이려고 해도 일이 밀려드는 탓이었다. 덕분에 한국에서의 일은 더 이상 그를 괴롭히지 않았다. 그가 침대에 누워 TV 리모컨을 집어 들기 전까진 말이다.

그가 ESPN에 채널을 고정하고 십 분이 흘렀다. 시오는 좀처럼 야구에 집중하지 못하고 몸을 뒤척였다. 의식 밑에 도사리고 있던 괴로운 기억들이 슬금슬금 고개를 들었다. 한 여자에 대한 갈망, 좌절. 지금 자신은 성공을 향해 질주하고 있지만 감정은 바다를 표류하는 것처럼 허허롭기만 했다. 그 미칠 듯한 공허에 질식할 것만 같아서 시오는 TV 볼륨을 높이고 모니터에서 시선을 떼지 않았다. 하지만 여전히 그의 머릿속에는 복잡한 생각들로 넘쳐 났다. 시오는 모처럼만의 휴식을 지난 기억들 때문에 괴로워하며 보내고 싶진 않았다. 그는 호텔 바라도 가서 한 잔 해야겠다고 생각하며 침대에서 일어났다.

그때 전화벨이 울렸다. 수화기를 들자 모비 매니저 창환의 목소리가 흘러나왔다.

[그동안 잘 있었냐?]

"여긴 어떻게 알고 전화했어요?"

[에이전시에 전화했지. 넌 오랜만에 목소리 듣는데 반갑지도 않냐?]

창환은 호탕하게 웃어 젖혔다. 하지만 시오는 별다른 반응 없이 무뚝뚝하게 물었다.

"용건이 뭔데요?"

[자식, 인정머리없기는. 그래, 잡소리는 치우고 본론부터 말하마. 모드 코리아에서 한·중·일 화보 프로젝트가 있어. 그중에서 한국 파트를 네가 맡아줬으면 한대. 생각있어?]

"없어요."

시오는 조금의 주저도 없이 바로 말했다. 말투가 너무 단호한지라 상대방은 김샌 목소리로 말했다.

[뭐야, 조금은 생각하고 말해.]

"생각할 것도 없어요. 당분간 한국에 들어갈 계획 없습니다."

[뭐, 그쪽이 더 좋은 조건인 건 아는데 이쪽도 창간 십 주년이라고 야심차게 준비하고 있는 프로젝트야. 보수도 괜찮고 스케줄은 전적으로 네 쪽에 맞추겠데. 멋지게 금의환향해서 너 씹었던 놈들 코를 납작하게 해줘야 하지 않겠냐?]

"관심없어요."

[무조건 안 된다고 하지 말고 생각 좀 해봐. 너 모드 쪽이랑 꽤 친하지 않았었냐? 그래서 흔쾌히 승낙할 줄 알았더니 의외네. 아무튼 내일쯤 모드 쪽에서 메일이 갈 거야. 긍정적인 방향으로 생각해 보라고.]

시오는 전화를 끊고 나서 소파에 앉아 잠시 생각에 빠졌다. 한국을 떠나오면서 당분간은 가지 않겠다고 생각했다. 어머니가 마음에 걸리긴 했지만 우연이라도 주은과 마주치는 것은 견딜 수가 없었다. 하물며 모드와의 일이라니. 시오는 그녀가 일하는 곳과 작업하고 싶은 마음이 조금도 없었다.

다음날 창환의 말대로 모드에서 메일이 왔다. 프로젝트 콘셉트와 계약 내용에 관한 내용이었는데 시오는 읽지도 않고 바로 삭제해 버렸다. 메일은 다음날도 그 다음날도 계속해서 왔지만 시오는 묵묵부답으로 일관했다. 시오와 연락이 닿지 않자 모드는 에이전시 쪽으로도 전화 연락을 해서 시오와 통화해 보려고 무던히 노력했지만 시오는 매니저를 통해 거부 의사만 밝힐 뿐이었다.

"아, 정말 너무한 거 아니야? 잘나간다고 이렇게 막 나가도 되는 거냐고."

한·중·일 프로젝트 섭외 담당 에디터는 흥분을 감추지 못하고 소리쳤다. 그녀는 방금 전 뉴욕에 있는 에이전시로부터 시오가 거듭 거절하더라는 얘기를 전해 듣고 마침내 폭발해 버리고 만 것이다. 그녀 주위에 선 몇 명의 에디터들도 하나같이 실망한 얼굴로 빈정거렸다.

"제대로 말도 들어보지 않고 무조건 싫다고 뻗댄다면서요. 안면있는 사람들끼리 이렇게 매너없이 굴면 안 되죠. 자기가 언제까지 그렇게 잘나갈 건데?"

"편집장님도 적잖이 실망한 눈치던데요."

"스케줄 때문에 어려울지도 모르겠다 생각은 하고 있었지만 이렇게 매몰차게 거절할 줄 알았나."

"지금 다른 사진작가들 섭외하고는 있는데 첫 단추부터 꼬이니까 죄다 말썽이네."

사무실 분위기는 침울하게 가라앉아 있었다. 열렬한 송시오 팬이었던 그녀들은 그의 차가운 대응에 적잖이 실망한 터였다. 자신의 책상에서 이 얘기를 듣고 있던 주은은 착잡한 마음에 일이 손에 잡히지 않았다. 어느 정도는 예상한 일이었다. 그의 반응이 차가운 이유가 자신 때문이라는 것도, 당분간은 한국에서 작업하지 않을 거란 것도 알기에 주은은 마음이 무거웠다.

결국 국내 촬영진은 다른 포토그래퍼로 교체됐다. 이런 일이야 다반사긴 하지만 편집장을 비롯해 에디터들은 송시오의 야박한 거절에 몹시 섭섭해했다. 하지만 그것도 잠시, 창간 십 주년 기념호를 풍성하게 채울 기사와 사진을 위해 에디터들은 바쁘게 뛰었고 주은 또한 하루가 어떻게 가는지 모르게 바쁜 나날들을 보냈다. 그리고 에디터들이 구두 굽이 닳도록 뛰어다니며 만들어낸 풍성한 결실이 마침내 세상 밖으로 나왔다. 창간 십 주년 기념호가 나오고 잡지사 내에서는 작은 파티를 열었다. 올해 가장 큰일을 하나 치러냈다는 사실에 모두들 홀가분한 표정들이었다. 그렇게 조금은 풀어진 기분으로 며칠을 보낸 후, 주은이 편집장실을 찾았다.

"뭐, 뭐라고? 다시 한 번 말해봐."

멍한 표정으로 주은의 말을 듣고 있던 명희는 흥분에 들떠 재차 물었다.

"퇴직하고 싶어요."

주은의 말투가 너무 낭랑한 탓에 명희는 잠시 할 말을 잇었다. 명희는 흥분을 억누르고 어딘가 조금은 달라진 듯한 주은의 얼굴을 살폈다. 그녀의 얼굴에선 괴로움이나 슬픔 같은 것은 배어 있지 않았다. 아니, 그 반대의 느낌이었다. 늘 침착하고 조용해 보였던 얼굴은 미열에 달뜬 듯 흐트러져 보였고 조용한 호수 같았던 눈빛은 빛을 받아 반짝이고 있었다.

'적어도 나쁜 일 때문은 아니군. 그런데 무슨 일일까?'

명희는 여전히 관찰하는 눈으로 물었다.

"도대체 무슨 일인데 일까지 그만두겠다는 거야."

"뉴욕에 갈 거예요."

"뜬금없이 뉴욕은 왜?"

"놓치고 싶지 않은 사람이 있어요."

그 달뜬 목소리를 듣는 순간 명희는 자신의 앞에 서 있는 사람이 하주은이 맞는가 싶어 다시금 얼굴을 들여다보았다. 그제야 얼굴에 감도는 빛의 원인을 깨달은 명희는 자신도 모르게 한숨을 푹 쉬었다.

"휴, 남자구나. 맞지?"

주은은 고개를 끄덕였다. 얼떨떨한 얼굴로 주은을 응시하던 명희는 잠시 생각에 잠겼다가 낮게 감탄을 내뱉었다.

명희 스스로도 왜 송시오의 얼굴이 스쳐 간 건지 알 수 없었다. 그날 갤러리에서 서로를 보는 눈빛 때문이었을까. 아주 잠깐이었지만 두 사람 사이에 이어진 끈을 명희는 보았다. 그 갈망이 사랑으로 이루어진 건가? 명희의 눈은 호기심에 반짝거렸다.

"설마…… 내가 아는 사람?"

주은의 얼굴에 미소가 떠올랐다. 명희는 어이없는 듯 고개를 연신 저으며 소리쳤다.

"맙소사. 하주은, 너한테 무슨 일이 일어난 거야?"

"누구한테나 일어날 수 있는 일이요. 다만 제가 늦게 깨달았을 뿐이에요."

"진심인 거야?"

주은은 고개를 끄덕였고 명희는 복잡한 표정으로 미간을 찡그렸다.

"내가 보고 있는 사람이 하주은 맞니? 이거 얼떨떨하다."

"이게 내 본모습이에요."

"사랑을 잡기 위해 일도 그만두고 달려가는 모습이?"

"내 감정에 솔직한 거요. 더 늦기 전에 바로잡고 싶어요."

명희는 주은을 처음 보았을 때 이 세계와는 어울리지 않는 사람이라고 생각했다. 그녀는 세상의 모든 것을 자기만의 방식으로 정의하고 싶어했다. 감정이 거세된 듯한 냉정하고 차가운 시선과 아무것도 내어주지 않겠다는 듯 단호한 표정. 이렇게 차가운 사람이 어떻게 패션지 기자가 되겠다는 건지 이해할 수가 없었다. 명희는 주은을 정식 직원으로 채용하기 전에 일을 하나 주었다. 깐깐하기로 소문난 디자이너와의 인터뷰 기사를 써오라는, 거의 불가능한 미션이었다.

일감을 준 지 일주일 만에 명희에게 한 통의 전화가 걸려왔다. 주은에게 인터뷰를 따오라고 한 주인공이었다. 한껏 까칠한 목소리로 전화를 건 그는 명희에게 따졌다. 웬 풋내기 여기자가 자신을 찾아와서 최근 쇼에서 내보인 옷들에 대해서 잔뜩 혹평을 늘어놓더라는 거다. 국내 최고라 할 수 있는 디자이너 앞에서 혹평을 할 수 있는 강심장이 궁금해서 앞에 앉혀 놓고 말을 시켜보니 그의 첫 데뷔 무대부터 최근까지 스타일을 요목조목 짚어가며 따끔한 일침을 놓았더란다. 그리곤 하는 말이 당신의 그 콧대 높던 자존심이 왜 더 이상 옷에서 드러나지 않는 거냐고 물었다고 한다. 디자이너는 어느덧 주은과 마음을 터놓고 얘기를 할 수 있었고 그렇게 버릇없고 훌륭한 인터뷰어는 처음이었다고 명희에게 말했다.

주은은 자신의 단단한 세계에 갇혀 있는 사람이었다. 그래서 다른 사람과의 대화법을 잘 모른다. 하지만 그 점이 그녀의 독특한 인터뷰어로 만들었다. 그녀의 방식은 낯설지만 그 안에 담긴 열정은 사람들을 움직였다. 그 솔직하고 강한 열정, 단지 본인에게는 적용하지 못했던 그 열정을 주은은 이제야 발견한 모양이다.

명희는 주은의 얼굴을 가만히 응시하며 말했다.

"이제야 눈을 뜬 거야. 축하한다, 하주은."

명희는 진심으로 기뻤다. 그래서 오랫동안 함께한 직장 동료를 떠나보내야 한다는 섭섭함도 잊은 채 시원스럽게 말했다.

"직장 상사로서는 절대로 보내면 안 되겠지만 어쩌겠니. 보내야지. 대신 꼭 붙잡아와야 한다. 안 그럼 못 돌아올 줄 알아."

주은은 그 어느 때보다도 활짝 웃어 보였다. 명희는 저 사람에게 저런 표정이 있었나 싶어 새삼 감탄했다. 그리곤 사랑이 사람에게 어떤 변화를 가져다주는지, 삶은 얼마나 이채롭게 반짝이게 하는지 새삼 실감했다. 지금 하주은은 사랑의 힘을 온몸으로 느끼고 전율하는 사람 같았다.

낯선 도시. 낯선 사람들.

가방을 끌고 공항 문을 나선 순간, 전혀 다른 세계에 온 것처럼 모든 것이 생경하게 느껴졌다. 주은은 끝내 뉴욕에 왔다고, 송시오란 남자를 잡기 위해 열네 시간을 날아왔다고 속으로 중얼거렸다. 그리곤 허무맹랑한 이야기라도 들은 듯 어이없는 웃음을 흘렸다. 지금의 자신이 이 도시만큼이나 낯설게 느껴졌다. 그가 사진 뒤에 남긴 짧은 문장을 읽는 순간부터 그랬다. 모든 것은 전과 다르게 변해 버렸다. 스스로도 놀랄 만큼.

주은은 홍수처럼 밀려왔다가 다시 밀려가곤 하는 사람들 틈에서 얼떨떨한 표정으로 서 있었다. 이 거대한 도시 속에 자신이 찾는 사람이 있다는 사실이 너무나도 비현실석으로 느껴겼다. 지금까지 살아오면서 이토록 불확실하고, 두렵고, 떨리는 순간이 있었던가. 뭐라 딱히 설명할 수 없는 이 느낌. 몸의 허물이 한 꺼풀 벗겨진 것처럼 가볍고 심장은 뜨거웠다. 이것이 진짜 자신인지 아니면 사랑에 들떠 버린 여자인지 분간이 되질 않았다. 어느 쪽이든 상관없다고 주은은 생각했다. 생애 최악의 실수 혹은 착각이라도 좋다. 주은은 세상에 사랑이 있다고 믿어 보기로 했다. 그것이 자신의 삶 속으로 걸어 들어왔다고, 이제 다시 움켜쥘 시간이라고 믿기로 했다.

이때 한 흑인 남자가 멍하니 서 있는 주은의 한쪽 어깨를 툭 치고 지나쳤다. 사내가 짧은 사과를 남기며 총총히 사라지는 동안 주은은 비현실적인 표정을 지우고 흘러내린 가방끈을 고쳐 멨다.

이제 뉴욕 한복판으로 뛰어들 시간이다.

끊임없이 주절대던 인도인 택시 기사에게서 벗어나 호텔에 도착한 것은 오후 네 시가 다 되어서였다. 주은은 체크인을 하고 침대 위에 큼직한 가방을 올려놓자마자 바로 수첩을 꺼내 메모를 확인하고 전화기를 들었다.

그녀가 전화를 건 것은 모드의 뉴욕 통신원 조정민이었다. 그는 모드의 해외 로케이션 촬영에 대한 섭외 진행을 맡고 있었고 패션 칼럼리스트로도 활동하고 있었다. 그와 주은은 업계의 입사 동기나 마찬가지로 서로에게 적당한 자극을 주는 라이벌 같은 관계였다. 때문에 주은이 개인적인 도움을 요청했을 때 그는 바쁜 스케줄임에도 불구하고 흔쾌히 승낙을 해주었다. 게다가 눈치 빠른 그는 송시오를 찾아내는데 주은보다 더 적극적이기까지 했다. 신호음이 가고 얼마 안 되어서 그가 전화를 받았다.

"나야, 하주은. 뉴욕에 왔어."

[오! 드디어 도착했구나.]

정민은 평소 말투대로 쾌활하게 소리쳤다. 잠깐 동안 안부가 오고 간 후 그는 본론을 꺼냈다.

[말도 마. 톱모델보다도 추적하기가 힘들었다니까. 지금 파리에 있어. 모델이 지독한 감기에 걸려서 일정이 바뀌었다나 봐.]

내일 뉴욕에서 작업할 거란 얘기를 듣고 온 터라 마음이 어두워졌다. 하지만 다음 말이 주은의 미간에 잡힌 주름을 펴주었다.

[하지만 실망하진 마. 일주일 후에 베니티 페어와 소호에서 촬영이 있대. 송시오 집 주소와 전화번호는 며칠 후에 에디터가 귀띔해 주기로 했어. 이봐, 듣고 있어? 이 정도면 큐피트 역할 제대로 하고 있는 거지?]

정민의 넉살에 주은은 희미하게 웃음을 머금은 채 고개를 끄덕였다.

"고마워. 진심이야."

[그사이 관광이나 하면서 푹 쉬라고. 아, 내일 점심 약속 어때? 괜찮아?]

"괜찮아. 약속없이."

[좋아, 호텔로 픽업하러 갈게. 내일 보자구.]

주은은 수화기를 내려놓으며 소리 나지 않게 한숨을 쉬었다. 섭섭한 건지 안도하는 건지 스스로도 알 수 없었다. 송시오를 잡는다고 당차게 뉴욕까지 와놓고 막상 그를 만날 생각을 하면 가슴 한쪽이 철렁 내려앉았다. 그리고 마지막에 보았던 싸늘한 표정이 눈앞에 스쳐 갔다.

그가 돌아오지 않으면 어떻게 하지.

그런 가능성을 전혀 생각해 보지 않은 건 아니었다. 다만 인정하고 싶지 않을 뿐. 어쩌면 남은 일주일이라는 시간 동안 주은은 이 두려움과 긴 신경전을 벌여야 할지도 모르겠다고 생각했다. 하지만 내내 괴로워하고만 있을 생각은 없었다. 주은은 지금껏 살아오면서 이렇게 자유롭게 느껴진 적은 처음이었다. 주은은 생동하는 이 순간을 마음껏 느끼고 싶었다.

주은은 간단한 옷으로 갈아입고 호텔 룸을 나섰다. 목적지는 없었다. 그저 많이 걷고 싶다는 생각만이 머리에 꽉 차 있을 뿐.

호텔문 밖에 나서자마자 대도시에 흔히 듣고 맡을 수 있는 많은 것들이 훅 끼쳐 왔다. 셀 수 없이 많은 빌딩과 자동차들. 지독히도 많은 사람들. 주은은 그 속을 걸으면서 전과 다른 무언가를 느꼈다.

예전의 주은은 늘 자신을 둘러싼 세계 속에서 이방인이 된 것만 같았다. 세상과의 소통은 늘 어딘가 모르게 단절되어 있었고 그것을 느낄 때마다 마음은 더 닫혀만 갔다. 처음엔 자신이 먼저 마음을 닫아걸었지만 이제는 세상과 호흡하는 방법을 찾지 못해 다가가지 못하는 것 같았다.

그 단절된 느낌이 더 이상은 없었다. 이 낯선 도시 속에서 자신은 이방인이 아니었다. 주은은 사람들과 사람들 사이에 연결된 어떤 끈을 보았고 자신도 연결되어 있다는 것을 느꼈다. 그들도 자신도 같은 시간과 공간에서 숨을 쉬고 생각을 하고 걷고 있다. 살아 있는 것이다. 주은은 사람들 사이에 연결된 끈이 멀리 있는 시오와도 연결되어 있는 것을 느꼈다. 그가 이 모든 것을 느낄 수 있게 해주었다. 사랑은 자기애나 환상이 아니었다. 사랑은 삶과 사람을 연결해 주는 끈이었다. 주은은 멀리 있는 그를 가까이 느끼며 거리를 걸었다.

그가 미치도록 그리웠다.

그는 예정보다 이틀 일찍 뉴욕에 도착했다. 자정에 가까운 시간, 뉴욕은 옅은 안개에 휩싸여 있었고 막 비가 내리고 있었다. 공항에서 택시를 타자마자 그는 차 시트에 등을 기대고 뻑뻑한 눈을 감았다. 빠듯한 일정을 소화해 내느라 그는 파김치가 되어 있었지만 내일 아침 일찍 코스메틱 회사와의 미팅 스케줄이 잡혀 있었다.

다운타운에 위치한 자신의 스튜디오에 들어서자마자 시오는 싸늘한 공간을 말없이 응시하고 섰다. 산 지 한 달이 넘어가도록 가구 하나 변변한 것이 없는 빈 공간이 낯설기만 했다. 차라리 호텔에 머무를까 하는 생각도 들었지만 시오는 무거운 몸을 이끌고 이층 침실로 향했다. 온기없는 침대에 몸을 뉘이고 나니 잠이 쏟아지는 대신 머릿속이 시끄러웠다.

"이건 아니야."

시오는 나지막이 중얼거렸다. 무심코 내뱉은 말에 가슴 한쪽이 서늘하다. 그는 애써 변명 거리를 찾아냈다.

'누구나 살면서 무언가가 잘못됐다는 걸 느끼면서 살아. 이건 약간의 매너리즘일 뿐이야. 아니면 그저 조금 지친 것뿐일지도.'

"그래, 그런 것뿐이야."

시오는 싸늘한 공기가 흐르는 허공을 멍하니 응시했다. 그러다가 이건 매너리즘도 피로도 아니란 걸 깨달았다. 외로움. 그는 질식할 듯한 외로움 때문에 이렇게 괴로운 거라는 결론을 내렸다. 그러자 갑자기 자신의 삶이 텅 빈 것처럼 느껴졌다. 그토록 바라던 일이고 성공하고 있는데 왜 이런 생각이 드는 걸까.

창문을 두드리는 빗소리를 들으며 시오는 채워지지 않는 그무언가를 생각해 내려고 애썼다. 하지만 떠오르는 건 자신을 괴롭힌 순간 순간들뿐이었다. 그는 생각들을 밀어내고 빗소리에 귀를 기울였다. 이 비가 그치고 나면 뉴욕은 한결 더 추워질 것

이다. 곧 겨울이 오겠지. 뉴욕의 겨울은 유난히 길고 추울 것이
다. 시오는 침대 시트를 끌어당겨 덮으며 눈을 감았다. 사람의
온기가 몹시도 그리운 밤이었다.

　"오늘은 수지 스페셜을 먹어봐요. 내가 특별히 더 신경 써서
만들어줄게요."

　존의 말에 주은은 웃으며 고개를 끄덕였다. 그녀에게 샌드위
치를 권한 존은 한국인이고 아내의 이름을 딴 수지 샌드위치 가
게의 주인이었다. 길을 가다 사람들이 늘어선 이 작은 가게를
발견하고 호기심 삼아 사 먹은 후로 주은은 매일 점심을 이곳에
서 먹게 되었다. 한국인 중년 부부인 존과 수지는 친절하고 음
식 솜씨가 좋아서 항상 장사가 잘되었다. 그들은 주은이 한국인
임을 알고 반가워했고 들를 때마다 적당한 잔소리를 했다. 이를
테면 관광객을 노리는 좀도둑이나 노숙자들을 조심하라는 등의
충고였다. 주은은 점심때마다 여덟 평의 작은 샌드위치 가게에
들러 샌드위치를 사고 부부와 인사를 나누는 것이 즐거웠다.

　"오늘은 뭘 할 생각이에요?"

　안에서 샌드위치를 만들던 수지가 외쳤다.

　"미술관에 갈까 생각 중이에요."

　"잘 생각했네요. 오늘 같이 비가 오는 날에는 미술관이 안성
맞춤이지."

　"이 근처에 서점이 있다는데 못 찾겠거든요? 혹시 어디 있는

지 아세요?"

옆 손님에게 거스름돈을 건네던 존이 말했다.

"그린가에서 모퉁이 돌아서 세 번째 건물에 서점이 있어요."

주은이 감사 인사를 건네는 사이 수지는 샌드위치가 담긴 종이봉투를 건네며 말했다.

"비가 제법 오는데, 감기 걸리지 않도록 조심해요."

주은은 친절한 부부에게 감사 인사를 건네고 가게를 나왔다. 밖에는 여전히 비가 쏟아지고 있었다. 꽤나 쌀쌀한 날씨여서 자기도 모르게 어깨가 움츠러졌다. 주은은 우산을 펴고 존이 가르쳐 준 서점 쪽으로 걸어갔다.

아침 일찍 일어나 코스메틱 회사와 광고 회사와의 지루한 미팅을 끝내고 나자 점심 먹을 새도 없이 촬영 장소로 이동해야만 했다. 시오는 차 시트에 기대 비 오는 거리를 무심히 바라보고 있었다. 그의 눈에 비친 것은 비 때문에 엉망이 된 거리와 많은 사람들뿐이었다.

『이거, 좀 늦겠는데.』

운전을 하던 촬영 스태프가 불평을 내뱉었다. 정체가 되는지 차는 멈춰 서서 좀처럼 움직일 줄을 몰랐다. 시오는 무표정한 얼굴로 지나쳐 가는 사물들을 응시하다가 무언가를 발견하고 급히 몸을 일으켰다. 룸미러로 순식간에 굳어버린 표정을 흘끔거린 스태프가 물었다.

『괜찮아?』

시오는 대답하지 않았다. 그의 눈은 한 대상에게서 떨어질 줄을 몰랐고 그 대상의 움직임을 천천히 따라갔다.

'설마, 아니겠지.'

부정하면서도 그의 눈은 여전히 파란 우산을 쓴 여자에게서 떨어지지 않았다. 사람들과 우산 사이로 잠깐 보인 옆모습이 어찌나 주은과 닮아 있는지 하마터면 차에서 뛰어내릴 뻔했다. 여자는 점점 시오와 멀어지다 이내 사람들 사이로 자취를 감추었다. 시오는 그제야 시선을 떼고 자리를 고쳐 앉았다.

『아는 사람이야?』

『잘못 본 모양이야.』

자신이 듣기에도 실망이 가득한 어조였다. 시오는 짜증스러운 표정으로 어금니를 지그시 깨물었다.

'망할 하주은.'

언제쯤이나 그 여자를 미워하지 않을 수 있을까. 언제쯤이면 그 여자를 신경 쓰지 않을까. 시오는 이따금씩 떠오르는 그녀 때문에 짜증이 치밀었다. 그까짓 감정 하나 정리하는 게 이렇게 어려울 거라곤 생각하지 않았다. 결국 하주은은 지금껏 다른 여자들이 그랬던 것처럼 무관심 속으로 사라질 거라 생각했다. 하지만 그녀는 지워지지 않고 생각 언저리를 끝없이 맴돌았다. 증오하고 또 증오하고, 그러다가 어느 순간엔 그 감정을 이기지 못해 폭발하고 만다. 왜 그녀는 자신을 받아들이지 못한 걸까.

왜 여전히 그녀를 증오하는 걸까. 시오는 여전히 반복되는 물음들을 자신에게 던지며 차창을 응시했다. 곧 차는 다시 움직였고 얼마 못 가 횡단보도 직선에 신호를 받고 멈추었다.

서 있던 많은 사람들이 일제히 걸음을 옮기더니 시오가 탄 차 앞을 지나쳤다. 무심한 눈으로 앞을 응시하던 시오는 다시금 파란 우산을 발견하고 몸을 일으켰다. 앞에서 오는 행인 때문에 여자는 우산을 비스듬히 틀었다. 그 사이 그녀의 옆모습이 드러났다. 시오의 눈빛이 일순간 변했고 동시에 차 문을 열어젖혔다.

『어, 시오! 어디 가는 거야!』

『먼저 가 있어. 금방 따라갈게.』

시오는 황급히 차에서 내려 횡단보도를 뛰어갔다. 부딪치는 사람들과 머리 위로 쏟아지는 비 따윈 생각할 겨를이 없었다. 그는 파란 우산의 여자가 주은이라 확신했다. 아무리 많은 사람들 틈에 있어도 그녀만은 똑똑히 알아볼 수 있었다. 수백 번, 수천 번 들여다본 얼굴이니까.

시오는 사람들을 헤집고 정신없이 파란 우산을 쫓아갔다. 조금만 더 가까이 가면 그녀가 잡힐 것만 같았다. 그때 덩치 큰 백인과 시오의 어깨가 부딪쳤다. 그는 욕설을 내뱉었고 시오는 어깨 통증을 느끼며 짧은 사과를 했다. 그가 다시 고개를 돌린 후엔 이미 파란 우산은 사라지고 난 후였다. 시오는 허탈한 표정으로 무수한 사람들 사이를 보았다. 뒤이어 찾아오는 망연함,

그리고 짙은 그리움. 시오는 증오 뒤에 가려진 감정과 비로소 만났다. 그리움과 슬픔. 그는 빗속에서 좀처럼 움직일 수가 없었다.

열심히 사람들을 헤치고 걸어가던 주은은 존이 가르쳐 준 서점을 지나쳤다는 걸 깨닫고 뒤돌아섰다. 저 멀리 서점 간판이 보였다. 우산을 고쳐 들고 걸어가는데 일순간 앞에서 강한 바람이 불었다. 혹시나 우산이 뒤집힐까 봐 내려 쓰고 손잡이에 힘을 줬다. 행인들이 많은데 계속 내려 쓸 수가 없어 우산을 드니 바로 앞에 남자가 서 있었다. 주은은 짧은 사과를 하며 살짝 비켜섰다. 그러나 상대방은 움직일 줄 몰랐다. 주은은 그제야 얼굴 쪽으로 시선을 돌렸고 놀라 숨을 멈췄다.

바로 앞에 그가 서 있었다. 주은도, 그도 놀란 얼굴로 서로를 응시했다. 그녀의 얼굴에 놀람이 가시지 않은 상태에서 시오의 표정은 싸늘히 가라앉고 있었다. 두 사람은 비 내리는 거리 한복판에 우뚝 서 있었다.

11. With or Without You

마치 유령을 보는 것만 같았다. 지금 앞에 있는 남자는 주은이 아는 송시오가 아니라 모든 것이 빠져나간 빈껍데기에 불과해 보였다. 차갑게 자신을 내려다보는 눈초리에 심한 한기가 몰려왔다. 그리고 그를 만났다는 놀라움이 큰 만큼 같은 무게의 고통이 밀려왔다. 주은은 여전히 자신을 증오하는 그 앞에서 시선을 돌릴 수도, 선뜻 입을 열 수가 없었다.

비는 쏟아지고 길 위를 걷는 많은 행인들이 두 사람 사이를 스쳐 갔다. 정지된 사물처럼 가만히 서서 서로를 바라보는 사이 지난 시간들이 아주 천천히 흘러갔다. 그에게 느꼈던 많은 감정들을 좀 더 솔직하게 인정했더라면 서로가 이렇게 힘들진 않았을 텐데. 주은은 그의 눈을 보면서 자신의 감정을 솔직하게 시인했다. 여전히 그를 사랑하고 있었다. 자신이 생각했던 것보다 더 깊이.

시간이 얼마나 흘렀을까. 실제로는 단 몇 분에 지나지 않을지도 모르지만 주은에겐 몇 시간처럼 길고 괴롭게 느껴졌다. 누군가가 먼저 입을 열지 않는다면 영원히 이렇게 서 있을 것만 같았다. 주은은 간신히 숨을 삼키고 입을 열었다.

"오랜만이야."

무기력하게만 들리는 인사. 그의 눈빛에 스치는 경멸에 머릿속이 하얗게 비워졌다. 하려고 했던 많은 말들은 다 어디로 사라진 걸까. 왜 아무 말도 못하고 이렇게 비를 맞고 서 있는 걸까. 주은은 그제야 그가 비에 흠뻑 젖었다는 걸 생각해 내고 얼른 앞으로 한 발을 내디디며 우산을 들어올렸다. 그녀의 우산이 머리 위로 쏟아지는 비를 가리기도 전에 시오는 한 걸음 물러섰다. 마치 더러운 것이 몸에 닿을까 꺼리는 것 같은 몸짓이었다. 주은이 망연해 있는 사이 그가 입을 열었다.

"사라져."

무섭도록 차분하고 냉정한 목소리에 주은의 눈빛이 크게 흔들렸다.

"우연이든 아니든 내 앞에 나타나지 마. 이제 그만 내 삶에서 꺼져."

시오는 주은을 지나쳐 앞으로 걸어갔다. 주은은 그의 등을 보며 잡아야 힌다고, 그때 느꼈던 감정들을 설명해 줘야 한다고 자신에게 소리쳤다. 하지만 닫힌 입술은 조금도 열릴 줄 몰랐다. 주은은 한마디도 할 수가 없었다. 그의 이름조차 부를 수가 없었다. 감당할 수 없을 만큼의 큰 아픔이 심장을 묵직하게 내리눌렀다. 누군가를 사랑한다는 감정이 이런 아픔을 줄 수 있다는 것에 스스로도 놀랄 만큼 그렇게 아팠다. 그리고 이 아픔이 자신이 오래전에 느꼈던 아픔이라는 것을, 그래서 그토록 도망 다녔다는 것을 비로소 깨달았다. 잠시 망연하게 서 있던 주은이 정신을 차렸을 때 시오의 모습은 더 이상 보이지 않았다.

주은은 서점도, 미술관도 들리지 않고 곧장 호텔로 돌아왔다. 프런트엔 정민이 보낸 메시지가 와있었다. 전화를 하자 정민이 들뜬 목소리가 들렸다.

[기쁜 소식이야. 송시오가 파리에서 돌아왔어. 하주은, 듣고 있는 거야? 왜 이렇게 반응이 없어? 하주은!]

정민은 재차 주은을 불렀다. 침대 옆에 무너지듯 주저앉은 주은은 수화기를 귀에 댄 채 넋을 놓고 있다가 간신히 정신을 차렸다.

"듣고 있어."

[이거 김새게 나만 신나하는 거 같네. 송시오 집주소와 전화번호 불러줄게. 받아 적어.]

그의 집 주소를 써 내려가는 주은의 손끝이 가늘게 떨렸다.

간신히 전화번호까지 다 적은 주은은 펜을 놓으며 간신히 중얼 거렸다.

"고마워 신경 써줘서."

[어디 아픈 건 아니지? 목소리에 영 기운이 없네.]

"괜찮아. 조금 피곤할 뿐이야."

전화를 끊고 난 후 주은은 한참 동안 가만히 앉아 있었다. 그가 내뱉은 말들이 온몸의 피를 다 얼려 버린 듯한 느낌이었다. 지독하게 추웠다. 뜨거운 물에 목욕을 하고 커피를 마셔도 몸속의 한기는 가셔지지 않았다. 그의 말들이 느리게 피 속을 흘러다녔다. 늦어버렸을지도 모른다는 생각이 들었다. 그에게는 더이상 주은의 자리가 없어 보였다.

'난 이제 시작이지만 그 사람은 끝일지도 몰라. 다시 시작할 수 없어. 이미 끝났어.'

'그렇다고 여기서 포기하고 돌아갈 수 없어. 이렇게 쉽게 포기할 거였으면 여기까지 오지도 않았을 거야.'

'하지만 난 밀쳐 내는 법만 알지 다가가는 법을 몰라. 어떻게 해야 할지 모르겠어.'

주은을 힘들게 하는 것은 시오의 냉정한 눈빛과 그를 잃을지도 모른다는 두려움, 자신의 자존심 때문이었다. 얼마나 많은 두려움 속에 사로잡혀 있는지 그것이 얼마나 자신을 얽매고 있는지 깨닫자 자신에게 화가 났다. 이렇게 무기력해지는 것이 싫다. 두려움 속에 살아왔어도 자신이 내린 결정을 두고 도망친

적은 없었다. 자신익 감정에 책임을 져야 한다. 살면서 처음 느
낀 감정이다. 이대로 호텔방에 처박혀 괴로워한다고 해도 돌이
킬 수 있는 것은 아니다.

"그를 원해. 그가 필요해. 오직 그것만 생각하자."

창에 비친 자신의 얼굴을 응시하고 있던 주은이 말했다. 그
말이 마치 주문처럼 몸에 온기를 불어넣어 주었다. 여기서 물러
서면 안 된다고, 그에게 달려가라고 마음이 말했다. 주은은 마
음이 시키는 대로 움직이기로 다짐했다.

프라자 호텔에 도착한 것은 막 파티가 시작되기 전인 여섯 시
사십 분이었다. 리무진에서 내려 턱시도를 차려입은 정민의 에
스코트를 받으며 호텔에 들어서자 몇몇 남자들의 시선이 주은
에게 모아졌다. 그녀가 파티장으로 안내되는 내내 그녀의 뒤로
감탄 어린 시선들이 따라다녔다. 아담한 체구의 동양 여인이지
만 그녀는 충분히 매력적이고 섹시했다. 그것은 V자로 깊게 파
인 도나 카란의 주홍빛 울크레이프 드레스 때문만은 아니었다.
선명하게 빛나는 검은 눈동자와 흠 없이 하얀 피부, 성격이 엿
보이는 섬세한 콧날과 더없이 예쁜 선을 그리고 있는 입술. 그
녀는 눈에 띄는 미인은 아니었지만 이지적인 아름다움을 가지
고 있었다. 그녀의 표정과 눈빛은 당당하고 생기가 넘쳤고 보는
남자들은 독특한 분위기에 호기심을 느꼈다.

"나 괜찮아?"

파티장에 막 들어섰을 무렵, 주은은 상기된 얼굴을 한 채 정민 쪽으로 돌아섰다. 주은의 질문에 정민은 엄지손가락을 쓱 치켜 올리며 말했다.

"끝내줘. 송시오한테 뺏기는 게 속이 쓰릴 만큼."

정민의 넉살에 주은은 긴장을 풀고 심호흡을 했다. 지금 그녀가 참석한 파티는 아니타에서 새로 나온 향수 글래머러스의 런칭쇼였다. 주은은 모드 코리아 기자로서 이곳에 참석했고 이 일은 어제 저녁 송시오가 이 파티에 참석한다는 소식을 듣자마자 바로 계획되었다. 주은은 명희에게 전화를 해 런칭쇼에 참가할 수 있게 해달라 부탁했고 명희는 직접 아니타 홍보팀에 전화해 초대장을 받을 수 있도록 조치해 주었다.

주은은 오늘 이곳에서 송시오를 다시 되찾을 생각이다. 어제 보았던 그의 눈빛, 날이 선 말에 잠시 마음이 흔들렸지만 한 번 마음먹은 일에는 절대로 물러서는 법이 없는 그녀였다.

런칭쇼가 시작될 때까지 주은이 찾는 사람은 보이지 않았다. 그는 이번 글래머러스의 지면광고를 찍었고 다음 출시될 화장품 광고에도 낙점될 가능성이 많다는 것이 주변의 소문이었다. 홍보 담당자가 확인 전화까지 했다니 꼭 올 거라고 정민이 슬쩍 귀띔을 했지만 주은은 그가 오지 않을까 봐 초조했다.

런칭 파티는 코스메틱 업계의 유명인사와 디자이너, 모델, 배우, 기자진들을 포함한 탓에 장사진을 이루었다. 손님들이 기분 좋게 샴페인 한 잔을 마셨을 무렵 불이 꺼지고 무대에 있던 대형 스크린이 켜졌다.

스크린에는 '세상에서 가장 아찔한 유혹, 글래머러스'라는 문구가 흐른 뒤 광고가 이어졌다. 여신처럼 아름다운 모델은 보는 이가 자신의 연인인 것처럼 카메라를 향해 다정하게 웃으며 눈부신 미소를 흩뿌렸다. 빨리 침대로 데려가 줘요, 라고 말하는 듯한 표정으로 카메라를 응시하던 그녀는 마지막에 화면에 붉은 립스틱 자국을 남겼고 광고는 끝이 났다. 영상만으로도 향수가 얼마나 관능적인 향을 가지고 있는지 짐작이 가는 광고였다. 광고가 끝나자마자 음악과 함께 중앙 무대에 광고 속 모델이 등장했다. 핀라이트 아래에 선 그녀는 기자들을 향해 포즈를 취했고 카메라 플래시가 일제히 터졌다.

그 모습을 지켜보던 주은은 문득 시선을 느끼고는 뒤돌아보았다. 많은 사람들 사이로 익숙한 눈빛이 자신을 응시하고 있었다. 물줄기처럼 서늘한 눈빛이 주은의 눈동자 속으로 파고들어 왔다. 욕망과 증오가 뒤섞인 어두운 눈빛이다. 적대감을 숨기지 않고 드러낸 그 눈빛에 주은의 심장이 크게 뛰기 시작했다. 파티장 안에는 음악과 사람들의 박수 소리, 웅성거림, 플래시 터지는 소리가 어수선하게 섞여 시끄러웠다. 하지만 그가 앞으로 걸음을 내디디자 소음은 하나둘씩 지워지고 종내에는 아무 소리도 들리지 않게 되었다.

시오는 주은을 향해 천천히 다가왔다. 먹이를 노리를 짐승처럼 날카로운 눈으로 노려보며 주은을 향해 걸어왔다. 주은은 그의 눈빛에서 헤어나지 못한 채 무기력하게 서 있었다. 그가 그녀의 곁에 다가와 옆에 섰을 때 주은은 긴장한 나머지 숨조차 제대로 쉬고 있지 못했다. 세련된 수트를 말끔하게 차려입은 그에게선 꽤 근사한 향이 났다. 주은은 그의 존재와 향을 맡으며 천천히, 소리 나지 않게 숨을 내쉬었다. 주은에게 그의 등장은 마법처럼 느껴질 만큼 황홀했다. 그가 입을 열기 전까진.

"경고했잖아. 내 앞에 나타나지 말라고."

주은 옆에 선 그가 무대를 응시한 채 나직이 말했다. 잔뜩 굳어 있는 목소리로 보아 화가 단단히 난 듯했다. 그의 싸늘한 태도에 주은은 적잖이 실망했다. 예상한 일이고 각오했지만 차가운 송시오를 보는 것이 괴로웠다. 그에게 하고 싶은 말이 넘치도록 많다. 하지만 성급해선 안 된다고 주은은 자신을 다독였다. 그녀는 침착하게 입을 열었다.

"할 말이 있어."

"이제 와서 무슨 할 말. 다 끝났어."

"나는 아직 안 끝났어."

그는 무대에서 시선을 거두고 옆에 선 주은을 내려다보았다. 싸늘했던 눈빛이 조금 더 날카로워졌다.

"그날 밤 다 끝난 걸로 아는데 뭐가 남았다는 거야. 아무튼 여긴 시끄러우니 조용한 곳으로 가지."

시오는 사람들 사이로 빠져나갔다. 주은은 그가 가는 대로 따라나섰다. 그는 메인 무대에서 가장 멀리 떨어진, 한적한 테이블 앞으로 걸어갔다. 그는 바텐더에게 위스키 스트레이트를 주문하고는 주은 쪽으로 돌아섰다.

"그래, 하고 싶다는 말이 뭐야?"

그의 말에 주은은 선뜻 입을 열지 못했다. 죽도록 증오하고 있다는 것을 숨김없이 드러내는 남자 앞에서 마음을 고백하기란 쉬운 일이 아니었다. 아무리 하주은이라도 말이다. 주은은 잠시 숨을 고른 후 입을 열었다.

"우리가 그렇게 헤어지고 나서 많은 생각을 했어. 그 당시에 난 잔뜩 겁에 질려 있었어. 나중에서야 내가 잘못했다는 것을 깨달았어. 나는……."

"잠깐."

시오는 주은의 말을 끊었다. 그의 얼굴에 시니컬한 미소가 스쳤다.

"무슨 말을 하려는지 대충 짐작이 가는군. 하주은, 너답지 않게 너절한 말들을 늘어놓을 필요 없어. 핵심은 그거잖아. 나와 섹스를 하고 싶다."

"……."

"네가 나한테 찾은 것은 늘 섹스뿐이었지. 오늘 온 것도 그 때문 아니야? 옛 섹스 파트너를 찾아 한번 즐기고 싶었나? 지금 파트너로는 만족을 못하겠어? 그냥 섹스 하고 싶다고 말해. 어르고 달랜 후에 섹스하자 졸라대는 건 사내놈들이나 하는 짓이야."

그가 자신의 말을 듣고 싶어하지 않는다는 걸, 그가 원하는 건 상처 주는 것뿐이란 걸 주은은 알고 있었다. 주은은 그의 말보다 성난 마음 때문에 더 아팠다.

"적당히 듣기 좋게 구슬린 다음 호텔방으로 올라갈 생각이었나? 이런 옷을 입고 나타나면 발정난 수캐처럼 날뛸 줄 알았나 보지?"

그는 주은의 드레스를 훑어본 후 쓰디쓴 미소를 지었다. 그는 자신이 받은 것을 되돌려 주겠다는 듯 날이 선 말들을 쏟아냈다. 주은은 그의 눈빛과 말을 견딜 수가 없었다.

"사진을 봤어. 네가 놓고 간 사진."

위스키를 마시던 그의 손이 멈추었다. 시오의 눈빛은 크게 흔들렸고 곧 신경질적인 미소로 감정을 감추었다.

"비웃었겠군. 찢어버리고 오는 건데."

"그 사진을 보기 전까지 난 아무것도 몰랐어. 내 진심이 어떤지, 무엇을 원하는지 몰랐어. 그저 네가 내 삶으로 들어오는 것이 혼란스러워서 끝없이 밀어내기만 했던 거야."

시오는 입가에 옅은 조소를 머금고 있었다. 그의 차가운 태도에 주은의 고백은 당당한 빛을 잃어갔다. 그가 마음을 쉽게 열 것이라 생각하진 않았지만 이렇게 싸늘한 그의 태도는 처음이었기에 주은은 혼란스러웠다. 그의 따뜻한 미소와 눈빛이 몹시도 그리웠다. 주은은 진심을 담은 눈빛으로 그를 올려다보았다. 그리고 그가 꼭 믿어주길 바라면서 말했다.

"널 만나기 위해서 뉴욕에 왔어. 진짜 내 마음을 전하기 위해서. 우리 다시 시작하자."

주은의 심장은 터질 듯이 두근거렸다. 태어나서 처음 해보는 고백이다. 그녀는 너무 떨린 나머지 현기증이 났다. 담담하게 보이기 위해 필사적으로 노력하는 주은을 가만히 응시하고 있던 시오는 조금 뜸을 들인 후 헛웃음을 터뜨렸다.

"하하. 연기가 늘었는걸. 네가 나한테 한 일을 보지 못했다면 꼼짝없이 믿었을 거야."

그의 말에 주은의 상기된 얼굴은 차츰 굳어갔다. 시오는 그녀의 얼굴을 가까이 들여다보며 나직이 말했다.

"이러지 마. 이런 거 너한테 안 어울려. 아무리 드라마 주인공처럼 굴어도 넌 하주은이야. 너는 절대로 변할 수 없어."

그의 말이 심장에 날카로운 생채기를 냈다. 주은은 몹시도 아팠지만 애써 숨기고 그의 얼굴을 똑바로 보며 말했다.

"내가 너의 진심을 외면했듯이 너도 지금 내 진심을 외면하고 있어. 내가 후회했듯이 너도 후회할 거야. 우리 이제 서로 상처 주는 일은 그만 하자. 난 알아, 네가 이렇게 화내는 것은 내게 감정이 남아 있어서라는 걸. 우리 서로에게 좀 더 솔직해지자."

시오의 눈초리가 단번에 얼음장처럼 싸늘해졌다.

"단단히 착각하고 있군."

"착각이 아니야."

시오는 욕설을 중얼거리며 주은의 어깨를 잡고 마구 흔들었다.

"젠장, 그렇게 해놓고도 아직도 부족해? 얼마나 더 괴롭혀야 직성이 풀리겠어. 진심? 웃기는 소리 하지 마. 애초에 넌 그런 것엔 관심없었어. 넌 네 자신과 섹스밖에 모르는 여자야."

"그럼 넌 그런 여자에게 왜 손을 내민 거니? 왜 날 원한 거야?"

"미쳤으니까. 잠깐 미쳐 있었던 것뿐이야."

"거짓말하지 마!"

"다른 사람의 마음을 제멋대로 해석하는 건 여전하군. 똑바로 알아둬. 난 널 증오해, 왜냐면 넌 지독히도 이기적인 여자이기 때문이야."

시오가 의미심장한 표정으로 테이블에 있던 샴페인 병을 집어 들었다. 병을 들어올린 그는 표정 하나 변하지 않은 채 주은의 머리 위에 샴페인을 아주 천천히 부었다.

웅성거리던 실내가 차츰 조용해지고 사람들의 시선은 한쪽에 서 있는 시오와 주은에게 집중됐다. 여자의 머리에 샴페인을 붓는 남자와 그런 그를 말없이 응시하고 서 있는 여자. 주은은 지독히도 아픈 눈빛으로 시오를 보았다. 조금의 흔들림도 없이 차갑기만 한 그의 표정을 보고 있자니 모든 것이 끝이라는 생각이 들었다. 그의 마음은 굳게 잠겨 버렸고 남은 것은 지독한 증오심밖에 없는 듯했다. 주은은 꼭 다물고 그의 건조한 눈빛을 조용히 견뎌냈다.

그때 두 사람 주변으로 몰려드는 사람들을 헤치고 정민이 다가왔다. 그는 시오를 향해 낮게 욕설을 중얼거리고는 주은에게 손수건을 내밀었다. 하지만 주은은 손수건을 받아 들지 않고 여전히 시오만을 바라보고 서 있었다. 그러자 정민은 주은을 잡아 끌고 파티장을 나왔다. 모두의 시선이 그녀의 뒷모습에 쏠려 있는 가운데 주은은 그제야 정신을 차리고 정민이 억지로 손에 쥐여준 손수건으로 얼굴에 흐르는 샴페인을 닦았다.

"이제 어떻게 할 거니? 이 상황으로 봐선 답이 나온 거 같은데."

호텔로 돌아가는 차 안에서 정민이 물었다. 몹시 지친 얼굴로 차 시트에 기대 있던 주은은 아무 말도 하지 못했다. 그녀는 잠든 것처럼 눈을 감고 있었다.

"이렇게까지 할 필요는 없었는데. 잔인한 놈."

정민은 무슨 말을 해야 할지 몰라 연신 시오 욕을 해댔다. 주은은 호텔에 도착할 때까지 아무 말도 하지 않았다.

호텔에 돌아온 주은은 샤워를 하고 침대 속으로 들어가 네 시간 동안 잠을 잤다. 다 기억할 수도 없을 만큼 많은 꿈을 꿨고 그중에는 엄마와 시오의 얼굴이 반복적으로 나타났다가 사라지는 꿈도 있었다. 잠에서 깨고 나니 으슬으슬 한기가 찾아왔다. 주은은 가방에서 아스피린을 찾아 물과 함께 먹고 호텔 창가에 앉아 여전히 비 오고 있는 뉴욕의 거리를 응시했다.

"이제 돌아가자, 하주은."

유리창에 흐르는 물방울들을 보며 주은은 나직이 속삭였다. 그의 마음은 이미 손 쓸 수 없을 정도로 닫혀 버렸다. 뒤늦게야 사랑을 깨달았지만 다른 한쪽의 사랑이 이미 끝나 버렸다. 가슴에 표현할 수 없을 만큼 깊은 상실감이 몰려왔다.

"아직 말하지 못했는데. 들려줄 이야기가 많은데."

주은은 시오의 굳게 닫혀 버린 마음이 막막했다. 깊은 후회와 미안함, 싸늘한 눈빛과 자신을 모욕한 행동에 대한 섭섭함과 괴로움이 가슴에 가득 차 올랐다. 이럴 때는 어떻게 해야 하는 걸까. 이 마음은 어떻게 견뎌내야 하는 걸까. 주은은 아프고 괴로웠다. 순간 시야가 흐려지더니 뜨거운 눈물이 흐르기 시작했다. 주은은 한참이 지나서야 자신이 울고 있다는 것을 깨달았다. 그녀는 젖은 볼을 손끝으로 쓸어보고는 혼란스러운 표정을 지었다.

마지막으로 운 게 언제더라. 주은은 기억을 거슬러 올라가 어머니가 죽던 날을 떠올렸다. 병원에서 어머니가 천천히 눈을 감는 것을 보면서 울었고, 집에서 어머니의 물건이 모두 정원으로 내던져지는 것을 보면서 눈물을 멈췄다. 그 후 아무리 괴롭고 아파도 눈물이 나지 않았다. 몸속에 수분이 모두 말라 버린 것만 같았다. 그런데 이제는 눈물이 나온다. 이렇게 많은 눈물이 몸속 어느 곳에 있었을까 싶을 정도로 끝없이 흘러내렸다. 주은은 솟아나는 눈물을 그대로 흘려 보냈다. 그리고 몰랐던 사실을 알게 되었다. 눈물은 그냥 투명한 액체가 아닌 아픔을 덜어주기 위해 있는 것이란 걸. 주은은 사랑을 잃었다는 아픔에 오래도록 울었다. 그녀는 시오의 마음이 자신처럼 아프지 않았기를, 너 이상 자신을 미워하며 스스로를 괴롭히지 않기를 바랐다.

잔인하려고 들면 이것보다 더할 수 있다고 시오는 생각했다. 그녀 또한 얼마나 잔인했었나. 시오는 사람들 사이로 사라지는 주은을 보며 어금니를 지그시 깨물었다. 자신에게 했던 것을 돌려줬을 뿐인데 이 고통은 무엇일까. 왜 그녀의 표정을 머릿속에서 지워낼 수가 없는 걸까.

'이제 와서 자신의 말을 들어달라고? 그토록 얘기하려고 노력했지만 그때마다 차갑게 내쳤던 건 너였어. 지금 와서 무슨 얘기를 하자는 거야. 얼마나 더 고통을 줘야 속이 시원한 거야. 네게 내가 어떤 희망을 가졌는지, 얼마나 넌 원했는지 넌 모를 거야. 아마 영원히 모르겠지. 난 내 마음속에서 널 완전히 지워 버릴 거야. 아니, 이미 지워졌어.'

시오는 사람들의 시선들에게서 벗어나기 위해 파티장을 나섰다. 밖에 나오자 갈 곳도 만날 사람도 떠오르지 않았다. 이 거대한 도시 속에서 홀로 고립된 것 같아 막막함에 숨이 막혔다.

'술이 필요해.'

술의 힘을 빌려서라도 오늘 밤에 보고 느낀 것을 지워 버리고 싶었다. 그는 리쿼 스토어에 들려 위스키 몇 명을 사가지고 집으로 향했다.

시오는 집에 오자마자 위스키 한 병을 단숨에 비워 버렸다. 독한 술로 피를 채워도 자신과 그녀를 향한 분노는 지울 수가 없었다. 필름이 끊기도록 술을 마시고 싶어서 몸속으로 거듭 술을 흘려보냈지만 오늘 밤의 일들은 더 생생하고 선명하게 떠올랐다. 그녀를 발견하고 느꼈던 복잡한 욕망과 분노. 시오는 여전히 그녀 앞에 무기력한 자신에게 화가 났다. 그 얼굴을 보자마자 그곳을 나왔어야 했다. 그랬더라면 그의 얼굴과 했던 말들을 떠올리며 괴로워하지 않았을 텐데.

차가운 거실 벽에 기대 술을 마시는 동안 그녀의 눈빛과 목소리들이 주위를 부유했다. 조금은, 아주 조금은 그녀가 하는 말이 사실이 아닐까 생각했다. 그 마음이 진심이 아닐까 싶어 가슴이 두근거렸다. 하지만 시오는 이내 그런 마음을 깨버렸다. 그럴 리가 없다. 그녀는 자신의 성에서 나오지 않을 것이다. 그 견고하고도 높은 벽에 숨어서 영원히 혼자로 남을 것이다. 다신 그런 그녀를 보고 싶지 않았다.

'그녀는 날 파괴해. 미치도록 갖고 싶게 만들어놓고 영원히 갖지 못할 거라며 비웃고 모욕해. 그녀를 원할수록 난 부서져 갈 거야. 그러다 결국은 회복할 수 없을 만큼 망가져 버리겠지. 다시는 그런 여자에게 휘말리고 싶지 않아.'

시오는 사 온 위스키들을 마시고 또 마셨다. 하지만 시간은 견딜 수 없을 만큼 천천히 흘러갔다. 시오는 긴 밤이 지나고 아침이 오고 떠오른 해가 빌딩 저 너머로 사라져 갈 때까지 술을 마셨다. 쉴 새 없이 울리는 전화와 초인종 소리를 무시하며 술을 마시고 절망과 함께 모두 토해내었다. 이대로 먹다간 죽을 수도 있겠구나 싶을 정도로 술을 먹고 열 시간을 꼬박 간 후 시오가 눈을 떴을 땐 아침이 밝아 있었다. 나흘 동안 내린 비는 어느덧 개어 있었다. 시오는 거실 바닥에 누워 창으로 쏟아져 들어오는 빛을 보았다. 지금 자신이 느끼고 있는 고통이 술 때문인지 하주은 때문인지 알 수가 없었다.

가을의 막바지. 바람은 쌀쌀했지만 햇살은 유난히 따뜻하고 선명한 날이었다. 주은은 뉴욕에서 머무는 마지막 날을 추억하기 위해 프렌치 코트에 머플러를 두르고 샌트럴 파크 공원에 나갔다. 꼬박 하루를 앓고 난 후라 그녀의 얼굴은 몹시도 초췌해져 있었다. 아픈 그녀를 위해 정민은 약을 사다주고 항공편을 예약해 주었다. 주은은 그에게 진심으로 고마워했고 정민은 그녀의 어깨를 가만히 안아주었다.

며칠 동안 비가 와서인지 공원에는 햇살이 반가운 사람들로 일찍부터 붐볐다. 주은은 공원을 아주 천천히 거닐었다. 주말이어선지 공원에는 정말 많은 사람들이 있었다. 달리기를 하는 사람들, 데이트를 나온 연인, 부른 배를 자랑스럽게 내밀고 산책을 하는 임산부, 아이와 야구를 하는 자상한 아빠, 벤치에 앉아 신문을 보는 노인, 거리 한쪽에서 아일랜드 민요인 대니 보이를 연주하는 하모니카 연주자, 무리를 지어 힙합 춤을 추는 소년들. 그리고 그들을 흥미롭게 지켜보는 관광객들.

주은은 그들 속에서 왠지 모를 편안함을 느꼈다. 그 속에서 자신은 하주은이 아닌 평범한 한 사람이었다. 이곳에서는 늘 자신을 따라다녔던 아픈 기억도 오랜 외로움도 떠오르지 않았다. 자신에게서 완전히 벗어나 사람들 속에 있어본 것은 처음이었다. 생경하지만 편안하고 가슴이 후련하다. 왜 그토록 자신에게 얽매여 있었을까. 무엇이 그렇게 두려웠던 걸까. 자신을 고통으로 몰아넣는 것은 아픈 기억들이 아니었다. 그것에 얽매어 있는 자기 자신이었다. 그것 때문에 그를 잃었고 이렇게 아픈 것이다.

주은은 사람들 속을 거닐며 시오를 생각했다. 얼어버린 호수 같았던 마음을 부수고 일렁이게 만들었던 그. 그는 아픔 속에 무감해져 있던 그녀의 감정들을 움직였다. 가슴 깊은 곳에 있던 열정을 끄집어내고 주은의 모든 것을 변화시켰다. 그가 두려웠다. 그가 삶을 통째로 바꿔 버릴 것만 같아서 겁이 났다. 그때는 몰랐다. 그가 변화시킨 자신이 진정한 자신의 모습이라는 것을.

그를 생각할수록 주은의 가슴에는 그리움이 차 올랐다. 아무리 상처 내는 말과 행동을 해도 주은은 그를 미워할 수가 없었다. 사랑하니까. 몹시도 사랑하고 있으니까.

저녁이면 비행기를 타고 이곳을 떠나야 하기에 공원을 나와 호텔 방향으로 걸었다. 낙엽이 쌓인 거리는 호젓하고 아름다웠다. 아쉬움에 주은의 걸음이 점점 느려졌다. 그때 길 맞은편에서 노부부가 걸어오는 것이 보였다. 백발의 노부부는 두 손을 꼭 잡고 걷고 있었다. 제법 멋스러운 모자를 쓴 노인은 아내의 주름진 볼을 쓰다듬다가 살짝 입을 맞추었다. 그러자 아내는 환한 미소를 지으며 남편의 팔짱을 꼈다. 주은은 자신도 모르게 걸음을 멈추고 그들을 바라보았다. 그녀의 눈은 놀라움으로 흔들렸다. 앞에 선 노부부는 자신과 시오였다. 세월이 흔적이 역력한 두 사람은 서로를 바라보며 지그시 웃었다. 그 미소가 한없이 포근하고 행복해 보였다. 그들의 눈빛은 이런 게 인생이구나. 우린 아주 잘살아왔구나 하고 말하는 듯했다.

주은이 정신을 차렸을 때 노부부는 옆을 지나쳐 공원 쪽으로 걸어가고 있었다. 잠깐 동안 스쳐 간 환상치고는 너무나 선명하고 절실한 뭔가가 느껴졌다. 주은은 그들의 뒷모습을 보며 마음이 자신에게 하는 말을 들었다.

'그를 사랑한다면 떠나지 마.'

마음속 울림은 점차로 커지기 시작했다. 심장이 빠르게 뛰고 온몸에 열기가 퍼졌다. 주은은 백을 뒤져서 시오의 집주소와 전화번호를 써놓은 쪽지를 찾아냈다. 그녀는 쪽지를 손에 쥔 채 뛰기 시작했다. 공원을 벗어나 길에 서서 지나가는 택시를 잡았다. 그리고 빨리 가달라고 택시기사를 재촉했다. 택시기사는 뉴욕은 늘 차가 막힌다며 투덜거리며 차를 출발시켰다. 차가 달리는 동안 주은의 심장은 견딜 수 없이 빠르게 뛰었다. 그가 집에 없을지도 모른다는 생각이 머릿속을 스쳤지만 상관없었다. 그가 어디에 있든 어떤 식으로 자신을 피하든 이번에는 쉽게 물러서지 않을 것이다. 주은은 자신의 마음을 믿었다. 그리고 그 마음을 그도 알아줄 거라 믿었다. 더 이상 두려움은 없었다. 지금 이 순간, 주은은 자신의 삶에서 가장 확신에 차 있었다.

주은은 그의 집에 도착해 연신 벨을 눌렀다. 한참이 지나도록 문은 열리지 않았다. 그의 집으로 전화를 걸었지만 역시 받지 않았다. 그녀는 다시 정민에게 전화를 걸었다.

"부탁이야. 그가 어디 있는지 알아봐 줘."

[괜찮겠어?]

정민은 걱정스러운 어조로 물었다.

"꼭 그를 만나고 싶어. 부탁해."

[알았어. 십 분 있다가 다시 전화해 줘.]

무척이나 길게 느껴지는 십 분이 흐른 후 정민에게 전화 걸자 안 좋은 소식을 전해주었다.

[그쪽에서도 난리가 난 모양이야. 촬영을 펑크 내고 사라져 버렸대. 모두 다 수소문해서 찾고 있는 모양이던데 집에 없다면 어디 간 거지?]

주은의 마음은 이내 걱정으로 어두워졌다. 그녀는 다시 그의 스튜디오로 가서 몇 번이고 초인종을 누르고 문을 두드렸다. 역시 조용했다. 계속 울리는 초인종 소리가 시끄러워지는 맞은편 문이 열리고 한 백인 여자가 짜증난다는 얼굴로 나왔다.

『도대체 뭐예요! 시끄러워 죽겠잖아요.』

『죄송해요. 이 집에 사는 남자를 본 적이 있으세요?』

『키 큰 동양인 말인가요? 아침에 나가는 걸 봤는데.』

『정말인가요? 아침에 나가는 걸 보셨어요?』

『그렇대두요. 이 집엔 아무도 없으니까 그 망할 초인종 좀 그만 눌러대요.』

여자는 신경질을 내고는 문을 쾅 닫아버렸다. 주은은 어떻게 해야 할지 몰라 망설이다가 우선은 기다려 보기로 했다. 주은은 그가 사는 건물 맞은편에 있는 카페에서 시오를 기다렸다. 혹시나 그가 들어가는 것을 놓칠까 봐 눈을 뗄 수가 없었다.

시간은 어김없이 흘러 오후에 접어들었다. 정민에게 전화하자 아직도 못 찾았다는 대답이 돌아왔다. 그에게 무슨 일이 생긴 건 아닐까 걱정이 되어서 미칠 지경이었다. 그의 행방을 알지 못한 채 날이 저물었다. 비행기는 이미 놓쳤고 주은의 불안은 극에 달해 있었다. 밤 열 시가 되도록 주은은 그의 집 앞을 서성였다. 언제까지 이렇게 기다릴 수 없다는 걸 알지만 그가 금방이라도 올 것 같아서 차마 떠날 수가 없었다.

'하지만 언제까지 이러고 있을 순 없어. 다른 방법이 있을 거야. 우선 호텔에 돌아가서 찾을 수 있는 방법을 생각해 봐야 해.'

주은은 떨어지지 않는 발걸음을 돌렸다. 호텔에 도착하자 프런트에 있는 직원이 메모가 있다며 건네주었다. 받아 들고 펴보자 익숙한 글씨체가 보였다.

〈라운지에서 기다릴게.〉

　분명 시오였다. 주은은 라운지로 달려갔다. 걸음을 옮길수록
터질 듯한 심장의 박동도, 바닥에 닿는 발의 감각도 느껴지지
않았다. 오직 그가 가까이 있다는 사실만이 머릿속에 가득했다.
숨 끝이 죄여 걸음을 멈추고 크게 숨을 내쉬고 싶지만 걸음이
멈춰지질 않았다. 그녀는 그가 있다는 곳으로 정신없이 내달렸
다. 그녀의 머릿속에는 오직 한 가지 생각뿐이었다.

　너를 사랑해.

　지독한 통증과 함께 눈을 떴을 때 제일 먼저 눈에 보인 것은
주은의 얼굴이었다. 곤하게 잠든 얼굴을 보고 있자니 지난밤 그
녀와 같이 잠자리에 든 착각마저 일었다. 시오는 손을 뻗어 허
공 속의 얼굴을 쓰다듬었다. 손끝에 그녀의 체온과 감촉이 느껴
졌다. 언젠가 잠든 그녀의 얼굴을 유심히 본 일이 있었다. 그녀
는 악몽을 꾸고 있는지 작게 흐느꼈고 그 모습이 견딜 수 없이
안쓰러워 가만히 뺨을 쓸어주었다. 그녀의 슬픔을 그렇게 쓸어
주고 싶었다. 가슴에 품고 울지 말라고 다독여 주고 싶었다. 그
녀의 아픔이 자신의 아픔처럼 느껴졌다. 그녀가 아프지 않다면
자신도 더 이상 아프지 않을 것 같았다.

　그런 게 사랑이라고 느낀 후 시오는 늘 두려움에 싸워야 했

디. 그녀를 잃을지도 모른다는 두려움과 그녀를 잃어버린 후 망가져 버릴지도 모른다는 두려움은 시오를 괴롭혔다. 그리고 그녀와 헤어졌을 때 앞으로 그 누구도 사랑하지 않을 거라 다짐했다. 주은을 잃은 상실감은 너무나도 컸고 시오 자신의 상처 또한 너무나도 깊었다. 그렇게 잊으려고 노력했는데, 그 얼굴을 지우기 위해 그토록 많은 술을 마시고 괴로워했는데 눈을 뜨자마자 주은의 얼굴이 보였다.

시오는 괴로워하며 몸을 웅크렸다. 이 미칠 듯한 괴로움에서 벗어나고 싶다. 하주은에 관한 기억을 머릿속에서 통째로 드러내고 싶다. 머릿속에서 끊임없이 재생되는 그녀의 말들을 꺼버리고 싶다. 미친 듯이 일을 한다고 해서, 엉망이 되도록 술을 먹는다고 해서 그녀를 잊을 수 있는 게 아님을 시오는 알고 있었다. 알고 있지만 다른 선택이 없었다. 필사적으로 도망가는 수밖에는. 여기까지 간신히 도망쳐 왔는데 막다른 길에서 그녀를 만났다. 그녀가 다시 시작하자고 했지만 시오는 그녀를 받아들일 수도 잊을 수도 없었다. 지난밤, 그녀의 슬픈 눈빛이 다시금 떠오른다. 시오는 얼굴을 일그러뜨린 채 눈을 감았다.

'날 흔들지 마. 제발 부탁이야.'

그녀가 손을 뻗어 뺨을 쓰다듬었다. 그녀의 손가락이 뺨을 스치더니 목을 부드럽게 어루만졌다. 그 손가락이 지난 자리마다 뜨거움이 밀려왔다. 감각 속에 남아 있는 그녀의 향기와 감촉이 생생이 되살아나 괴롭힌다.

'다시는 고통받고 싶지 않아. 다시는, 다시는······.'

시오는 바닥에 손을 짚고 천천히 일어났다. 지독한 숙취와 함께 현기증이 밀려왔다. 주위에는 온통 위스키 병만이 굴러다니고 있었다. 시오는 비틀거리며 욕실로 향했다. 그는 지독한 두통에 눈뜨고 있는 것조차 괴로웠지만 억지로 씻고 옷을 갈아입었다. 그리고 집을 나섰다.

시오는 집을 나오고 나서야 자신이 무엇을 하려고 하는지 깨달았다. 그는 지금 그녀를 찾아가고 있었다. 다시 주은을 만나야 한다고 본능이 말하고 있었다. 찾아서 무엇을 할지는 그조차 알지 못했다. 그저 이 지독한 고통을 끝내줄 사람은 오직 그녀뿐이라는 생각이 들었다.

'너와 함께든 아니든 난 늘 괴로웠어. 이건 시간이나 공간이 해결해 줄 수 있는 문제가 아니란 걸 이제는 알아. 언제까지 이런 고통 속에서 살 수 없어. 내게서 이 고통을 가져가 줘. 어떤 식으로든.'

막상 거리로 나오자 그녀의 연락처도 호텔도 모른다는 것이 생각났다. 시오의 머릿속에 떠오른 사람은 명희였다. 시오는 한국으로 전화를 걸었다. 모드 코리아로 전화를 걸자 마침 명희는 아직 퇴근하지 않고 자리에 있어 곧장 연결이 되었다. 명희는 시오의 전화를 받고 상당히 놀란 듯했다. 시오는 그녀에게 주은이 머무는 호텔을 물었고 명희는 호텔 이름을 가르쳐 주며 말했다.

[그녀를 잡아요. 하주은은 그럴 가치가 있는 여자예요.]

시오는 전화를 끊고 그녀가 머무는 호텔로 날려갔다. 몸속에 심장이 크게 뛰는 게 느껴졌다. 뉴욕에 오고 나서 처음으로 살아 있다는 느낌을 온몸으로 느꼈다. 그녀에게 가는 길은 너무나도 멀고 시간은 더디 흘러갔다.

주은은 라운지에 도착하자마자 빠르게 주위를 훑었다. 그의 모습은 쉽게 눈에 띄지 않았다. 조급한 마음으로 주위를 서성이는데 멀찍이 의자에서 일어서는 한 사람이 보였다. 그의 얼굴을 본 순간, 주은은 지그시 입술을 깨물었다. 하루 사이에 그의 모습은 엉망으로 망가져 있었다. 주은은 천천히 그에게 걸어갔다. 시오 또한 주은에게로 천천히 걸어왔다. 두 사람 다 서로를 안타까운 눈빛으로 바라보았다. 지금 이 순간 두 사람이 느끼는 감정은 같았다. 안타까움, 그리고 그리움. 오랜 시간 동안 기다리면서 깨달았던 많은 진실 중 하나는 몹시도 그립다는 것이었다.

두 사람은 마주 선 채 선뜻 입을 열지 못했다. 무어라 말을 해야 할까. 그 많은 이야기들을 어떻게 전해야 할까. 상처 줘서 미안하다고, 용서해 달라고 말하고 싶었다. 사랑하게 될까 봐 두려웠다고 말하고 싶었다. 그 사랑이 깊어서 헤어지지 못할까봐, 그 사랑이 깊어서 헤어졌을 때 산산이 부서질 자신이 두려웠다고 말하고 싶었다. 살아오면서 사랑이 사람을 얼마나 괴롭게 하는지 보았다. 그 사랑이 얼마나 많은 사람을 마음 아프게 하는지 보았다.

그렇게 아픔만 주는 사랑은 하고 싶지 않았다. 누군가를 만난다면 마음은 묶어두고 몸만 하는 사랑을 하고 싶었다. 그렇게 하면 안전할 듯싶었다. 고통 따위 없을 줄만 알았다. 그런데 네 앞에서는 아무 소용이 없었다. 그래서 도망갔다. 도망갈 수 있을 거라 생각했다. 하지만 이젠 지쳐 버렸다. 나는 이제야 네게서 도망갈 수 없다는 것을 알았다.

그 진실을 왜 이렇게 오랜 시간이 지나서야 알아버렸을까. 왜 이렇게 상처받은 후에야 깨달아 버렸을까. 어떻게 해야 네게 준 상처를 아물게 할 수 있을까. 어떻게 해야 내 마음을 네게 보여줄 수 있을까.

시오와 주은은 서로의 눈을 들여다보며 그동안의 아픔과 슬픔을 읽었다. 지금 이 자리에 서 있기까지 서로를 얼마나 그리워하고 기다렸는지 마음으로 느꼈다. 표정과 눈빛만으로 무슨 말을 하려는지 알 것 같았다. 가슴이 벅찬 나머지 주은의 눈에 눈물이 차 올랐다. 주은은 그에게서 한 걸음 다가서며 말했다.

"사랑해. 미안해. 그리고…… 고마워."

그녀는 마음을 숨기지 않고 떨리는 목소리와 표정을 그대로 드러냈다. 두 눈에서 흘러내린 눈물이 뺨을 타고 흘러내렸다. 이를 안쓰러운 눈으로 바라보던 시오가 성큼 다가와 그녀를 끌어안고 입을 맞추었다. 너무나도 절실하고 그리움에 찬 키스였다. 이번에는 절대로 놓치지 않겠다는 듯 그들은 끌어안고 놓아주지 않았다. 더 이상의 두려움은 없었다. 둘 사이를 가로막은 벽은 사라지고 진정한 모습 그대로 상대방 앞에 섰다. 이제논 사랑하는 일만 남았다.

두 사람은 주은이 머무는 객실로 올라와 오래도록 사랑을 나누었다. 얼마나 많이 사랑한다 속삭였는지 기억조차 나지 않았다. 숨을 쉴 때마다 입술과 입술이 부딪칠 때마다 사랑한다는 말이 새어나왔다. 주은은 직재의 말이 맞다고 생각했다. 사랑 때문에 고통스러웠지만 그녀는 지금 이 세상에서 가장 한 행복한 여자였다. 살아 있다는 것에 감사한다. 더 이상 바라는 것이 없을 만큼 행복하다. 사랑이 모든 아픔의 끝은 아닐 것이다. 다만 아픔을 같이 할 사람이 곁에 있기에 좀 더 수월하게 견뎌낼 수 있을 것이다.

사랑한다.

시오와 주은은 서로를 끌어안고 조용히 속삭였다.

남녀가 같이 산다는 것은 한 개라도 아귀가 맞지 않으면 완전할 수 없는 직소 퍼즐 같았다. 애초부터 완벽한 퍼즐은 없다. 흩어진 조각을 모으고, 조각의 모난 부분을 잘고 다듬고, 색깔과 모양에 따라 맞춰가는 것이, 남녀의 사랑이었다.

12. 지금은 사랑할 때

지금 주은은 화가 있는 대로 나 있는 상태다.

"정말 너란 남자는 제멋대로야!"

그녀는 침대에서 자고 있는 시오를 노려보다가 그가 덮고 있는 침대 시트를 홧김에 확 걷어버렸다. 그는 추웠는지 손으로 주위를 더듬어 시트를 끌어다가 덮었다. 모양새가 참으로 가관이다. 주은의 목소리는 점점 더 높아졌다.

"이틀 만에 집에 들어와서 하루 종일 잠만 잘 거야? 벌써 두 시야!"

"내가 놀다온 줄 아니? 잠 한숨 못 자고 꼬박 밤새워서 작업했단 말이야. 좀 더 자자."

그는 베개에 얼굴을 묻은 채 웅얼거렸다.

"일하는데 전화는 왜 못하니? 집에서 걱정하는 사람 생각은 안 해?"

"안 하긴 왜 안 해. 두 번인가 했잖아."

"한 번이었어. 그것도 못 들어갈 것 같다는 말만 하고 끊었잖아."

"그랬던가? 하도 정신이 없어서 기억이 안 나네. 모든 것이 최악이었어. 날씨, 모델, 장비 하나같이 속을 썩였다고."

시오는 그제야 잠이 깼는지 크게 하품을 하며 몸을 일으켰다. 그는 고개를 들어 침대 옆에 서 있는 주은을 보고 흐뭇한 미소를 지으며 손을 뻗었다.

"내가 그렇게 보고 싶었어? 이리와. 안아줄게."

그가 달콤하게 속삭였지만 주은은 어이없다는 표정으로 내민 손을 탁 쳐내고는 침실을 나왔다.

지금 그들은 과거에 함께 지냈던 오피스텔에서 살고 있다. 두 달 전 시오가 한국에 들어오자마자 시작된 동거였다. 시오는 한국에 들어오면서 미국 활동을 잠시 접었다. 주은이 몹시도 반대했지만 그는 고집을 부렸다.

"말도 안 돼! 이제 인정받기 시작하는데 여기서 물러날 순 없어!"

"이미 통보하고 오는 길이야."

"송시오!"

시오는 잔뜩 흥분해 있는 주은을 끌어당겨서 안았다. 그는 주은의 등을 부드럽게 쓸어내리며 말했다.

"지금은 너만 보고 싶어. 너만 담기에도 하루가 모자라."

'맙소사, 이 사람은 너무 감상적이야.'

주은은 속으로 소리쳤다. 하지만 그런 송시오를 사랑한다. 감상적이고, 충동적이고, 열정적인 모습을 보며 삶을 배운다. 그와 함께 있으면 세상은 온갖 다양한 빛으로 반짝거렸다. 주은은 세상 누구보다 그 옆에 있고 싶었지만 시오의 경력이 걱정되었다.

"네 경력을 생각해 봐. 여기서 멈추면 애써 이뤄놓은 것을 잃을 수 있어."

"알아. 하지만 우리는 사랑한다는 사실만으로 모든 것이 완전해지는 건 아니야. 사랑한다는 것은 이제 시작이라는 말일 거야. 노력하지 않으면 그 어떤 사랑도 금세 시들고 말아. 난 이 사랑을 지키고 키워나가고 싶어. 그러니 위해선 내 일보다는 네 옆에 있는 것이 더 중요하다고 판단했어."

"하지만……."

"우리 같이 살자."

그의 말에 주은은 놀라 눈을 동그랗게 떴다. 그의 눈빛이 너무나도 진지해서 가슴이 철렁 내려앉았다. 지금 주은은 갑작스럽게 바뀐 현실에 현기증이 날 지경이었다. 더없이 행복하지만 작은 두려움이 마음 한쪽에서 떠나지 않고 있었다. 이 마음이 변하지 않고 오래갈 수 있을까. 나는 이 변화들을 잘 감당해 낼 수 있을까. 어느 순간 모든 것이 틀어져 버리는 것은 아닐까. 그런데 이제는 같이 살자니.

주은은 무슨 말을 해야 할지 몰라 망설였다. 그런 그녀의 마음을 읽었는지 시오가 조심스럽게 덧붙였다.

"네 두려움을 알아. 적응할 시간이 필요할 거야. 너무 빠르게 가지 않을게. 천천히 서로에 대해 알아가는 과정이라고 생각하자."

사랑을 하면 어쩔 수 없이 그 사람을 닮아가는 걸까. 주은은 그의 얼굴을 보며 가만히 고개를 끄덕였다. 후에 감상적이고 충동적인 결정이었다고 후회한데도 상관없었다. 그와 함께 잠들고 일어난다는 것. 별것 아닌 것처럼 생각됐던 그것이 지금 주은에겐 너무나도 달콤한 일처럼 느껴졌다.

주은은 시오와 몇 주 동안 미국에 머물면서 여행을 다니고 영화와 뮤지컬을 보고 산타나의 콘서트에 다녀왔다. 행복한 시간들이었지만 두 사람에게 가장 즐거운 일은 이야기를 하는 것이었다. 두 사람은 서로의 삶을 속속들이 알고 싶어했고 그것을 들려주는 것을 즐거워했다. 밤에 침대에 들 무렵 시작한 이야기가 끝날 때쯤이면 날이 밝아 있기도 했고 커피숍에서 몇 시간씩 이야기를 하다가 영화 상영시간을 놓칠 뻔한 적도 있었다.

주은은 그의 머리를 베고 누워 자신이 인터뷰한 많은 사람들의 이야기를 들려주는 것이 즐거웠다. 그럴 때면 시오는 주은을 꼭 안고 조용히 귀 기울였다. 그의 넓고 따뜻한 품속에서 주은은 소녀처럼 재잘거렸고 아팠던 기억들을 얘기할 때면 목소리가 잠기곤 했다. 그럴 때면 시오는 주은을 끌어안고 이마에 키스를 해주었다. 자신의 얘기를 하면서 시오는 조금 힘들어했다. 주은의 아픔이 과거라면 그에겐 현재였기 때문이었다. 담담하려고 노력하려는 그의 얼굴을 보며 주은은 가만히 시오를 안아주었다.

"한국에 들어가면 어머님 찾아뵙자."

시오는 조금은 놀란 얼굴로 주은을 보았다. 주은은 미소를 띠고 말했다.

"뵙고 싶어. 분명 아름답고 좋은 분일 거야. 당신 눈은 어머니를 닮았겠지?"

주은은 시오에게 안겨 가만히 눈을 감았다. 단단하게 뭉치고 일그러졌던 지난날의 아픔이 그녀의 따뜻한 품에서 서서히 풀어지는 느낌이었다. 그는 그 어느 때보다도 평화로웠다.

한국에 들어오자마자 두 사람은 오피스텔에서 동거를 시작했다. 그리고 주은은 모드 코리아의 피처 디렉터 일을 다시 시작했다. 명희가 사표 수리를 안 했기 때문에 한 달간의 부재는 무급휴가로 처리됐다. 주은이 일을 나가면 시오는 카메라를 들고 서울과 가까운 교외로 사진을 찍으러 나가곤 했다. 주은은 그런 그를 지켜보다 한 달이 지나고 나서 넌지시 말했다.

"일해. 당신은 일할 때 가장 빛이 나."

시오는 귀국한 지 한 달 만에 일을 시작했다. 국내 코스메틱 회사의 광고 촬영을 시작으로 그는 점점 바빠졌다. 그사이 두 사람의 생활도 차츰 자리를 잡아갔다. 몰랐던 습관을 알게 됐고 말도 안 되는 고집과 의외의 모습을 발견하고 재미있어하기도 했다. 또 여느 사람들처럼 화내고 화해하기를 반복하면서 서로를 알아갔다. 다툼에서 이기는 사람은 주은, 지는 사람은 시오로 늘 정해져 있었다. 실상은 시오가 못 이긴 척 져주는 것이 대부분이었지만 그는 아무래도 좋았다.

촬영에서 돌아와 늦게까지 자고 있는 그에게 한바탕 잔소리를 퍼부은 주은은 주방으로 와서 차리던 점심을 마저 차렸다. 곧 크게 기지개를 켜며 시오가 침실에서 나왔다. 그는 테이블에 앉아서도 여전히 하품을 하다가 주은의 눈치를 보고는 수저를 들어 찌개 맛을 보았다.

"우와, 음식 솜씨가 나날이 일취월장하네. 이제 프로 주부 다 됐다."

주은이 흘겨보는데도 시오는 마냥 웃었다. 주은이 화를 낼 때면 그는 이렇게 넉살 좋게 웃으며 넘어가곤 했다. 주은은 그런 그가 몹시도 얄미웠지만 못 이기는 척 봐주곤 했다. 이렇게 다정한 눈으로 자신을 바라봐 주는 사람에게 어떻게 화를 낼 수 있을까.

"이틀 동안 밥은 제대로 먹은 거야? 얼굴이 그게 뭐야?"

그녀는 한결 화가 누그러진 어투로 물었다.

"그런가. 잘 먹는다고 먹었는데."

시오가 머쓱한 표정으로 밥을 먹는 동안 주은은 맞은편에 앉아 그를 지켜보았다. 그는 알까. 그가 제주도에 가 있는 이틀 내내 일기예보를 확인하며 마음 졸인 일을, 새벽녘 그가 조용히 침대 속으로 숨어 들어왔을 때서야 비로소 안심하고 잠든 일을.

주은은 그와 살면서 많이 변했다. 늘 자신만을 바라보는 것에 익숙해 있던 그녀가 시오를 비롯한 다른 사람들을 배려하고 이해하게 된 것이다.

남녀가 같이 산다는 것은 한 개라도 아귀가 맞지 않으면 완전할 수 없는 직소 퍼즐 같았다. 애초부터 완벽한 퍼즐은 없다. 흩어진 조각을 모으고, 조각의 모난 부분을 깎고 다듬고, 색감과 모양에 따라 맞춰가는 것이, 남녀의 사랑이었다. 주은은 그와 함께 인생에 대해 알아가는 것이 기뻤다.

"설거지는 내가 할께. 커피 줄까?"

밥을 다 먹고 테이블을 치우며 그가 말했다. 주은이 고개를 끄덕이자 시오는 머그 컵에 커피를 따라 주은 앞에 내밀었다. 주은은 여전히 화가 안 풀린 척 무뚝뚝하게 컵을 받아 들었다.

"일요일인데 집에만 있기는 뭐 하고 드라이브라도 갈까? 맛있는 거 사줄게. 영화도 볼까?"

시오는 설거지를 하는 내내 주은의 눈치를 살피다가 넌지시 말했다. 주은은 새침한 표정으로 말없이 커피만 마셨다.

"우리 자기 많이 삐졌나 보다. 그러지 말고 하고 싶은 거 있으면 말해. 내가 하라 대로 다 할 테니.”

주은은 못 이기는 척 입을 열었다.

“장 보러 가야 해. 내일은 바빠서 오늘밖에 장 볼 시간이 없어.”

“오, 짐꾼이 필요한 거군. 좋았어. 내가 또 힘은 좋잖아.”

“물건은 카트가 나르는데 힘은 무슨.”

주은의 중얼거림에 시오는 못 들은 척 크게 웃으며 말했다.

“내가 힘도 힘이지만 요리 솜씨도 죽이잖아. 저녁에 맛있는 거 해줄게. 뭐 먹고 싶어? 말만 해.”

“해물 파스타. 저번에 해준 거 맛있었어.”

그녀의 말에 시오의 얼굴에 금세 화색이 돌았다. 그는 주은의 화가 완전히 풀렸다는 것을 알고 신이 나서 말했다.

“해물 파스타? 좋아. 실력을 발휘해 보지.”

“그럼 빨리 준비하고 가자. 사야 할 게 많아.”

“워워, 잠깐만.”

단숨에 설거지를 해치운 시오는 의미심장한 눈빛으로 주은에게 다가왔다. 그는 주은의 허리를 다정하게 끌어안고 속삭였다.

“이틀 동안 보고 싶어서 혼났어.”

“거짓말.”

“어떻게 해야 믿어줄래?”

“그건 당신한테 달렸지.”

두 사람의 시선이 은근하고 부드럽게 얽혔다. 시오는 주은의 입술에 살짝 키스를 했다. 그리곤 그녀를 안아 들고 침실로 향했다.

그들이 오피스텔 근처의 마켓에 도착한 것은 그로부터 두 시간이 지난 후였다. 주은은 꼼꼼하게 메모한 쪽지를 들고 식료품 코너 쪽으로 걸어갔고 시오는 뒤에서 카트를 밀며 여유롭게 뒤따라갔다. 주은이 평상시보다 많은 양의 야채와 고기를 사는 것을 보고 시오가 물었다.

"주은아, 음식 너무 많이 사는 거 아니니? 우리 둘이 이걸 다 어떻게 먹어."

주은이 이마를 살짝 찡그리며 돌아섰다.

"내일모레가 어머니 생신인 거 잊어버렸어? 이모님이 어머니 모시고 올라오신다고 했잖아. 그새 잊은 거야?"

"아, 맞다. 그날이 내일모레구나."

시오는 뒤통수를 긁으며 헛기침을 했다. 주은은 아들 키워봐야 헛것이라며 한바탕 잔소리를 늘어놓았고 시오는 네네 하며 뒤를 따랐다. 시오는 야채를 고르는 주은의 옆모습을 부드럽고 따뜻한 눈으로 지켜보았다. 알면 알수록 누구보다 마음 여리고 따뜻한 사람. 어머니께 처음 인사 간 날, 시오는 주은에게 무리하게 맞추려고 하지 말라고 말했다. 아들인 시오조차도 어머니를 감당할 수 없는 때가 종종 있었다. 그것을 주은에게 이해하고 받아들이라고 할 순 없었다. 그녀가 어머니를 부담스러워한다고 해도 시오는 주은을 탓하지 않을 생각이었다.

청주 집에 들어서자마자 시오의 목소리를 듣고 어머니가 뛰어나왔다. '여보' 하면서 다정하게 안겨드는 어머니를 보고 주은의 얼굴에는 놀라움이 스쳐 갔다. 어머니가 주은을 경계의 눈으로 바라보자 시오는 직장동료를 식사에 초대한 것이라고 말했다. 그제야 어머니의 얼굴에서 경계의 빛이 사라지자 시오는 걱정스런 눈으로 뒤에 서 있는 주은을 돌아보았다. 주은은 천천히 걸어와 어머니의 손을 잡고 말했다.

"말씀 많이 들었어요. 듣던 대로 정말 아름다우시네요. 잘 부탁드립니다."

어머니를 바라보는 그녀의 눈빛에 시오는 가슴이 뭉클했다. 그녀는 가족처럼 사랑이 깃든 눈빛으로 어머니의 손을 잡고 다정하게 웃었다. 그것만으로도 시오는 마음에 쌓아둔 걱정이 봄눈 녹듯이 사라지는 것 같았다.

"힘들지 않았니?"

서울로 돌아오는 차 안에서 시오가 물었다.

"걱정했어?"

"응."

"사실, 나도 조금 걱정했어. 쉽지 않을 거야. 괴롭고 힘들 때도 있을 거야. 하지만 그때마다 네가 옆에 있어줄 거잖아. 안 그래?"

주은은 시오를 보며 밝게 웃었다. 시오는 주은의 손을 잡고

꼭 쥐었다. 그리고 평생 이 여자만을 위해서 살겠다고 다짐했
다.

"주은아."

시오가 부르자 과일을 고르던 주은이 돌아보았다. 그는 마음
으로 고맙다고 말했다. 그러자 주은이 빙그레 웃어 보였다. 부
드럽고 따뜻한 감정이 두 사람의 마음에 잔잔히 퍼져 갔다. 시
오는 주은의 손을 잡고 나직이 속삭였다.

"사랑한다."

주은은 입 모양으로 '나도'라고 말했다. 두 사람은 손을 꼭
잡고 사람들 사이를 걸었다.

작가후기

All you need is Love
All you need is Love
All you need is Love
Love, Love is all you need

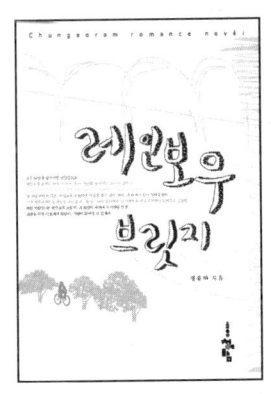

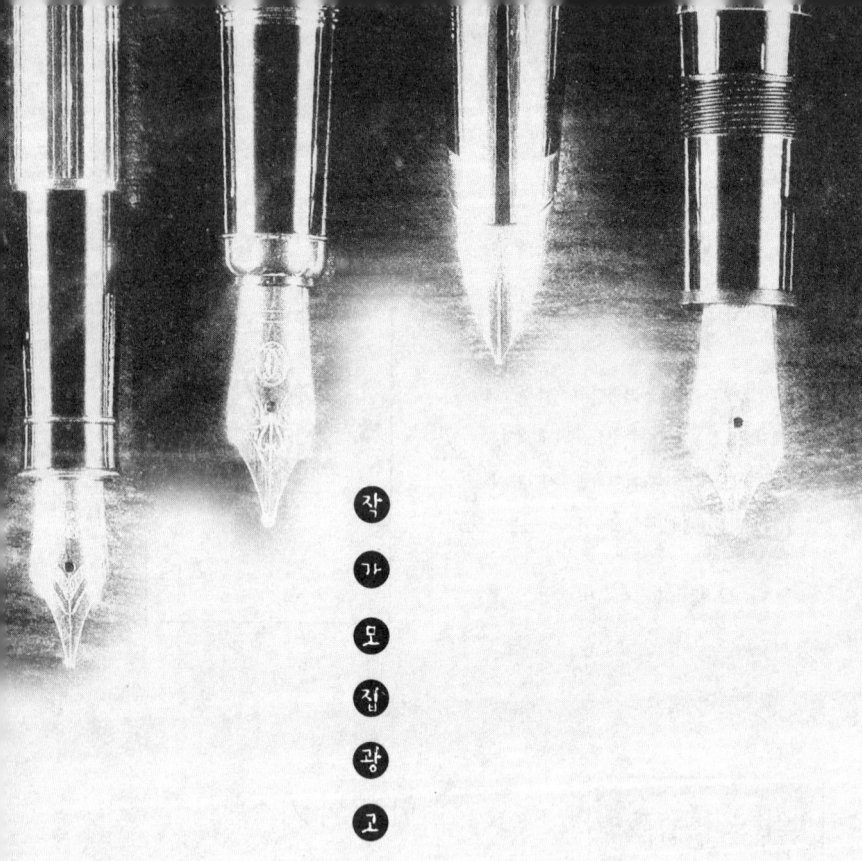

작

가

모

집

광

고

도서출판 청어람의 문은 항상 열려 있습니다.
실력있는 작가 분들의 많은 관심 부탁드립니다.

TEL:032-656-4452 • FAX:032-656-4453
http://www.chungeoram.com
http://chungeoram.egloos.com
e-mail:romance-eoram@hanmail.net